U0143261

莲塘月色

段晴 著

凤凰枝文丛 ／ 孟彦弘 朱玉麒 主编

凤凰出版社

图书在版编目（ＣＩＰ）数据

莲塘月色 / 段晴著. -- 南京 ：凤凰出版社，2023.5

（凤凰枝文丛 / 孟彦弘，朱玉麒主编）

ISBN 978-7-5506-3937-9

Ⅰ．①莲… Ⅱ．①段… Ⅲ．①随笔－作品集－中国－当代 Ⅳ．①I267.1

中国国家版本馆CIP数据核字(2023)第066330号

书　　　　名	莲塘月色
著　　　　者	段　晴
责 任 编 辑	张永堃
书 籍 设 计	徐　慧
出 版 发 行	凤凰出版社(原江苏古籍出版社)
	发行部电话025-83223462
出 版 社 地 址	江苏省南京市中央路165号,邮编:210009
照　　　　排	江苏凤凰制版有限公司
印　　　　刷	苏州市越洋印刷有限公司
	江苏省苏州市吴中区南官渡路20号,邮编:215104
开　　　　本	880毫米×1230毫米　1/32
印　　　　张	12.25
字　　　　数	225千字
版　　　　次	2023年5月第1版
印　　　　次	2023年5月第1次印刷
标 准 书 号	ISBN 978-7-5506-3937-9
定　　　　价	68.00元
	(本书凡印装错误可向承印厂调换,电话:0512-68180638)

段晴

历史语言学家、梵语专家，北京大学外国语学院南亚学系教授、博雅讲席教授。曾师从著名教授季羡林、蒋忠新学习梵语以及印度历史文化，1982 年获得硕士学位，同年 11 月赴德国留学，师从国际著名伊朗学教授 Ronald-E. Emmerick 攻读博士学位，1986 年 12 月获得德国汉堡大学博士学位。1987 年回到北大任教。主要承担课程有基础梵语、印度传统梵语文法、中古伊朗语、梵汉佛经对比研究、中亚古代语言等。承担项目有"丝绸之路的文学与文化交流——新出于阗语及梵语文献研究"（教育部人文社科重点研究基地重大项目）、"新疆丝路南道所遗存非汉语文书释读与研究"（国家社科基金重大项目）等。主要译、著有《波你尼语法入门》（北京大学出版社，2001 年）、《汉译巴利三藏·经藏·长部》（中西书局，2012 年）、《汉译巴利三藏·经藏·中部》（中西书局，2021 年）、《中国国家图书馆藏西域文书（梵文、佉卢文卷）》（中西书局，2013 年）、《于阗·佛教·古卷》（中西书局，2013 年）、《中国国家图书馆藏西域文书·于阗语卷（一）》（中西书局，2015 年）、《青海藏医药文化博物馆藏佉卢文尺牍》（中西书局，2016 年）、《于阗语无垢净光大陀罗尼经》（中西书局，2019 年）、《神话与仪式：破解古代于阗氍毹上的文明密码》（生活·读书·新知三联书店，2022 年）等。

弁　言

　　"凤凰台上凤凰游"，是李白《登金陵凤凰台》之诗句，昔年我江苏古籍出版社立足南京、弘扬文史，而更名所由也。

　　"碧梧栖老凤凰枝"，是杜甫《秋兴八首》所吟咏，今日我凤凰出版社为学林添设新枝，而命名所自也。

　　30多年来，凤凰出版社围绕中华传统优秀文化，彰显传承文明、传播文化、服务大众、贡献学术的出版理念，坚持以整理出版中国文、史、哲古籍及其研究著作为主的专业化方向，蒙学界旧雨新知之厚爱、扶持，渐已长大成为"碧梧"，招引了学界"凤凰"翩然来栖。箫韶九成，凤翥凰翔！嘤其鸣矣，求其友声！

　　"凤凰枝文丛"是本社与学界同人共同打造之文史园地，除学术研究论文外，举凡学人往事、经典品评、学术札记之文化随笔，旧学新知，无所不包。是作者出诸性情而诗意栖息之地，读者信手撷取而涵泳徜徉之处。

　　"凤凰鸣矣，于彼高冈。梧桐生矣，于彼朝阳。"

　　愿"凤凰枝文丛"成为我们共同的文化家园。

2019.5.22

永远陪着我

闫子光

她离开我已经一年了，算下来已经是离开我最久的一次，上一次她和我长时间不见是在我小学一二年级的时候，那时她去印度呆了半年，小时候觉得那很久，和她只能靠偶尔的电话和写信联系，然后就再没有长时间的分别，因为我中学、大学、硕博都没有离开北京。

她刚离开的那些日子，几十位学者，其中包括她的挚友和学生，为她写了纪念的文章。我也想把我的经历写下来，因为这段经历既特殊，也会引起共鸣。但一直觉得无从下笔，因为想写的太多——我全部的人生都有她；无力下笔，因为悲痛；无法轻易下笔，因为她对我而言太重要。

如果按时间顺序来回忆，除去幼年时光一些支离破碎的记忆，我印象里最早最清晰的画面是她坐在书房的电脑桌前，这一幕的出现频率特别高。那时候我们刚从平房搬到安苑北里的家，我经常在客厅的地毯上玩，一抬头就能看到书房。她总是在用电脑写些什么，我自己玩没意思了也会凑过去找她。有一阵她说她在翻译什么，但是电脑屏幕上的内容我看不懂，所以我当时爱挤到她的后背和椅背之间，她会一边干活一边和我玩挤挤靠靠的游戏。这么简单的游戏，我当时玩得特别开心。我们俩还发明过好多别的游戏，比如她会用德语或者英语跟我玩脚趾头数小猪的游戏。等我长大些了，还在那个不大的家里玩过棒球，和她用餐桌打过乒乓球。我也经常七扭八歪地躺在床上，听她讲她编的故事。

小时候我会把所有事都和她说，班里的某某傻乎乎地干吗了，我喜欢和谁谁一块儿玩，甚至我和哪个女孩关系好，等等。她老说她和我是心连心的，说我小时候每次生病她也难受，所以每次都第一时间发现我生病。我小时候就见她哭过一次，那是在我四五岁的时候，我从椅子上摔下来摔破了脸，划了大口子流了不少血，当时其实我没觉得多疼，只见她在送我去医院的路上哭了半天。还有一次我全麻做眼睛手术，我爸说她在外面等的时候也哭了。

后来我上了小学，对妈妈的依赖没有那么强了，我会更喜欢和同龄的孩子一起玩。但在家里的时候我也还是会凑到她的电脑桌前，除了因为我想玩她电脑里的游戏，也因为学校开始要求我们写周记了。小时候我很不擅长写作文，她会帮我，带着我用电脑写出来，然后再让我抄一遍，就算完成了作业。再后来我不用她帮我写作业了，也还是爱在她用电脑写东西的时候和她在一个屋里呆着。那时她开始写自己的专著，我还记得第一部叫《波你尼语法入门》，在她写的时候我会躺在边上看书或者自己玩儿。她写作中间偶尔会停下来问我在干吗，然后跟我玩一小会儿，有时候还在我身上挠挠痒，我当时特别享受。

她的教育理念受到她出国留学经历的影响，觉得小孩嘛，应该顺其自然，要快乐。她觉得最重要的是身体好，老跟我说将来如果学习不好也可以去搬西瓜养活自己。所以她经常会放我出去傻玩一天，为我选学校也没选择北大附小或者附中，小学和初中都上了楼下的社区学校，她和我都觉得这样每天可以多一个半小时睡觉或者玩的时间，非常明智。但她也经常说我傻，一开始我也生气，后来我知道这可能是由于她从来没带过像当时的我那样年纪的学生。我每次都反驳她，慢慢就习惯了这种玩笑式的沟通方式。甚至等后来我长大了，在一些事上也说她傻，她也觉得特别好笑。碰上我偶尔考试考得好的时候，她从来都是毫不吝惜地夸我，和亲朋好友炫耀，这一点和她待学生的方式是一样的。她一直喜欢聪明的孩子和学生，更喜欢有创造力的，几乎只在意智商而不是所谓的情商。说起教我，她好像只在我小学毕业的时候，试图教我大学英语还有拉丁文，但只坚持了两周，在发现我没有什么学语言的天赋后就放弃了。她也教我要读万卷书、行万里路。她喜欢去世界各地考察，伊朗、巴基斯坦、阿塞拜疆、乌兹别克斯坦……我工作之后老说想和她一块儿去，可惜一直没机会。

我特别小的时候住过北大17号楼，搬走以后她也会经常带我去北大，可能是为了兼顾上班和带娃。我还去过季先生家。我记得季爷爷住在未名湖往北一点，印象中是一层，他家不大，家里挂着个挺大的葫芦。那时候妈妈有时会把我放在季先生家里，然后自己去上课或者干别的，过个半天再来接我。我还记得季先生夸过我妈聪明。后来我上中学的时候，在假期去过文史楼上英语班，也去过她在外文楼的办公室上自习，那时候一般会在燕园食堂吃饭。再后来我考上了北大，经常会去静园六院的办公室找她，她会从家带给我一些换洗的衣服，或者带我一起去食堂吃饭。

高考，是我这辈子第一件努力去做好的事。她常说，聪明人，要让自己过好了。确切说，我考上的是北大医学部。选北医的原因，一是我想在北京上大学，这样可以不离开妈妈；二是我想学医，这样可以让身边的亲人活得长些，可以让她多陪我些年。我觉得这是每一个孩子的愿望，既然能有不离开家人的上学机会，为什么要去别处呢？上北医的头两年是在北大本部住，我就彻底和她成了校友。我考上北医这件事，让她特别高兴，成为她那几年最重要的谈资。而且她会强调我是从一所相对一般的高中考上北大，不是靠学校，而是靠自己。后来我跑马拉松、做救人命的手术，她都会兴奋地告诉同事们。她为我骄傲，我也为此而感到骄傲。这些年我很少和同学、同事提起她，一个原因是也没人问我妈是干吗的，我就没必要特意去说；另一个原因是我上学和工作本来也不需要找她帮忙。

从我18岁到34岁的这些年，我毕业、工作、成家，给她带来一个可爱、聪明、省心的小孙女，我依旧几乎每周都有几天和她住在一起。她在学术上的建树也越来越多，具体的成就其实我也没细问，只知道她写了很多文章，出了很多书，特别是近几年她的学术成果像井喷一样涌现。她从副教授升到了三级教授、二级教授，最后获得了国家一级教授的推荐。她依旧是在她的电脑桌前写啊写，我每周也依旧喜欢在她的房间呆一会儿。我们有时候是各干各的工作，有时候也会像小时候一样聊天。我们俩成了最好的朋友，无话不说。我们的思维方式相近，最后容易对一件事达成一致的看法，所以我们会商量所有相对重要的事。我会和她说我上学或者工作时候的事，说我的同学、同事；她也会跟我说一些她的事，比如她的一些新发现，最后一次说的是她的毯子，确切说叫氍毹。常说的还有她的学生、她合作的一些教授。她对同事从不拐弯抹角，总是坚持原则，不怕得罪人。她的学术成就远高于她在物质上的所得，她也不在乎。她对学生一样是心直口快，表扬的时候从不吝惜任何言语，也很严格，大部分学生都挨过她的批评；批评完了还是给他们尽可能多的机会，把一手资料交给他们做，带他们出去考察——最后一次是在 2021年 6 月带学生们去新疆。

2021 年的 8 月，她病了。她没有任何肿瘤家族史，甚至没有任何危险因素；她坚持锻炼，性格像阳光一样开朗，完全不是易得癌症的 C 型性格；唯一让人不放心的是她偶尔会写东西到半夜。我之前比较关注的，是她的高血压还有胆囊相关的疾病。我唯一忽略的是因为疫情，她隔了快 2 年没约查体。她在 6 月份提过一次有些类似肠炎的症状，后来缓解了，当时查了肝脏、大部分腹腔和肠道，都没事。我最后悔的就是当时没有检查她的每一个器官。

突然有一个周末，她开始吃不下饭了，那肿瘤来得像洪水一样快和猛烈，却又如此隐蔽，从始至终没有带来疼痛。周一去查的时候，她的肿瘤已经扩散到几乎整个腹腔——几大块还有无数小块。当天中午我带她去查了增强CT，到现在还记得看到图像时那种天塌下来的感觉。我找了同学的老师，定下来第二天住院，当周的周五进行手术。住院前的晚上，我去她的屋子陪她呆了一会儿，和她商量病情，就和以前所有大事一样，我没有瞒她。我告诉她，她的肿瘤已经到晚期了，但也许还能做手术，这要取决于腹腔探查的情况。如果做手术，应该会比较复杂，术后会受一些罪。她说，她不怕死亡，但渴望活着，因为活着就能有更多的发现，完成她还没完成的书。当然，她更舍不得我。但是，她想要有尊严地活着，不想将就地活着，这成了我以后所有选择的根本原则。

为了方便，我第二天让她住进了我所在的科室，我推轮椅陪她做所有的术前检查，不再上班，每天都陪着她。到周四的时候，我们转到妇科病房，做术前准备。清理肠道时她腹泻了很多次，我夸她真棒。那里虽然也是单间，但条件差些，她说没关系，她喜欢给她做手术的大夫的性格。周五一早，我陪她去麻醉准备间，一直握着她的手，和她说术后可能会有的几种感觉，说她醒的时候会看见我在身边。在她即将入睡时，我跟她说"妈妈一会儿见"。

手术开始，首先是抽了 3000ml 的腹水，然后用腹腔镜探查，我看到了她满腹的瘤子，我以为做不了切除手术了。但没想到主刀老师说要拼一把，因为如果不做手术的话，以这个肿瘤的体量，要化疗太难了。我觉得有希望了，然后我离开手术室。我的同学时不时把她的情况告诉给我，大块的瘤子一个接一个被切掉，然后开始清除肉眼可见的小瘤子。手术做了 8 个小时，中途几次叫我进了手术室，终于是顺利结束了。她醒的时候，第一句听到的不是常规麻醉科大夫喊她的名字，而是我在叫她妈妈。

手术结束的当天我挺高兴的，至少是肉眼可见的瘤子都被切除了，她的生命体征都很好。然而第二天晚上，过大的创伤导致蛋白急剧下降，进而带来水负荷过重，使她出现了心功能衰竭。不过处理很及时，我一直盯着并控制她每一袋输液的速度，也叫来同学帮我。多亏她平时锻炼，她的心功能在几天之后开始恢复。术后的十天我一直陪着她，我熟悉了大部分护士的工作，成了最优秀的护工。一周的时候她排气了，表示肠道在恢复，逐渐开始喝水和果汁，她提出要找护工（后来就让那个护工一直跟着她），不再要我陪着。她一方面觉得她即将恢复，一方面觉得我太累。那几天我又挺高兴的，开始恢复跑步，还给她看我跑步的记录。

然而，术后两周的时候，她的白细胞在强力抗生素的使用下开始持续升高，复查的增强 CT 看到了她肝脏里肿瘤的转移，仅仅两周就长出了直径 1 厘米的转移灶。术后的病理证实她得的卵巢肿瘤叫癌肉瘤。这是一种罕见的肿瘤，大多数医生没有见过，一旦得了生存率很低。基因检查的结果更加让人绝望：没有匹配的靶向药。那几天我是真的绝望，这一次我没有告诉她肿瘤已经转移到肝脏，只是笑着告诉她因为她本身是万里挑一的优秀，所以得了一种非常罕见的瘤子。不过我心情的好坏，她其实能看出来。那些天我把情况告诉我爸还有舅舅，然而他们还是让我来做决定，我的压力可想而知，更多还是和同为医生的妻子以及岳父商量，也找相关专业的同学、老师商量。

我没有丧失希望，她也一样。由于她的问题已经不再是妇科的问题，我把她转回了我所在的科室，那里条件要好很多。她的单间有大落地窗，可见看见景山和北海的白塔，护士们都很照顾她，只是她的主治医生变成了我。家里人曾建议我之后还是要让她住妇科或者干部病房，否则我的压力会很大。我当时只是觉得这样方便，因为在疫情的背景下没有别的病房能让我这么方便地陪她，而且我觉得我还扛得住。术后三周的时候，肿瘤使她的胸腹腔再次出现积液，她的身体每况愈下。也就是9月初，我不得不在她状况没有很好的时候给她进行第一次化疗。从之后的抽血结果看，化疗应该是有效的，她的症状也有所好转，虽然大把的头发掉了，但是她不介意。在她症状有所恢复的时候，尽管有一定风险，尽管只有一周，我还是买了制氧机安排她回家。她已经住院一个多月了，太需要回家了。她回了家心情也的确好了很多，开始通过录音的方式继续完成她的《神话与仪式》一书。但就在那一周靠后的几天，她开始持续地呕吐。当时我甚至逼她每天吃东西，事后证明她已经很努力了，但受肿瘤的影响，她会把吃下去的所有东西都吐出来。

再次住院，我在多科会诊的时候要求更换化疗方案，并加用了抗血管生成的药物。第二次化疗的方案是有效的，她只住了几天院就又回家了。这一次她的状态要好很多，继续叫来她的学生们交代书的事，并进行录音。她还去了一次北大，那次她和她的学生们都可高兴了。我每天会陪她一会儿，会给她抽血、打针，也会给她敲敲后背和腿。后来第三次住院的时候复查 CT，证实了瘤子的确在缩小，当时我和她都激动坏了，拥抱在一起，我觉得我找到了挽救她生命的钥匙，而她则不需要我详细解释，仅从我的脸上就能看出她有救了。我又开始恢复跑步，又开始做手术，每天给她看我跑步的数据以及手术的图像。她那几天心情也很好，治疗也变得没有那么痛苦。我给她进行了与上次相同的治疗。回到家后，她继续进行她书稿的录音任务。

然而仅仅经过了一轮有效，同样的方案使她的肿瘤出现了耐药性，这是罕见的。我再次更换了化疗方案，可她的身体已经耐受不了了。她的白细胞降到零点几，我开始把抗生素背回家给她输液。我研究各种肿瘤的靶点通路，从她基因排查得到的各种变异位点，寻找可能有效的靶向药物，再次证明无效。我也听从我舅舅的建议，尝试给她喝中药，她每次全都吐了。12 月的时候，她的肿瘤仍然在进展，我发现只要肿瘤处于进展状态，她就会持续呕吐。之前的化疗和靶向药物治疗之后，她会有一段时间不吐，也就是说不是那些药物无效，而是她肿瘤进展太快了。她的身体越来越虚弱，几乎吃不下东西。我发誓不再让她的肌肉流失，开始每天给她输静脉营养液，住院期间则尽可能多输血和血浆。2022年的元旦刚过，她也意识到她可能要离开我了。有一次我说，如果她离开我了，以她的成就和才智，下辈子肯定要转世在一个条件不错的家庭，也会是个聪明的孩子，我问如果我能再有孩子，有没有兴趣来我家。她一边笑一边说，"考虑考虑吧"。我打算为她作最后一搏。这个时候我不能让她住在干部病房或去别的医院，因为已经没有医生比我更了解她的疾病。作为她的儿子，这个时候我更应责无旁贷地在她身边，哪怕是和她走完最后的路。

这次我更换了一种副作用更小的免疫治疗，尽管在她之前的检查中显示这个药的配体阴性，但我查到在阴性患者中仍然有一部分起效。我又挑了一种副作用相对较小的化疗药，搭配之前用过的那种抗血管药。这一次她在医院呆的时间也没有太久，但回家之后几天就开始出现严重的副作用：她的口腔黏膜开始脱落，她的白细胞、血小板都下降到危险的范围。我继续每天给她输营养液，想尽一切方法对症治疗，但更多的是陪着她握着她的手，我当时真是后悔让她如此痛苦，甚至开始后悔没有采取姑息的方式。但随后有了改善，她没有再吐，开始逐渐从种种药物的副作用中恢复，开始能正常吃东西——生病以来从来没有吃得这么好。就连看护她的阿姨们也开始有说有笑，她再次参加了线上的学术会议，她的学生们也为她高兴。2022 年的春节，她已经不需要静脉营养，因为可以吃下各种食物，她还去厨房指挥阿姨做饭，偶尔还下楼走走。那年的大年三十我们一家在一起，是我过得最高兴的一个春节。她说等她好了，要把这些经历写下来，我也兴奋地把她每天的情况告诉她的兄弟们。

2 月底的时候，她告诉我感觉不太好。突然有一天，她把几天吃的东西都吐了。尽管采取了同样的治疗方案，但这个肿瘤再一次逃脱了控制，开始爆发式扩增。她最后一次去住了院，抽血显示她的肿瘤标记物已经降至正常，可 CT 显示肿瘤散播的区域更大了，甚至累及了肺。我意识到原来可能是有两种类型的肿瘤细胞，上次有效是化疗药控制了肉瘤的成分，这次则是癌的成分被抑制住了，可肉瘤的部分又开始扩增，我又找了对抗肉瘤的药物，可是已经来不及了，新的副作用开始出现，她的身体再也无法耐受治疗。三月中的时候，她出现了一次昏迷，抢救醒来后，她告诉我并没有痛苦，没有特殊的感觉。但我意识到她随时要离开我了，那是我半年来又一次哭，因为我熟悉之后会发生的事。校领导们来看她，我的同事们才知道她是位这么有成就的教授，但他们其实早就已经对她很好了。最后的一段时间，她在意识还清醒的时候对我说的最后一句话是"妈妈爱你"，我也没有想到这是她对我说的最后一句话。后来酸中毒导致她意识逐渐不清楚了，呼吸科的大夫——也是我最好的同学——告诉我，解决的办法只有气管插管，但是肿瘤如果不能有效控制就无法脱离呼吸机。我是多么舍不得她离开我，然而我不能让她再受更多无希望的痛苦，我和爸爸还有舅舅商量之后选择了放弃。最后的几天，她好像一直在做梦，有一次她说了一句"太好啦"，我知道应该都是好梦，梦里可能有她的丈夫、儿子、孙女，可能有她的父母、挚友、学生，也可能有她取得的成就或者未尽的研究。有一天她似乎回光返照了，虽然没有说话但是叫她有明显的反应，她的学生们和我一起陪她，她知道她的学生们来了，带来了她生病期间最后完成的书《神话与仪式》，她知道她弟弟赶回来看她，她也知道她孙女来看了她，她还亲了我。从小到大她给了我太多的爱，她老说孩子接受的爱多了才能心理健康，事实上这让我能够扛得住任何事情。3月26日凌晨，我办完最后的事，送我爸回家，睡了一会儿之后，回来填写了她的死亡证明。这是主管医生的义务，我也毫不避讳地在医生签字和家属签字处都写上了我的名字。这个签字，是我前一半人生的结束。

　　我和她并肩战斗了半年多，我们输了，对我而言人世间所有的沧桑便在于此。每次试图回首这半年多的事情，我总是需要下很大决心。她赐给我的智商让我成为一个顶天立地的医者，我在一所有名的三甲医院任职，我所在的科室会和医院的很多科室打交道，我熟悉很多癌症。然而这些除了让她没有因为看病而受罪，对于治疗她的疾病，却是如此无力。我不敢说我的每一个决定都是正确的，比如由于她白细胞大幅升高，我们商量后的其中一个决定是给她的腹腔积液做了引流，以减轻腹腔感染，最后推测这可能加速了肿瘤的转移，而这之后才知道她白细胞升高是由肿瘤本身导致而不是感染，虽然仅仅因为肿瘤导致的白细胞大幅升高是罕见的。但一些原则性的事情我没有后悔，比如给她带来痛苦的手术，还有化疗，因为如果当时不做这些，一定会让我用一生去懊悔为什么不抓住可能治好她的机会。对于治疗带来的痛苦，她没有丝毫畏惧，这是她为生而做出的努力。面对这样一种疾病，即便在她最后的时光，即便知道可能不会成功，她也从来没有退缩，没有一天抑郁或放弃对抗疾病，和她每次去考察都冲在最前面一样。她的离开让我对生命有了新的感悟。即便如此，我也不能确定，等到我面对死亡的时候，是否能有她的勇气。

　　她去世之后，我才第一次看到她写的《迎接挑战》。那时的她，信心坚定，披荆斩棘，一如既往。近些年的她，境界早就超过当初，朝气却不减，这份朝气，即便在她病中，乃至弥留之际，都感染着身边的人。我会想，为什么我会如此不幸？为什么我妈妈会得恶性程度如此之高的肿瘤？哪怕是别的癌症，我都能更从容地应对。她的离开让我迷茫，不惑之年能有几人不惑？我学医的目的本是让她能更长久地陪着我，她的离开让我觉得演出进行到一半，最重要的观众却离开了。后来我想到，人总是先得到，再失去，虽然她的离开给我带来巨大的痛苦，虽然她过早地离开了我，但就我是她的儿子这一点，已经是三生有幸。我的女儿没有那么痛苦，然而她不知道她本来可以有一个更加完美的童年：她的奶奶可以用十余国的外语逗她玩耍，放假的时候她可以在未名湖旁的土山上探险，中午在北大食堂吃饭，再回她奶奶那间学术气息浓郁的办公室午睡——现在这个季节，打开办公室的窗户就能闻到花香。这些和奶奶在一起的种种画面，她都不会再经历了。我能做的，就是尽量用她奶奶培养我的方式让她成长。她也爱吃奶酪，擅长运动。去年底我得到两本书——《安徒生童话故事》和《格林童话故事》，我想起来妈妈当年翻译这两本书的时候，我就挤在她后面。我女儿在听故事的时候，也喜欢七扭八歪地躺在床上。

她陪伴我的方式还有很多。每隔几天我就会梦见她，在梦里我没有因为思念她而痛苦，我很高兴，因为又见到她了，在梦里她的面容是如此清晰。有时候她会在我梦里自然而然地出现，有时候在梦中就已经知道这是梦了，但也会多和她说说话。梦见她的场景有很多，有时候是我小时候她年轻的样子，有时候是她前几年头发都白了的样子，也有时候是她生病了的样子。有时候我会说：妈妈你好像比前段时间好多了，再接再厉，肯定能一直活下去的。有时候也会说：妈妈你真棒啊，不像在另一个平行时空已经去世快一年了。这样醒来我会觉得，她也许从来就没有离开。这场演出还要好好地继续下去，我还有很多别的重要的观众。我会像她一样，在自己的专业与生活中都成为出色的人。我回报她的爱远远比不上她给过我的，我也再没有机会把她给予我的还给她。但我会用她的方式，去对待她的孙女，去对待我身边的人。我本身即是她生命的延续，我会和当初的她一样，无畏挑战，去看新城古迹、山川大海、荒漠冰原……

目录

师友杂记

德国的印度学之初与季羡林先生的学术底蕴

一

为方便后文的叙述，先要明确两则概念。

其一，关于印度学。所谓"印度学"，译自德语Indologie（英语 Indology）。在欧洲，至少在季羡林先生留学德国的时代，"印度学"主要以梵文、巴利文等古代语言文献为研究的对象，并基于这些语言的文献，展开对印度古代文化、宗教等领域的研究。季先生留学的时代毕竟已成往昔，时代演进至今，德国的学科建制也经历了调整，但是迄今为止，尤其是在德国，如果一家研究所或者大学专业的冠名之中含有 Indologie 的字样，说明这里还在教授梵文等印度古代语言，还在以印度古代的语言、宗教、文学等为主要研究科目。当代德国，在延续印度学传统的基础上，更增强了对现代南亚次大陆各国各领域的研究。为了与过去的传统学科加以区别，将南亚次大陆各国的语言、文化设为主要专业科目的大学，多采用"南亚研究"为名称。例如海德堡大学设有南亚研究所，下设古典印度学和现代印度学。这样的冠名体现了学科的调整，也折射出这背后的思索：传统意义上的"印度学"，已经不能涵盖当今学科的发展。因此，在对学科建制进行调整的同时，也对学科的名称进行调整。鉴于"印度学"之概念的由来，本文所用"印度学"之概念，仅限于古典范畴。

其二，关于 philology 一词的翻译，需要加以说明。这个词汇，有学者主张译作"语文学"，其中的"文"或可指文献，或可指文字。这样一来，"语文"似乎是个缩略语，可以是"语言文字"的缩略，也可以是"语言文献"的缩略。也有学者把这个词译作"历史语言学"，把欧洲古典学派的 general grammar 之概念译作"普遍唯理语法"。然而，无论是"语文学"，还是"历史语言学"，均与法国哲学家福柯（Michel Foucault）所阐释的 philology 有一定的距离。依据福柯的分析，19 世纪之初诞生的 philology，第一次将语言作为语音元素的整体来对待。"语言的整体存在是音的整体存在。" philology 实际上尤其提升了人们对语音元素的认知：说出的话，才是语言最真实的存在。对于语言的新认知，甚至影响到德国浪漫派对口头文学的注重。鉴于 philology 对语音的认知，笔者既不大赞同把这个词汇译作"语文学"，也不大赞同把这个词汇译作"历史语言学"。诚然，从事这一领域研究的学者，多运用比较的方法，以古老的语言为对比的基础，探寻某种语言的内部结构。但是，这样的探寻并不局限在历史的范围内，例如这一学派的创始人之一雅各布·格林（Jacob Grimm）所著《德语语法》，即是对现代语言的关注。鉴于 philology 的内涵，为避免概念过多而产生混乱，笔者回归简单。这里仅需说明，凡本文中所用"语言学"，全部对应 philology 一词。

二

1935 年底，正值 24 岁盛年的季羡林来到德国哥廷根大学。他最终选择梵文、巴利文等所谓印度学为主修专业，因为他认为：

> 中国文化受印度文化的影响太大了。我要对中印文化关系彻底研究一下，或能有所发明。在德国能把想学的几种文字学好，也就不虚此行了。

那么为什么一定要在德国学习这些语言文字呢？这是因为：

> 尤其是 Sanskrit，回国后再想学，不但没有那样的机会，也没有那样的人。

从这一思择的过程可读出如下事实：第一，当年中国社会没有印度学。第二，当时德国有。第三，这门学科日后在中国能够有所发展，是因为中国文化曾受到印度文化很大影响。

印度与德国不是近邻，相距遥远，历史上德国文化也不曾受到印度文化的巨大影响。那么，德国缘何在大学的科目中设有印度学呢？为探索此问题，笔者选择跟随福柯的理论而回顾 19 世纪初期的状况——这是印度学在德国的初创期。

依据福柯的理论，在十九世纪的欧洲，三大学科从古典的模式脱颖而出，或者更准确地说，崛起于古典学术之侧。这三者是：基于达尔文的进化论而产生的生物学，政治经济学，语言学（philology）。这三大学科的诞生，标志欧洲的学术告别了古典时期，意味着现代学术划时代的开端。三大学科的并出，有其必然联系。而依笔者之见，其中的语言学获益于欧洲学者对梵语的认知，它的诞生伴随着印度学在欧洲的形成。甚至可以说，欧洲学者对梵语的认知催生了语言学。在福柯的笔下，19 世纪语言学的形成主要以几个关键性的人物和他们的作品为基础，如施莱格尔（Friedrich von Schlegel）和他关于印度语言和哲学的论著、格林（Jacob Grimm）和他所完成的德语语法、葆朴（Franz Bopp）和他所写作的梵语变位体系。这三个人物，实际上体现了发展过程的两个阶段，一是德国学术界对印度语言文化的接受，二是在前者的基础上基于本土文化所完成的开创工作。

暂且离开福柯的理论，先对他笔下的标志性人物作一些介绍。弗里德里希·冯·施莱格尔（Friedrich von Schlegel），《论印度人语言和智能》的作者。这部著作的出版在德国曾引起轰动。而实际上，对于德国印度学的发展起到奠基作用的，是施莱格尔两兄弟。兄弟二人同时是德国文学史上浪漫主义的发起人和领袖。与德国文学史上著名的文豪诸如歌德、席勒一样，他们最初也是凭借英译本阅读了印度古典诗人迦梨陀娑的剧本《沙恭达罗》，并由此产生了对印度古典文学的浓厚兴趣。换句话说，来自古代印度的《沙恭达罗》唤起了德国知识阶层对印度梵语文学的兴趣，这是印度学成为德国大学专业科目的原因之一。

当年施莱格尔在他论著的导言中写下这样一段话：

惟愿印度学能知遇那样的开拓者和倡导人，犹如15世纪的意大利和16世纪的德国因为一些人对希腊的研究而见证了伟人的突然兴起并在短时间内取得了伟大业绩。此时期，对古典认知的再度发现，迅速改变了科学的构架，甚至可以说是世界的构架，并使之焕发了朝气。我们大胆地预言：若是着力推动并引入欧洲的认知范围内之后，当前印度学带来的影响，将同样伟大和广泛。

施莱格尔这部作品的划时代意义在于：它标志德国知识界已经从对印度古典文学的接受，过渡到对印度古典文献的语言研究。它奠定了德国梵文研究和德国印度学的基础。施莱格尔的著作把"有机体系"这一概念引入语言理论。一个新的学科，即比较语言学，已呼之欲出。

　　上述《论印度人语言和智能》的作者，是施莱格尔两兄弟之年轻者。他的哥哥，威廉·冯·施莱格尔（Wilhelm von Schlegel）本以翻译莎士比亚的著作而享誉德国，开始学习梵语的时间要晚于他的弟弟。他在48岁时才开始在巴黎学习梵语，与他同学者还有日后成为比较语言学创始人的葆朴。大施莱格尔支持梵语语言学的研究方向。1818年，他因德高望重而获得了德国波恩大学第一任印度学教授的教席。这是划时代的一年，以此为标志，印度学正式步入德国学术的最高殿堂。

　　福柯笔下同为19世纪语言学的奠基人中，葆朴是较为中国学界所熟悉的。1816年，他发表了《论梵语动词变位体系及与希腊语、拉丁语、波斯语和日耳曼语的对比》论文，以及直接从梵语译出的《罗摩衍那》、《摩诃婆罗多》故事选和吠陀诗选，由此而一举成名，成为比较语言学的创立者。那一年，葆朴25岁。随后，葆朴居住伦敦，校订梵语《摩诃婆罗多》之故事《那罗传》，并把他原用德语撰写的论文翻译成英语。在伦敦，他知遇柏林洪堡大学的创建者——普鲁士贵族威廉·冯·洪堡（Wilhelm von Humboldt ），并曾经教授后者梵语。1825 年，葆朴成为柏林大学东方语言的全职教授。至此，德国已经拥有波恩和柏林两个中心，开设梵语和印度学研究的课程。从那时起，德国的印度学开始了它的蓬勃发展，研究的中心从古典梵语到吠陀，成果层出不穷。

19 世纪初期欧洲新兴的语言学处处有印度传统的烙印。古代印度对语言的观察为欧洲人的语言认识带来了新的视野。简而述之，依印度传统，梵语是一独立的体系，好比一张没有破绽的网，构成这一系统的语言的各个成分，按照一定的规则排列组合，犹如织网的经线。梵语以名词性词和动词的变化为主要线索，表述行为、状态、意愿、致使的词根，构成语法结构的核心。所谓名词性词和动词之间，唯有形态的不同。一定的词缀附着在动词词根后，引起音变，可以变化成名词、形容词或分词。但作为名词性词的动词依然可以保持动词的特征，例如主动性或被动性。统而言之，梵语的词缀分为六大类，名词性格尾词缀，即义净所言"苏盘多"。动词语尾词缀，表示人称变化的语尾独立构成一类，即义净所谓"丁岸哆"，依"二九之韵"而演化。另有阴性词缀类、动词词根词缀类、原始词缀类以及派生词缀类。梵语名词有著名的所谓八格屈折形态，而促使名词屈折变化的，其实只是七格三数的格尾，俗称呼格是第一格的衍生形式。古代印度人认为，梵语的格尾是含有指示意义的语言成分。当动词表述行为，构成语句，名词所指代者因直接参与行为而加入句中。此时格尾的功能，在于指示此名词在行为中充当的角色，是行为的施动者、客体，工具、所从发生，以及行为的发生处。俗称第六格尾可以不参与行为，而主要表达二者之间的关系。印度传统除了擅长对语言组成结构进行剖析，还特别注重观察语音的变化，例如 i、e、ai 与 y 之间的升级、互动，等等。

印度传统对语言的认识，为欧洲的语言学家开拓了新的眼界。原来语言除了是指示客体的词汇，还有一些功能性的成分，原来构成动词变位的那些语尾、加在名词后的格尾，是独立存在的，这些指示语法功能性的成分具有意义。正是这些功能性的成分，构建起语言的内部结果。对语言的崭新认识，使 19 世纪初期的欧洲语言学家把眼界从旧有的对修辞色彩、论证风格的评判，转移到对语言内部结构的关注。在古典时代，欧洲对语言的研究，局限在对语言表达习惯的研究。这样以修辞、表述习惯、辩论风格作为分类的基础，语言便有了高低贵贱之分，划分出所谓"情感的语言"、"奴隶的语言"，或者所谓"文明的语言"、"野蛮人的语言"等等。受到印度传统对语言认知的启发，19 世纪初期的语言家终于发现，任何语言都有其独特的内在结构。这种内在结构才是语言的根本特征，不受论说者所阐述内容的辖制。相反，任何论说者必须遵守语言的内在结构，受到语法规则的严格制约。一种语言与另一种语言的差别仅仅是二者自主的内在结构的不同。语言没有高低贵贱之分，不存在所谓"文明程度低劣"的语言。以语言的内在结构作为判断特性的标准，以语言的语法构成作为衡量的标准，于是各种语言处于完全平等的地位，这才真正获得了各种语言之间比较的基础，例如梵语、拉丁语、古希腊语在语法结构上有大量可比之处。而考察语言之间近似的语法结构，则揭示了语言之间继承和派生的亲缘关系，由此可划分出所谓印欧语系、闪米特语系等。

印度传统对语言的分析，认为动词是话语的核心。这就意味着，语言的常量存在于表达行为、状态、意愿以及致使等动词的词根之中，意味着"语言并非植根在可以感知的客体中，而是植根于灵动的主体中"，活生生地存在于民众之中。民间有最生动的语言，这样的理念，引导着德国文学的浪漫派把眼光投向民间。当这样的理念孕育成熟时，也就不难理解，缘何格林长兄的纯语言学模式的德语语法以及格林两兄弟参加编纂的词典诞生在 19 世纪初期。正是在这一时期，流传在民间口头的"格林童话"终于形成了文字版本，从此传遍天下。如今可以毫不夸张地说，有人的地方，就有白雪公主的故事流传。而造就这一文化成就的背景，就有印度学以及语言学在欧洲的新兴。

回顾印度学在德国的诞生之初，似乎可以得出这样的概括性结论：梵语文学、印度传统对语言的认识奠定了德国印度学的基础，与欧洲 19 世纪初期形成的语言学结伴而生的，还有印度学。而印度学的引入确实如施莱格尔所预言的那样，对德国乃至欧洲的学术产生了深远的影响，改变了欧洲学术的框架。后来，曾跟随葆朴学习梵语的缪勒（Max Müller）进而把印度学从比较语言、文学领域带入比较宗教学视野。关于印度学在欧洲的不可或缺，他曾说过这样一段话："如果我们把视野仅仅局限在希腊罗马的历史，局限在撒克逊人、凯尔特人的历史，捎带上些巴勒斯坦、埃及、巴比伦的背景色彩，而将我们最近的智慧亲属排斥在视野之外……那么我们对整体历史的知识，对人类智能发展的洞察，就将是非常不完善的。"德语、英语、法语等，都是印欧语系的一支。印度学研究者的成果，早在 19 世纪时已经进入小学生的课本。欧洲人终于发现，他们曾经视为野蛮民族的印度人，其实是自己的文化亲戚。

　　19 世纪初期的欧洲语言学之浪潮，甚至波及中国。曾经留学法国的马建忠于 19 世纪末创作了《马氏文通》，"引进西方的语言学深入研究了汉语的语法，构建了我国第一个完整的汉语语法体系"。

　　以上概述印度学在德国之兴、欧洲 19 世纪语言学之兴以及语言学依福柯的理论在欧洲学术史上的意义，主旨在于揭示印度学这一看似边缘的学科，曾经在欧洲引起巨大而深刻的影响。这门学科看似边缘，实际不边缘。当季羡林来到德国时，印度学已经过蓬勃的发展，经过沉淀，而成为德国的著名学科之一。如果不作这样的背景介绍，今日读者恐难理解季先生当年在哥廷根为何选择那样的题目，即以混合梵语的《大事》诗文部分动词变化作为考察的中心，来完成自己最初的著述。季先生当年选择这个题目，选择对语言的结构进行分析考察，显然是对在德国土壤上成熟发达的语言学传统的缵续。另一方面，这篇论文也体现了开创性的一面。

印度学，自 1818 年在波恩大学登堂入室以降，并非一成不变地停留在对梵语语言文学的研究之上。固然语言学的方法始终是学者坚持的方向之一，但所关注的方向和涉及的层面始终在发生变化。现代语言学（Linguistic）的创始人索绪尔在教授了十年梵语的基础上，不断对语言之实质进行思索，终于从对葆朴的比较语言学的批评而迈入语言研究的新时代。上文提及的缪勒把眼光从对语言的关注转向比较宗教学，把德国浪漫主义的思潮镶入了他对吠陀神话的阐释中。

19 世纪末 20 世纪初，探险家的脚步踏入了我国新疆。英国人鲍威尔（H. Bower）、法国人格勒纳（F. Grenard）和德兰（Dutreuil de Rhins）等从新疆地区收获了数量颇丰的婆罗米文书和佉卢文书写本，英籍匈牙利探险家斯坦因 1900 年在和田一带的探险挖掘，终于使德国的东方学者再也沉不住气了。1902 年在德国汉堡举行东方学者会议，这次会上成立了国际中亚及远东探险协会。从这一年起到 1914 年，德国探险队四次来到吐鲁番地区进行发掘，发现了大量古代多种文字的写卷。这期间，更有斯坦因、伯希和对敦煌藏经洞所藏文书的劫掠。来自中国新疆、敦煌的丰富古代写卷，再一次为欧洲的学术注入了活力。20 世纪初在丝路沿线所发现的 17 种文字、24 种语言中，欧洲学者发现了三种已经消亡的古代语言，即属于伊朗语族的和田塞语、粟特语以及吐火罗语。在现代中国，经媒体的渲染，这些名称似乎已是尽人皆知。然而当初破译这些无人知晓的语言绝非易事，欧洲学者为此付出了巨大的艰辛。若是没有一百年来语言学方法的确立，没有充分的对梵语文献的掌握，要破译新疆、敦煌发现的古老语言是无法想象的。对上述这些陌生语言的破译再一次证实，自 19 世纪初建立起来的印度学、语言学，不但不可或缺，而且其理论和方法是行之有效的。一方面，来自新疆、敦煌的新发现为 20 世纪之初的欧洲学术界补充了新的能量；另一方面，因新材料而立的新学科，如中古伊朗语等，正是欧洲学术传统的扩展。

关于哥廷根大学印度学的传统，季羡林先生写过十分精彩的描述，称这里是"梵学天空，群星灿列"。在这些真正伟大的学者之中，基尔霍恩（Franz Kielhorn）驾轻就熟于印度传统梵语文法，他的著述至今为深入学习梵语者所推崇。奥登柏格（Hermann Oldenberg）是巴利语的专家，最早根据巴利文文献把佛陀的事迹介绍给欧洲学者。他的继任西克（Emil Sieg）是专攻吐火罗语的专家。西克教授的继任是以研究新疆出土梵文写卷著称的瓦尔德施密特（Ernst Waldschmidt），季羡林是他的第一名博士生，这是众所周知的事情了。

德国印度学、语言学的传统，好比一片沃野，而受到命运牵引来到这里留学的年轻的季羡林，好比移栽到这沃野之上的一棵树。经过一番"死抠语法"的学习，当他以优异的成绩毕业时，已经把德国的学术传统植入自己的学术理念之中，德国的印度学和语言学传统似乎已经融入他的血液之中，为他未来成就的学术之厦奠定了基石。正是沿着这条发端于德国哥廷根大学的道路，他走过了自己的学术生涯，自始至终不曾舍弃。

三

季先生回国后，着陆在时局动乱、贫穷的国土。失去滋养语言学的那片天地，似不可能继续钻研十年负笈所学的内容，不可能继续做欧洲式的纯粹语言学研究。除了时局动荡等政治因素，那套滋长于欧洲的纯粹学术，毕竟不合于中国的土壤。于是他努力寻找着自己的方向。

关于当年的困顿，季先生写道："我虽对古代印度语言的研究恋恋难舍，却是一筹莫展。"他在寻找着自己学术的出路。实际上，季羡林先生在中国为自己的学术发展寻找出路的同时，也在寻找中国印度学之趋向。印度学在中国的发展，注定要与在欧洲的发展有不同的方向。

中国的学术界历来有西学中用的传统，而中国文化曾经受到印度文化的影响。中国与印度是近邻，印度文化之风早在吹入欧洲一千多年之前，就已经吹遍华夏，对中国的文学、艺术、哲学产生了深刻影响。来自印度的文化之风经华夏士人接受吸纳之后，所创造的文化辉煌，是印度文化于19世纪对欧洲文学、学术发生之影响所不可比拟的。中国历史上第一次大规模翻译的印欧语系语言文献，正是以印度古代语言为主要载体的。自后汉以降，直到宋代，历朝历代从梵语等翻出的佛教经典，可谓浩瀚无量，加之中国典籍对于古代印度的相关记载，这些是中国印度学取之不尽的源泉。这正是西方的印度学与中国学术接壤的大有可为之处。

通过一番寻找，季羡林先生终于在中印关系史和比较文学史两个领域找到了学术的安身立命之地。这样的寻找，这样的归宿，并不仅属于季先生个人。作为中国印度学的缔造者，季先生也以自身的实践为一个新的学科在中国的发展找到了方向。至今北京大学南亚系古代方向，依然有中印关系史的招生方向。而比较文学的研究领域，应该说已经成为北京大学的特色专业之一。

在不能从事古代印度语言研究的日子里，季羡林先生开始了在比较文学史、中印文化关系史、佛教史等领域孜孜不倦的探索，而始终贯穿于其中的，则是印度学和语言学的基本功。翻阅季先生的这一类文章，几乎在每一篇中都可以找到语言学的踪影，可以找到以语言词汇为依据的论证。在佛教史领域，他把对语言的研究成果应用到印度佛教史的研究上，以此探讨对中国佛教影响深远的大乘佛教的起源问题。针对如何开展佛教史研究，他强调掌握多种语言的必要性。得益于语言学的基本功，他揭示出中国文学中印度文学的踪影。他运用梵语的知识，可以在三国两晋南北朝正史中找到关于印度的传说。他甚至凭借吠陀语的功底，为饶宗颐的相关文章以及赵国华所著《生殖崇拜文化论》补漏。他的关于中国丝、纸外传的文章，弥补了中外交流史中只来无往的缺憾，而其中利用语言词汇作为论证的手段，无不达到令人信服的效果。

古代语言成为季羡林先生揭示历史的契机，使他能够见他人之不能见，获得独树一帜的原创性发现。众所周知，季先生不但掌握梵语，而且是世界上鲜有的几个能看懂吐火罗语的专家之一，《吐火罗语的发现与考释及其在中印文化交流中的作用》一文即体现了他基于语言的认知。从对比汉译佛经中几个音译词的变化入手，季先生说明：最早的汉文里的印度文借字都不是直接从梵文译过来的，而是经过中亚古代语言，特别是吐火罗语的媒介。他强调吐火罗语的重要性，因为作为曾经流行新疆地区的一种胡语，其与中国文化有密切的关系。

　　仅从刚刚述及的论文来看，季先生治学的一些方法是我们应牢记于心的。佛教传入中国，留下了丰富的遗产，传入的过程跨越近千年。这固然是好事，但是也容易令人产生错觉，使人忘记一个现象与另一个现象之间的时间差距。汉译佛经集成时间跨度很大，不同时代译出的经文对一些词语的解释往往相距甚远。例如贤劫千佛的末佛在竺法护的笔下号"涕泣"，而在唐代则变成了"爱乐"。其中并不存在孰对孰错，所谓晋代"讹也"，实则是谬判。这是因为竺法护见到的原本，并非纯梵语写卷。在对汉译佛经展开研究时，如果没有历史的时空观念，很容易闹出关公战秦琼般的笑话。季先生运用他丰富的语言学知识，揭示了我国新疆地区曾经的古代民族在中西文化交流中所承载的重要角色。他的独到见解，将随着更多原始资料的发现以及研究的深入，更显出其意义。

　　然而，依我之见，季先生最卓越的学术成就，依然在对古代印度语言以及吐火罗语的研究。先生的学术作品，轮不到我这学生辈去评价。我只能说，他的一些著作再历百年而仍然会有人捧读。这里仅和读者交流一些感想。再度翻阅先生的一些作品，难免发自心底地感叹：先生是真正的国际学者。每当先生以印度古代语言为论题时，他心中的读者群会随着他的论证跃然纸上。《中世印度雅利安语二题》、《三论原始佛教的语言问题》等文章，虽是用汉语撰写的，但先生心中的读者群实际上是那些国际学者。只要触及这样的题目，老先生似乎又回到了哥廷根的那片天地。最有趣的是读他的《吐火罗文〈弥勒会见记〉译释》之书，这里可以体味两种写作风格。汉语写作部分，季先生着意为中国的读者群写作，在导言中详细介绍了吐火罗写卷在欧洲的情况，新的写本在新疆的发现过程，以及弥勒信仰在印度、中亚和新疆的传布。而英语写作部分，依然是他在德国时养成的风格，直入主题，直接解决问题，而无须多余的话。能使用两种不同的风格面对两个不同的学术群体，这是因为季先生了解中国学术圈所关心的问题，也了解世界相关学术领域的水平。唯有在不同学术世界均处于水平之巅的人，才能如此游刃有余。写作时心中装着读者，这是我们应当向他老人家好好学习的写作方法。

季羡林先生以他丰富的梵语翻译作品和学术著述，最终诠释了中国印度学的范畴。中国印度学，包含对印度古代语言文学文献的翻译和研究、对印度古代语言的研究、对中印比较文学和中印关系的研究。他同时以对吐火罗语研究的杰出贡献而成为中国西域古代语言研究的引路人。他强调对中国新疆古代文字进行研究的重要性，强调曾经生活在新疆丝路沿线的古代民族与中国文化的发展密不可分。季先生的真知灼见，把中国新疆地区的文化发展从印度学的概念中剥离出来。这样的剥离具有科学的意义。无论是欧洲学者，还是中国学术界，以往都习惯把古代新疆语言文字的发展，视作印度文化发展的一部分。这一认识的形成，是由于学者对新疆地域语言文化发展的认识停留在表面。例如，20世纪初期的欧洲学者，针对丝路北道、南道婆罗米字体的不同形式，提出"斜体笈多"、"正体笈多"的划分方法。后来，经过季羡林先生的师妹桑德尔（Lore Sander）博士的实质性考察，修正了过去的观念，认为"笈多"的印度特征，掩饰了新疆地区的字体有其独立发展脉络的特征，因此是不正确的。唯有对新疆古代语言文字有深入了解和研究者，才能认识到新疆古代语言文化发展沿革的真面貌，把对新疆古代文明的研究作为独立的学科来建设。

四

季羡林先生对中国印度学、西域古代语言文化的贡献，还体现在对学生始终如一的厚爱之上。在对学生的培养上，他展现了博大的胸怀。

写到这里，无法再以论述的模式继续。当我应邀撰写此文，再一次从书架上搬下季先生丰厚的著述，再一次感叹这位老人一生的勤奋时，一些回忆不由得浮现在眼前。季先生一生笔耕不断，他用笔记录下对学术、对人生的感悟。我一直认为，不用再说什么、再写什么来评价季先生的一生，因为老人对自己一生所作所为已经写下尽可能翔实的文字。季先生从不看他人写自己的文章，不喜欢他人对自己的溢美之词。更何况作为学生，我有什么资格来评价自己的老师呢？然而，浮现在眼前的回忆让我感受到季先生在学术方面曾经有过的孤独，以及他的坚守、他的理念、他的规划、他的部署。

清晰地记得，在北大的第一堂梵语课，季先生为我们引见蒋忠新老师，称他是最优秀的学生，隆重地把教授梵语的任务拜托给蒋老师。我们用的教材，正是季先生根据德文教材编译的。学生时代，我们有事没事跑到季先生家，当谈起新疆的那些古代语言，先生立刻坐不住了，弯下腰，蹲下去，从书架底层抱出几本厚重的大书，翻弄着，爱不释手。记得跟随季先生重返德国，他与邀请方谈判，为我争取到赴德留学的奖学金。记得回国后，向季先生报到时老先生高兴的模样。我陪着季先生在临湖轩旁的小路上快步如飞地行走，他嘱咐我要安心于学校的工作，教授梵语，并且要在于阗语研究领域做出成绩。记得季先生为我出主意，说最好按照"德国式"教学生，讲述他当年在德国是如何学习的。记得终于在国外发表了论文，把论文交给季先生，他高兴地翻弄着，逢人便夸赞。记得他研究新疆发现的吐火罗语写卷，十分兴奋地告诉我，他发现、确定了50多个吐火罗语词汇——想想我自己每新确定一个于阗语词汇，均认为是个大贡献而沾沾自喜的心情，可想老先生在为吐火罗语研究作出重大贡献的时候，该是多么自豪而高兴啊。记得为新疆新发现的胡语残卷的事情在医院里最后一次拜见季先生，他嘱咐着，告诉我"星星之火"的比喻，把传授梵语、巴利语的事业反复叮嘱。记得他一双老眼，已经看不清楚人的模样，仍然摸索着，依然流利地用笔亲手为我们撰写了最后一封信……这样一位中国的印度学创建者，对中国的西域研究，对中国的比较文学、佛教等诸多领域作出过卓越贡献的学者，这样一位为培养人才倾注了心血的导师，难道不该被我们好好纪念吗？

不能不写的是，季羡林先生为中国印度学的建设，经历了痛苦的过程。所谓痛苦，表现在他自己的探索过程，以及中国学界不接受的过程之中。原本是欧洲学术，移植到中国的土壤，难以适应中国的环境。毕竟，中国人绝不会体验欧洲人于梵语发现了远亲那样的激动。季先生本人经历了探索和拓展的过程，最终才以丰硕的成果成功地走完自己的学术生涯。而中国学术的发展也经历了重建的过程。至少在东方语言文学领域，学术为何物，曾经鲜有人知。东语系的成立是因为国家需要外交人才。抛开政治背景不谈，对学术的无知，实际上集中体现在"文革"时期——季羡林先生亲自教过的学生把梵文教材摔在他的脚下，东方语文学的"小将"抄家……无知无畏在"文革"期间得到了淋漓尽致的表现。

"文革"之后，中国学术的重建时期终于到来。1978年，大学恢复研究生招生，中国社会科学研究院与北京大学合办的南亚研究所也招收研究生。那一年，我报考北京大学德语专业。在口试的现场，第一次见到季羡林先生。经严宝瑜、赵林克悌先生推荐，我成为季羡林先生的硕士研究生。季羡林先生的首批硕士研究生还有任远。季先生指定我们学习的课程就是梵语。梵语课在春季开班，课程全部由蒋忠新教授。第一班同学中有任远、胡海燕，还有新疆来的两名进修的同学，其中一名是维吾尔族人。同学中还有两名来自朝鲜的留学生。1979 年，南亚研究所再次招生，王邦维、葛维钧成为季先生的研究生，蒋忠新老师再次开班，教授梵文。后来，他们很快赶上我们的进度，可以和我们一起上阅读课，和 78 年的硕士研究生同一年毕业。

1980 年，季先生受德国诺曼（Naumann）基金会的邀请，重返德国。同行的有社科院从事德国问题研究的郭关玉先生。季先生提出带我随行。作为学生，能随老师访德，我真是无比兴奋。这一次，季先生帮助争取到诺曼基金会的奖学金，并委托哥廷根大学的贝歇特（Bechert）教授为同样有德语基础的胡海燕争取到奖学金。1982 年，在季先生的支持下，胡海燕赴哥廷根留学，我赴德国汉堡，按照季先生的规划，拜在著名的伊朗语言学者埃墨利克（Emmerick）门下攻读博士学位。

随着中国的发展，中国的印度学也比初创期有了大的发展，季先生教过的学生在各自的领域有所建树。曾任中国社会科学院外国文学所所长的黄宝生先生，带领中国通梵语者完成了印度大史诗之一《摩诃婆罗多》的翻译。北京大学梵巴专业已经可以完成从本科到博士的教学科目，已经开展起对西藏收藏的梵文贝叶经的研究、对新疆发现的多种语言残卷的研究，从巴利语直接译出的《长部》也将面世。在季羡林先生去世一年之际，我们隆重纪念季羡林先生。我们将牢记老先生的嘱托、老先生的教导，学习老先生的治学精神和方法，把老先生开创的中国印度学和西域古代语言文化的研究发扬光大。

（原载饶宗颐主编《敦煌吐鲁番研究》第12卷〔季羡林先生纪念专号〕，上海古籍出版社，2011年，1-14页，注释从略）

季教授和他的第二故乡——随季羡林先生访德散记

　　枫树红了，河水寒了，枯黄的落叶撒落在路边。在秋去冬来的十一月里，我和哲学研究所的老郭，随季羡林先生来到了德国的莱茵河畔。

　　一见到莱茵河，季先生便开始和我们商量："找个时间到河边散散步吧?"但直到离别，我们也未找到散步的时间。季先生一天十几小时和人谈话，进行学术交流参观。谈话的对象不断变换，而他要单独一人一顶到底，累得眼角、嘴角都泛了白。夜里，只有借助安眠药才能睡上几个钟头。我倒是挺自在，常有时间去河边站站。

　　莱茵河，这是个多么优美的名字。光是这名字就十分引人，好像含了无数首诗与歌。

　　莱茵河的确美。清晨，站在河岸，人仿佛融化在无边无垠的寂静之中。墨蓝色的河水泛着漾漾微波，静静地流淌，像一个温文尔雅的少女拖曳着长长的墨蓝色纱裙，从身边悄然掠过。三两只白色的水鸟在百米宽的河面上飞翔戏耍，忽而浮在水上，忽而腾空飞起，好像系在少女长辫梢的白色蝴蝶结。听人说莱茵河水已经受了污染，我没见过它未受污染时的样子，只是猜想，它原本应该像德国人的眼睛，是碧蓝、碧蓝的吧？

紧靠河岸，是一条高速公路，偶尔有一两辆小汽车从远方飞奔而来，悄无声息，直到临近，才听到低微的声响，又像箭一般飞驶过去。

河对岸，是高高低低的山。虽已是深秋，山色依然青青。山坡上，稀稀落落地散布着一簇簇小房，圆形的、方形的，各式各样。我最喜欢那种大而尖的红星顶，还有雪白的墙，像是白雪公主住的小屋。高大的哥德式教堂宛如鹤立鸡群。忽然，从那儿飘来阵阵钟声，打破这无边的寂静。

莱茵河本来已有德意志文河之称，再加上海涅这样的大诗人用诗歌赞美，它的名气便更大了，那罗蕾莱崖更成了名胜。凡是来到德国的异乡人，一定要看看这条著名的河。

但是我却发现了一个例外。

一天，我们坐着南去的列车与莱茵河结伴而行。我很希望听季先生讲点什么，他也在尽情地欣赏莱茵河的风光。

德国应该说是季先生的第二故乡。早年，他以优异的成绩考取了赴德留学生。他首先来到柏林接受语言训练。出身贫寒的季先生，极端厌恶那些云集在柏林的中国大资本家、大军阀的公子们，这些人倚仗钱势，不务学业，整天花天酒地，挥霍无度。几个月的语言训练刚刚结束，他立刻来到哥廷根。这是座以良好的教学传统在全世界享有盛名的大学城。

在哥廷根，他以罕见的勤奋钻研梵语、巴利语、吠陀语、吐火罗语等多种古代东方文字。学习过俄语、南斯拉夫语、阿拉伯语，成为德国著名印度学家瓦尔德施密特教授第一个获得博士学位的学生。后来，第二次世界大战爆发，季先生无依无靠，无法回国，只身留在异国他乡。对苦难祖国的深切怀念，远方的妻子儿女音信全无，过度紧张的学习和工作，使得他年满三十，就已白发丛生。户外炮声隆隆，肚内饥肠辘辘，他伏案苦读，与枯燥艰深的古文字日夜相伴，在德国竟度过了十个春秋。

此时此刻，我看见这位七十来岁的老人那样专注地观察着莱茵河，以为他陷入了对往事的追忆，就随意问道：

"季先生，哥廷根离莱茵河远吗？"

"不远吧？坐火车要不了两三个小时。"先生操着山东口音回答。

"您知道罗蕾莱崖在哪儿吗？"

"不清楚，我没去过。这是我第一次见到莱茵河。"

“啊？……”

唉，仙女一般的莱茵河呀，你妩媚多姿、神奇秀丽，可惜呀，你迷人的魅力竟然没有把这个异乡人吸引到身边。

以后我才知道，十年中，季先生甚至没离开过哥廷根。

哥廷根是个环境优雅而恬静的小城，只有二万多人口。城中心是约翰尼斯大教堂。教堂四周是典型的欧洲建筑。街道不宽，但很干净。

这一年，哥廷根的冬天来得早。刚刚十一月中旬，已经雪花飘飘。下了一夜雪，大地换上了素装。令人感到不寻常的，是白雪下面青青的小草，并没有因天寒而变得憔悴。有一些从白雪下探出身子，像是一群顽皮又害羞的孩子，偷偷地打量着我们几个远方来客。户外、街旁的高台阶边长着灌木丛，上面挂着红珠儿、白珠儿，枝叶则是绿油油的。

哥廷根确实不大，坐汽车几分钟就出了城。城外，是一个个涌浪般的小山包，此起彼伏。季先生说这是德国农村典型的景象。山包外是一圈草场，顶端是农田，种些卷心菜、土豆、甜菜之类。若干个小山包后，是一片森林。下雪天，山山树树银装素裹，眼前仿佛出现了印度神话中的乳海，翻着白浪。先生说我们赶巧了，如果不下雪，哥廷根没有这么美。

哥廷根大学蜚声世界。二战前，它的声誉居世界第一，特别以自然科学为最。它培养出的诺贝尔奖获得者不胜枚举。美国有作为的物理学家大多在哥廷根受过高等教育或工作过，如现代量子力学的创始人之一海森堡出自哥廷根，美国的原子弹之父奥本海默当年也是哥廷根大学的佼佼者。

据说，哥廷根学术氛围十分浓厚，当老教授来到街上散步时，大学生可以随时请教，青年教员可以隔窗提问，彼此展开争论。

到了哥廷根，季先生的话开始多起来。他讲哥廷根的风光，讲哥廷根的变化，尤其喜欢讲哥廷根的人。二战期间，他是这儿唯一的中国学生。尽管希特勒法西斯歧视有色人种，但生活在德国人民中间感到的却是友谊和信任。他的房东每逢圣诞节便要为他杀鸡烤鹅。他的老师瓦尔德施密特教授被征入伍，临走时把自己家的钥匙留给这个中国学生，请他关照自己孤零零的老伴。

季先生谈得最多的，还是自己的老师瓦尔德施密特教授。从前，他就常讲老教授如何毫无保留地向自己传授学识，如何教会他严谨的治学方法。每一次，都流露出深深的感激与怀念。

继季先生之后，老教授的学生中有不少博士学位获得者。但他总是忘不了那个瘦削的中国学生：他中等身材，脸很年轻，头发却过早地灰白了；他沉默寡言，人却异常顽强。那一场谈话老教授至今记忆犹新。

"博士先生，如果你留在哥廷根，凭你的才华，一定会做出很大成绩的。"

"教授先生，我一定要回祖国。我这样苦学，就是为了有一天能为她做点有益的事情。"

老教授望着这个中国学生一双坚定的眼睛，沉默了。三十多年中，他常常问自己："这个中国学生怎么样了？应该很有成就了吧？在这个世界上，我们是否还能相见？"

就在我们正式访问哥廷根的当天晚上，八十三岁的瓦尔德施密特教授在自己家里接待了他的学生。

那天晚上，夜色沉沉。老教授的后继者，当代著名的印度学家贝歇特教授和夫人亲自开车送季先生来到一幢公寓前。透过车窗，只见楼下明亮的迎客厅里，孤零零地坐着一个老人，两眼盯着前方昏黑的夜。季先生进门后，他慢慢站起身，迈着老态的步伐迎出来。师生的手紧紧握在一起，长久没有分开……

季教授回国后，加入了中国共产党，决心把毕生精力和满腹才华贡献给社会主义祖国，贡献给党的教育事业，贡献给下一代。他兢兢业业地工作，教书著书、培养学生。

十年浩劫，没有放过这个踏踏实实的知识分子。他成了北大最早被揪斗的教授。但是他始终抱着这样一个信念：一个人活着，总要为党为人民做些有益的事情。他一直默默地工作着，每天凌晨四点起床，从语言学角度研究大乘佛教的起源，从梵文译出洋洋一万八千颂的《罗摩衍那》，这是印度第二大史诗。这本书已由人民文学出版社出版。季先生把一本精装本带给了自己的老师。

《罗摩衍那（一）》书影（人民文学出版社 1980 年版）

瓦尔德施密特教授显然对自己第一个获得博士学位的学生有更多的期待，言谈话语之中，露出不满和遗憾。老教授啊，您哪里想象得出，您的学生献给您的不是一本平凡的书。多少个黎明，他忘记了头上的"帽子"，不去理会身上、心上的棒伤，伏案疾书，用生命换得了这一字一句。这书中，凝结着一个中国知识分子的意志和心血。它是新近吹遍中国大地、使万物复苏的春风吹开的一束鲜花，它是春日的象征。用先生自己的话来说：凤凰又从死灰中飞出来了。

离开德国的那个早上，我们在一起交谈着访德观感。我们在德国只住了十一天。十一天里要访问四个城市，看德国也只能像骑快马看远花似的看个大概。我大谈德国如何美，而季先生和哲学所的老郭，则对德国人的工作效率大加赞扬。他们总是说："美丽的国土离不开勤奋的人民，正如好花离不开辛勤的园丁。"

不知不觉，我们的话题转到了祖国。季先生望着窗外初升的太阳，感慨地说："中国的未来一定会很美、很美。我们这些人看不到了，你有希望。"他笑着转向我，那眼神因充满希望而显得格外亲切。

太阳升起来了。我们告别了好客的德国朋友，踏上了中国民航的大客机。中国人上了自己的飞机如同回了家，变得无拘无束。离别之际，我思绪万千，耳边却还响着先生的话……

是的，明天永远是崭新的。谁能不走弯路？中国的土地上，有着千千万万像我的先生一样朴实、勤奋的工人、农民和知识分子，总有一天，中国会很美、很美。

飞机飞起来了。噢，再见，美丽的德国。

（原载《丑小鸭·青年文学月刊》1982年第5期，56–58页）

写在《季羡林文集》出版之际

　　作为《印度古代语言》卷的责任编委，似乎应在《季羡林文集》（江西教育出版社）出版之际对读者有些交代。

　　《印度古代语言》卷中收集了季羡林先生早期的学术论文，特别是几篇用德文写的论文，代表了他早期的学术水平，体现了他的本行，他本来希望从事研究的领域。其中一篇德文的标题为"《大事》偈陀部分的动词变化"，是先生在德国留学期间完成的博士论文。

　　读过先生所著《留德十年》一书的读者大约都知道，先生到德国哥廷根大学留学，最终选择了学习梵文。19世纪是德国以至欧洲研究古典梵文以及印度学最辉煌、最多产的时期，这一时期产生了几部由欧洲人编写的优秀的梵文语法书、几部优秀的用欧洲语言解释的梵语辞典。这些语法书和辞典至今还是所有梵文学者案头必备的书籍。

德国大学对博士论文要求十分严格，如果遇到一个严格的老师，那更是严上加严。季先生是瓦尔德施密特教授指导的第一位博士生，自然对他的期待也高。博士论文的关键是"必须有新的东西"（见《季羡林文集》第2卷，第462页）。所谓新的东西，不是凭空杜撰的奇思妙想，而是必须科学地总结出前人未能总结出的规律，解决前人未能解决的问题。回到季羡林先生所处的学术氛围之中，也就是说，他的博士论文必须解决那些灿如星光的学者们未曾解决的问题，进入那些名声极高的学者们未曾进入的领域。对他的博士论文进行评判的教授不仅仅学识渊博，更代表了梵学研究的最高水平。

当年年轻的博士在写作论文时心中与之交流的对象正是这样一群教授们。交流的对象决定写作的起点，因此，他的论文之中没有长篇大论的背景介绍，没有点缀修饰的文字词藻，没有引人入胜的故事情节。论文用寥寥数语介绍其他学者就问题的思考，摆出争论的关键，以及本论文希望解决的问题，然后直接进入其独特的研究领域。先生探讨的是"《大事》偈陀部分的动词变化"。《大事》是一部用混合梵语传下来的大众部律藏佛典，其中的语言现象比较独特。在这个领域中，作者没有放过任何一个考察对象。经过几番摆事实、讲道理，作者一路走来，用一根线将散落的珍珠一粒粒串起来，最后得出结论，以寥寥数语呼应开篇时提出的问题。

1941 年初，先生完成博士学位所需的种种考试，以优异的成绩获得博士学位。因为战争，他无法回到祖国，继而留在哥廷根边教学边进行研究工作。《印度古代语言》卷中收集的几篇以德语写作的论文都是这一时期的产物。

《季羡林文集》书影（江西教育出版社 1996 年版）

后来，季羡林先生回到祖国，告别了那片与他相伴十年的梵学星空。和所有的爱国知识分子一样，他以满腔热情投身于共和国的建设。他是北京大学东方学系的缔造者，积极地倡导开展对东方的科学研究。他勉励学生努力学好东方各国的语言，一再强调只有学通了其语言，才能谈对另一个国家、另一个民族文化的研究。他从事中印文化比较的研究；从事比较文学的研究；从事外国文学作品的翻译，翻译了德语、俄语和梵语的作品；他从事文化史的研究，以 80 多岁的高龄完成了《糖史》的写作；他在晚年重新拾掇旧山河，完成了对新疆发现的吐火罗语残卷的研究，以英文发表的学术著作在德国出版，为国际吐火罗语的研究作出了巨大的贡献。三十多年以后，季羡林先生重返哥廷根，见到了他的老师瓦尔德施密特先生，季先生将他翻译的《罗摩衍那》送给自己的老师。这部由季先生独立完成翻译的印度古代两大史诗之一，在我看来就像修建万里长城一样艰辛和伟大，因为根据我的经验，翻译一本梵文著作所花费的时间相当于翻译十本同样规模的现代语言的著作。但是先生的老师不满意，因为先生没有继续从事佛教混合梵语的研究，因为先生本来可以像那些最著名的德国梵文学者一样，写出一部东方学者案头必备的佛教混合梵语语法书。其中的遗憾真如一江春水。

（原载 1999 年 4 月 21 日《中华读书报》）

脑海深处的记忆

一、脑海深处的记忆

夜深人静，仿佛看见先生远远地站在那里，脸上挂着浅浅的笑容，白发，布衣，一如既往。

那年，韦茨勒（Wezler）教授从日本返回德国，中途在北京逗留几日。夏日的晚间，日照还在，耳旁不时传来布谷鸟的鸣声。我那调皮而话多的小师弟走在韦茨勒的另一侧，说那叫声的意思是"光棍好苦"，韦茨勒大笑，并且赞同地说，光棍就是苦啊。我用德语说到施密特豪森（Schmithausen）教授有鸟，实际想表达该教授家中养鸟的意思。此时只见韦茨勒脸上掠过一丝狡黠的微笑，随后纠正说，不可以这样表达，如此表达的意思是说，施密特豪森教授脑筋有问题，精神有毛病。

我们就这样一路说着，笑着，沿着未名湖，来到先生家。

先生已吃罢晚饭，一张破旧的八仙桌上干干净净的。先生让我们坐下，韦茨勒坐在八仙桌的一边，先生坐在另一边。师弟和我大概在犄角旮旯找了个凳子坐下了。师母坐在角落里的一张木板床上，这是她一贯坐的地方。床上的陈设简单到没有给我留下丝毫印象。

韦茨勒教授面对师母，但礼貌地不去打量，而是专注地和先生谈话。师母也只是问我，石头好吗？听我回答很好之后，也就静静地坐在那里。

先生用德语交谈。师母看着我们，颜色正敷愉，却已老态龙钟。

谈话当中，师母突然连着打起喷嚏，鼻涕也流了出来。我看在眼里，知道师母得了感冒，还有鼻炎。可是，当着外国教授的面该如何处置这令人尴尬的情形呢？只见先生起身，从床头栏杆上拿起一块毛巾，亲自为师母拭去流出的鼻涕。这一切就发生在我们眼前，先生落落大方地处理过后，又接着与韦茨勒谈话。后来还是师弟提醒，说先生习惯早睡，韦茨勒方才结束了与先生的谈话。

在我见过的老一代学者中（见过的不多），要数许国璋先生的太太最美，她年轻时必然灿若天仙，老了也仪态万方。我们的师母也很美。许夫人是南国美女，眉头总是锁着淡淡的忧愁；而师母是北国佳人，脸上天生带着慈祥的笑意。

今夕何夕，昔夕何夕！如今这画面中人，德国印度学界最著名的学者韦茨勒因遗传的缘故患上了忧郁症，真的是"有鸟"了。师母早已离去，而似能长生不老的先生也去了。那聪颖而顽皮的小师弟俨然已成江南第一名嘴，而我已经能感觉到流泪之后眼睛的干涩。

应去终须去，无复独多虑。

二、亲情

看过写先生家庭生活的文章，那些零散的画面又从记忆的深处浮现眼前。若不将这些画面用文字勾勒出来，怕是不得安宁了。

先生的家曾经那样温馨。

李铮的年代，我们常常可以随便打个招呼便径直走入先生的书房。先生的书房藏书丰富，而且没有图书馆闭馆的限制，所以一有了非查不可的念想，首先想到的便是先生的书房。师兄弟、姐妹们都曾尽情享受那里的书香。

这样一次，我逗留在那里，到了先生家开饭的时间。先生说，先吃饭，然后再看。于是从书房步入有饭桌的房间，那里也是师母晚上歇息的地方。印象中吃的是面汤，还有自家腌制的雪里蕻，小小的一碟儿。

那时候，先生的女儿婉如还在。饭后先生家的女眷迅速收拾好了一切。她们让我坐着别动，跟先生聊。我坐着，背朝连着厨房的门厅，背景处是笑声和说话声。过了一会儿，她们返回房间，师母坐在角落里的木板床上，那永远是她坐的地方，而且永远守住这一角。婉如半躺着，头部和上半背抵着墙，依偎在母亲身旁。

全不记得我们在谈什么，只记得先生端坐着，满面生辉，话语不多，但是富有幽默。先生在和我谈话，实际上是说给师母和婉如的，说得师母和婉如很开心。师母转过头来看着婉如，满眼慈爱。她们相对着，格格地笑啊笑。先生愈发满面光辉，以他特有的方式尽情享受着这人间亲情的快乐。

那时我好羡慕，羡慕婉如可以依偎在母亲身旁。我的母亲很早便去世了，或许是这个原因吧，所以看到人到中年的婉如还可以依偎在母亲身旁，便格外的羡慕。

后来先生说，德华走了，婉如走了，把他的心也带走了。

忆昔荷畔清屋居，炊香书味总相宜。莫论人间疾与苦，儿女承欢有贤妻。

三、最后的告别

和邦维相约，我们于4月4日乘火车赴山东临清。邦维、老葛、我三人挤坐在硬座车厢。说是"硬座"，其实不硬，已经是 30 年前的软席了。车厢中人很多，大约是到了清明时节，人们纷纷回乡祭扫的缘故？拥挤的车厢令我们行动不便，于是端坐着，以邦维从小卖部买来的如手指粗细的"双汇火腿肠"充饥。那里面除了淀粉，便是各种添加剂。我曾经买过这种香肠作为"爱心食物"喂给六院的猫，猫也嗤之以鼻。当然，还有苹果一枚。不过春天的苹果，你能想象已经是什么程度的！邦维就是这样，永远记着 30 年前的艰苦。

来到季先生的家乡，多少回忆又浮现眼前。人与故土，一定有灵相系。而季先生之灵，在他的故土还在为我们诉说着什么。

终于到了季先生骨灰安葬的时刻。大人物各种讲话之后，是安葬。待到大队人马撤去。邦维的一席话，令我热泪满面。邦维说，我们来这里，是缘分。这是我们和老先生一生的缘分。正是因为老先生，也才有你我相识、共为同事的缘分。

季先生是改变了我们一生的人。

待到大队人马撤去，长枪短炮蜂拥着大人物远去。邦维、老葛、我，三人围着季先生和师母的坟头环绕作右旋礼。我们每人铲了三锹土，覆盖在老先生的骨灰盒上。此时，泪如雨下。仿佛在与先生作最后的告别。我们前来季羡林的憩园，亲手为先生培土是真正的目的。这是老先生灵魂的感召。填土之后，仿佛感觉到老先生的欣慰。

四、季先生的办公室

这几年，开始有人展示自己的办公室。满墙的书架，舒适的长沙发，窗外美好的庭院。如此美好，似乎"自古以来"。这才几年啊！

昨晚与朋友聚餐，谈话中回忆起季先生。朋友不相信，季先生真的曾经帮助学生看行李吗？我说那是真事。

那些年，季先生常年穿一件蓝色卡其布中山装，洗多了，褪了色。又是满头白发，永远微低着头，消瘦，很容易让人想到工厂退了休的职工。没人知道他是大学的副校长。

季先生从牛棚回到学校，常年打扫外文楼的卫生，打扫厕所。后来，他被免除了勤务员身份，可以光明正大写书了。于是趁势，那间门房变成了他的办公室。再后来，他当上了北大副校长。总不能让副校长在门房办公吧？我不知道是怎样安排的结果，但那一定是季先生自己挑选的结果，选择了最小的、对着楼梯口的一间。不过还好，那是向阳的一间。我估计，坚持要向阳的一间，一定是李铮坚持的结果。

办公桌还是有的。一副半截的书架，上面有汉语大辞典、新华词典，还有什么书已经记不得了。报纸堆得挺厚的。有一单人沙发，灯芯绒面，绿色。还有一个小茶几（装修之后不知去了哪里）、一个衣架。一个保险柜中收藏的都是来往书信。李铮最重视季先生的手稿，凡是文章，他都誊写出来。交到出版社的是誊写的稿件，手稿留下。

现在，办公室依旧在。只是原来的物件，全部挪走了。办公桌、书架在第一次装修时还被当作好东西移走。沙发是我扔掉的，太脏。现在唯有那个时代遗留下来的几个瓷茶杯，但也是少了把，少了盖子。

（2009 年 7 月 14 日、8 月 1 日，2010 年 4 月 5 日，2021 年 1 月 22 日博客）

印度文化的知音——记金克木先生

　　二十世纪四十年代最初的几年里，在印度，在佛教的创始人释迦牟尼曾经初转法轮的地方，在富于田园风光的鹿野苑，人们时常可以看到一位来自中国的年轻人。他像当地人一样，身穿印度土布制成的白衣，脚踏一双印度式的拖鞋，追随和尚们做飞也似的"行散"。他有时与比丘用梵语交谈，有时又忘情地和着印度学者背诵的迦梨陀娑的诗句，那洪亮而婉转的声音伴着优美的诗句在鹿野苑空旷的原野上回荡。这位如此熟悉梵语的中国青年，就是而今北京大学的教授金克木先生。

　　1912年8月，金克木先生出生在安徽省寿县。在这个至今未通火车的小县城里，在那个动荡的、新旧文化交替的时代，传统的与现代的文化给予了金克木先生最好的启蒙教育。还是在少年时代，金克木先生就想要了解中国、了解外国，决心对于各种文明追本溯源，看看现代的外国文明是怎么来的。

金先生在青年时代学习过多种现代外国语，其中包括英、法、德等主要西方国家的语言。他利用一切机会博览群书，广为拜师，勤奋自学。印度以它悠久的文明、光辉灿烂的文化吸引着金克木先生，为了真正掌握印度文化，了解印度社会，金先生于1941年经缅甸来到印度。

金克木先生在印度生活了六年，在这六年期间，他结识了当地讲各种语言的人，结交了许许多多的印度朋友。在鹿野苑，他曾经拜憍赏弥老居士为师。憍赏弥老人是南下斯里兰卡为印度再度求得佛法的第一人。金克木先生和这位老人以及他的儿子、印度著名学者高善必先生结下过深厚的友情。继憍赏弥老居士之后，迦叶波"大士"也曾是金克木先生的老师。迦叶波"大士"是二十世纪初为在印度弘扬佛法而去斯里兰卡出家求法的现代印度著名的三"大士"之一。金克木先生曾亲耳聆听这位"大士"宣讲印度古代的哲学典籍，那深奥难懂的"奥义书"。在加尔各答，金先生曾和师觉月教授谈天说地。在孟买，金先生结识了潘达加教授，后者是印度大学界第一位争得梵语教授职位的印度人。金先生还曾和戈克雷教授合作，共同校注了梵本《集论》。

二十世纪四十年代初的印度，还未摆脱英国殖民主义的统治，政治上不是一个独立的国家，精神上和文化上同样受到西方殖民主义的奴役。印度人民正在为争取民族独立进行着不屈不挠的斗争，为摆脱殖民主义者的精神奴役进行着种种不懈的努力。从大资本家到普通职员，有钱的出钱，有力的出力，兴建庙宇，创立自己的语言和图书馆。印度的知识分子在二十世纪初终于获得了在自己的大学里任教授的资格。金克木先生生活在印度人民之间，耳闻目睹，亲身经历了这一斗争的过程。金克木先生的一位印地语老师就是位"坚持真理者"，曾因追随甘地、尼赫鲁等人而入狱。这位印地语老师，为了让世界上更多的人了解印度人民所进行的斗争，经常把一些秘密的油印传单送给来自中国的年轻人。这些经历都加深了金克木先生对印度社会的了解。印度讲各种语言的人，从老人到少年，从学者到文盲，从大资本家到讨饭的，从在家人到出家人，他们都曾经是金克木先生的老师。金先生在印度的这段丰富多彩的生活，加之他过人的聪颖和对印度文化的虔诚，为他日后在中国从事印度学、佛学的研究打下了坚实的基础。

1947 年，金克木先生回到中国，先是受聘在武汉大学执教。从 1948 年起至今，金克木先生一直是北京大学梵、巴语的教授。中华人民共和国成立后，他和季羡林先生一道，培养出共和国第一批梵、巴语学者。今天，中国年轻一代的梵语学者们，都曾受惠于金克木先生。

金克木先生博学精深，在印度文化研究的各个领域纵横驰骋。他的专著《梵语文学史》是学习印度文学的必读

《印度文化论集》（中国社会科学出版社1983年版）与《比较文化论集》（生活·读书·新知三联书店1984年版）书影

课本。他研究最古的经典《梨俱吠陀》，写出了《〈梨俱吠陀〉的三首哲理诗的宇宙观》等一系列论文。他是第一个系统分析和介绍波你尼文法的中国人，所写《梵语语法〈波你尼经〉概述》是修梵语的学生必读的文章。金先生的研究方法不是主观武断的，不以独出心裁为本，而是实事求是的、客观的。他的学术文章反映出他对于印度文化深厚的功底。他不但对于印度古代文化颇有研究，而且对于印度近现代的论述也不落俗套，独具慧眼。金先生论述泰戈尔，不是把泰戈尔与印度文化隔离开来，作为孤立的人来研究，而是把这颗印度文化的璀璨明珠放到印度文明的长河中。因此，他懂得泰戈尔、欣赏泰戈尔，揭开了那层文化隔阂的面纱，为从事泰戈尔研究的中国人指出了一条正确的途径。他研究甘地，如《略论甘地在南非早期政治思想》、《略论甘地之死》等文章，运用他对印度社会的了解，分析了印度近现代的社会状况，历史地、客观地对甘地政治思想的形成和甘地其人作出了评述。读他的文章，读他的评述，令人感到他对于印度文化的谙熟与理解。

金克木先生多才多艺，不但在许多学术领域都有建树，而且还写小说、散文。署名辛竹的《旧巢痕》、《难忘的影子》等文学作品正是金克木先生的创作。一本《天竺旧事》把人带回二十世纪四十年代的印度，不但给予人美的享受，而且使人增长知识、开阔眼界。其中的许多回忆已是宝贵的资料，记录了那个年代活跃在印度文化界的各种人的方方面面，记录了中印普通人之间的来往交流。

凡是接触过金克木先生的人，无不赞叹他思维的敏捷。一叠厚厚的手稿，一本厚厚的书，送到金先生手中，只见他稀里哗啦地一翻，随后就告诉你问题所在。今天，金克木先生已是快近八旬的老人了，但他的机敏不减当年，《读书》的读者们常常可以领略金先生文章的风采，受惠于金先生的博学与见识。

（原载 1992 年 7 月 22 日《中国文化报》）

威教授印象

那年在汉堡，我的老师之一是著名的威教授（A. Wezler）。那时候，我的众位老师似乎有一个通病，见不得稍微笨一点儿的学生。往往是几节课下来，他们便知道谁可调教、谁笨一些。一次威教授的课上，我对一个词汇的变化稍微犯了犹豫，于是大着胆子问了一回。只见他锁着眉头，满脸怒气，似乎不堪忍受我提出的傻问题。但是，我还是喜欢上威教授的课，他很卖力地讲解着，洪亮的男中音抑扬顿挫，听他说话很过瘾，似乎可以把每一个单词吃到什么地方。完全不似我的直接导师埃教授，如果没问题的话，他几乎不说话，只让我们做翻译。即使说话，声音又很小，听得费劲。

威教授喜欢烹调，夏天来临，他把学生邀请到自己家中，亲自下厨请学生吃饭。记得那汤是泰式的，很美味。

威教授家的大房子十分气派，还有个硕大的美丽花园。教授和夫人各养了一条狗，教授养的是藏獒。那一年，藏獒还小，教授与它打作一团，逗那狗多运动。我盯着那狗看，威先生不乐意了，说与动物对视，在狗的眼中就是挑衅。威的儿女也十分优秀，他说他们都在学医。在德国，只有成绩最优异的学生才能考得上医学专业，医学生被认为是最优秀的人才。威说他的父母就是医生，现在孩子又学医，是回归家族传统。言外之意，他们一家人都是绝顶聪明的人。那时候，可真羡慕这一家人。

后来听说威教授病了，精神疾患。我很不理解，如此幸福的一家，怎么会想不开呢？我还曾经写信给他，诉说在这边所经历的种种苦难。两个孕妇共一张床的事情，恐怕唯有在那时的中国才会发生。那年到了离他近一些的地方，还专门打电话给他，希望他健康。听着电话那头，似乎人还是正常的。此时他的大房子和大花园已经是别人的财产，他的决定在法律上已经无效了。

多少年过去，我也已经到了当年威老师的年龄。确实也有心灰意冷的时候、不为人理解的时候、应该得到而未能得到的时候。但是，心灰意冷，于事有补吗？记得当年一个人乘坐飞机飞往遥远的地方，人生地不熟，记得上了飞机心在哆嗦。这时看到旁边一位男士，第一次出国，什么都不知道，比我还要紧张。于是我一下子强大起来，教他如何系上安全带、如何与空姐沟通。

心灰意冷的时候，也还是要坚定。不要让他人的毛病，影响自己的人生。

（2012 年 12 月 9 日博客）

怀念那些餐厅里消失了的身影

四月是生发的季节，四月也令人怀旧。一些曾经认识的人，不见了，会浮现在眼前。

北大有个教授餐厅，开办约摸近20年了吧？换过几次地方。最初来就餐的，几乎是退了休的教授们。那时候，8元钱随便吃。有的老教师牙口不好，可以从开始一直吃到闭门。有的人真没出息，遇上有鸡腿、鱼的日子，专用大盘子打尖。

在这里吃饭，可以认识其他系的教授。人与人见面相谈，便生出许多故事。一个早年留学日本的博士，对日本文化怀有深深的好感。这个没关系，但是千万不要拿出来显摆。这个人犯了忌讳，在亲身经历过抗日战争的老教授面前大谈日本的好，结果落下个"汉奸"的外号，甚至被几个老教授联名致信，闹到了相关部门。这位日语老师也不敢再来吃饭了。但好在她的消失，不是因为故去，花开花落的时候，总有见面的机会。

还有一位年轻却资历很深的教授，言谈话语，比较严肃，便得了个"三个代表"的雅称。吃饭，您就放松，吃完了走人，千万别说教。这位老师也难见到了。再见的时候，发现他眼睛割了双眼皮，更大了。

最早消失的，是一位化学系的女教授。那些理工科的女教授，往往不注意穿戴打扮。头发永远是直的，难免有时乱着。冬日里常常是一件灰色的毛衣套在身上，也分不出是男式的还是女式的。我喜欢陈老师，她总是安安静静地吃饭，有时说两句有用的话。比如她说，做菜千万少放八角之类的调料，致癌。这话我记住了，炖肉时也只是放入一小粒。陈老师还是得了癌症，永远不再光顾教授餐厅了。

后来印象深刻的是位王老师，也是化学系的。虽然退休了，仍笔耕不断，常常在科学报上发表文章。这位王老师，非常敢说话，常常大谈民主之类的问题。我最喜欢逗这位王老师说话。他听说我儿子会刮痧，很是感兴趣，希望我儿子能去他家里为他的夫人做些治疗。这位王老师雅致得很，头发、衣服，总是打理得服服帖帖。但是，还是得了癌症，后来听说故去了。

工学院的刘教授是个挺能咋呼的人，参加了民主党派，甚至做到了很高的级别，可以参加政协代表大会的那种。刘教授非常爱他的党，积极发展党员。但是刘教授眼拙，打算发展我。他以为我的年龄没有那么大，至少比他年轻吧。等到他拿到我的简历，脸上掩不住失望：没想到发展了个老太太啊。但是我还是沾了刘教授的光，见到了党的副主席，并且一起吃过饭。真是荣幸啊。

两年多了，没在餐厅遇见刘教授。心里犯嘀咕：难道他是出国了？移居去了澳大利亚吗？突然，四月之初，物理系的杨教授问我可曾参加刘教授的追悼会……

这餐厅不能去了，每次去，会想起餐厅的故人。关键是，我发现那餐厅的大厨并非善主。这可以理解。谁不想赚大钱？给这帮教授做饭，怎么能赚到钱？我不能去了，全无爱意煮熟的饭，不能吃。况且吃的时候，总会想起故人。

（2016年4月11日博客）

记我的维吾尔族兄弟姐妹们

一

今年 10 月，带着我的小团队一路挺进，进入了沙漠。原计划效仿斯坦因，最少也要在沙漠扛过两晚，但一个晚上就把我们这些没有野外宿营经验的冻了出来。那一晚，冻得笛歌（哥伦比亚留学生）大早上起来跑步，冻得小超人（华夏地理）说两条长腿都没了知觉。于是，我们第二天一溜烟就从沙漠逃了出来。

到了和田，俺兄弟百客拉着学生们到处转。百客是个非常幽默的胖子，经常讲一些段子。那些段子，都含着真理。比如说舞蹈，维吾尔舞蹈的典型动作，两手左边一转，右边一转，然后指尖对合在头下，这时做出"动脖"。"动脖子"，意味着欢乐。但是那些一拨一拨来新疆进行所谓"考察"的官员不解其意，于是当地的干部说，那舞蹈动作的意味是："哪哪的来了，哪哪的来了，心里好烦啊!"这段子，我算是永远记住了。太形象了。百客就说北京文物局好，支援他们一部车，又实实在在地邀请他们逛了几天北京城。百客笑呵呵地迎接北京的客人，一拨又一拨，起早贪黑。一路上讲着幽默的段子。真该有人把百客的段子记录下来。

这里要先插入一段文化差异。所谓文化，一方水土滋养一方文化。但没有高低贵贱之分。江南水乡，富庶丰饶，人口密集，反映到餐桌上，左一小碟，右一小碟，一顿饭，没个七八个碟子下不来。（但是北方人绝对吃不饱。我一般不去这样的人家做客。打算去，或者先吃个半饱，或者回来再吃块大饼什么的。）习惯了这等生活的江南人，来到南疆，首先要学会尊重当地的习惯。您来了，当地人尊敬您，摆上桌餐。（请注意，桌餐是新疆对汉餐的特有说法。）您吃了，笑了，走了。但是，一拨又一拨，哭的是当地的资源。您以为建了几座水泥高楼，就是对和田地区老百姓的援助？新疆自古地广人稀，"人民星居"是最好的描述。自古和田人，习惯宽大的院落，院落周围里外种上树。真难想象，没了院落，哪里还有当地的传统文化？

卡斯木有沙漠之狐的别号。进入沙漠，如果没有卡斯木提前打理，那是不行的。进入沙漠，人员生活所需的每一滴水，都要提前准备好。当然，还需要馕什么的。考虑到我们一行多是些年轻姑娘，外加一个老太婆，卡斯木特意购买了足够多的方便面。但是卡斯木和他的伙伴不吃方便面。他说：那东西能叫饭？除非快饿死了，否则绝不会吃。吃了更难受。

本来这次赴沙漠考察，还煞有介事地请了国内最好的遥感专家帮助提前准备，先借助超级工具，大约画出了想要去的地方。没想在卡斯木面前，这些地方如同他家的后花园。卡斯木请来当地向导。那向导带着我们兜兜转转，快要到达第一目的地时，我问了个关键的问题：那里是出文书的地方吗？向导说不是，出文书的地方在别处。于是立刻决定，带着人马先出来。我们需要转换方向，再次进入沙漠。

进入老达玛沟方向，换了新的向导。向导叫库尔班，绝对高大威猛，帅气得很。但是人非常腼腆，几乎就是美剧《生活大爆炸》里的拉杰什（Raj），但个头要高出很多，不敢和女性说话。

二

终于在沙漠扎下营来，此时太阳还未完全落山。

车一停稳，卡斯木像只狐狸一样窜了出来。一边叫喊着：快去捡柴禾，不然太阳落山了，点不起篝火，全要挨冻。于是我的指挥才能多少得到了些发挥，令男队员搭帐篷，女队员捡柴禾。

但实际上，这捡柴禾可真不是轻松的活儿。卡斯木不大相信我们的捡拾能力。一开始我捡来的，都是筷子那般粗细的。卡斯木说不行，于是派了库尔班加入拾柴的队伍。只见库尔班高大的身影消失在几座沙丘之后，一会儿就拖着粗壮的枯枝子返回。我队伍里的姑娘们都是天下最聪明的人，看见库尔班拾的柴，知道了目标。那些干枯的粗壮枝子，有些是枯死的红柳的根，有些是胡杨的枝，至少已经有了百年的历史吧。每一座沙丘之下，其实都埋藏着古老的故事。这里曾经是于阗王国最繁荣最富庶的地方。

卡斯木对我们这一行还比较满意。篝火升起来了，我高兴地跳着维吾尔族舞蹈，还以为那些维吾尔族小伙子会一起跳起来。没想到，他们稳稳地坐在篝火旁边，等着水烧开，等着羊肉炖好。

围在篝火边上是最美好的时刻。看着粗壮的树枝逐渐变成了炭火，卡斯木拿出大锅，切好羊肉，倒入带来的矿泉水炖了起来。羊汤的香味渐渐弥漫在空气之中。

三

出发之前，也做了自以为充足的预算，按照每天的车费比在北京略高来计算。因为那里毕竟是沙漠，要进入恐非常车可行。

真正开始租车了，拥有沙漠探险车辆的车主报出的价格整整高出预算的两倍多。顿时感觉囊中羞涩。于是聪明的化杰开始想方设法与对方谈判，试图压低价格。这时胖百客说，他有朋友有这样的车，而且包车的价格更低。百客说，他的朋友收藏文物，听说专家来了，希望帮着鉴定看看。我一口应承。

百客带来小巴依。小巴依来的时候，还带来一个他的汉族朋友。那人说，他来自山西，受朋友之托，来找小巴依帮忙买玉石。小巴依是识别玉石的高手。

巴依是维吾尔语"财主"的意思。在我的想象中，"巴依"都长着络腮胡，身宽体胖，动作迟缓。但眼前的这个小巴依完全不同于想象。他个子不够高大，体形消瘦，脸上也干干净净的，一脸的聪明相，一脸的调皮相。因为第二天安排了其他事情，所以决定即刻动身去巴依家。巴依家在洛浦，从和田出发大约要40分钟的车程。巴依话不多，开着他很牛的路虎跑在前面，让百客拉着我们跟在他的车后。百客的车哪里跑得过巴依的路虎？在公路上还好，反正是直路，有路牌指引，大方向错不了。但是到了洛浦境内，只见远远一阵尘土过后，不见了巴依的车。百客拉着我们，在暗下来的天色中摸索着，闯了十多分钟，也没找到巴依的居所。一通电话之后，才知道已经跑过了。

巴依的家是一处院落。天黑了，看不清院子里有什么，大约有个小小的池塘，养着几只鹅。进入宅子，大家都脱了鞋，因为到处都铺着地毯。巴依先领我们进入一间房，那里堆满了大约是"文革"时期的旧物，有各种毛主席像、各种旧式钟表什么的，都是既熟悉又已经很陌生的东西。巴依问：这些怎么样？我说这不是我熟知的领域，便去看文书。

于是又来到另一间房，地上散放着各种大玉石，一个大澡盆里有半盆的玉石。贴墙是一排架子，架子上也堆满了各种"古董"、"文物"。巴依把他收购的文书拿出来。没一件真货。有些文字写在烂木头上，故意做旧，让人看不清楚，但都是造假作坊的产品。

巴依接二连三地展示，被我逐一否定，渐渐不高兴了。于是又拿出一个瓷器，希望鉴定真伪，我又让他失望了，说这个真不知道。最后巴依打开保险柜，拿出一件纺织品。我也不懂，还好有化杰帮着看过，认可了这一件。

巴依的失望，都写在脸上。这时轮到我发坏了，说给你鉴定了半天，虽说都是假的，也该请我们吃顿抓饭什么的。于是巴依带着我们十多人来到洛浦最好的餐馆就餐。那一餐可真丰富，我直后悔说了让他请客。羊肉串、手抓肉、丁丁面、抓饭，还有汉式的炒菜，最后有酸奶。

巴依说，他的最大愿望，是在洛浦开个小型博物馆，专门展示毛主席的各种雕像、塑像、画像、纪念章。我们问他：这是为啥？这已经不时髦了。巴依回答：毛主席不好吗？

吃完，我们告别了巴依，说好明天见。

四

那一天还真是比较紧张，上午参观牛头山、和田水渠、玛利克瓦特古城，一路听百客讲各种笑话，听化杰介绍为和田修水利并在和田献身的伟人王蔚的事迹。时间就在笑声与感动中度过。当然，还有沿河找玉石的碎片。

下午赶往策勒。沿途先参观了小佛寺。这小佛寺是近年来考古的新发现，总算是越出了斯坦因画出的圈圈。然而古代于阗王国的丰富遗产，应该还埋藏在黄沙之下。

这一切完成之后，已经到了晚上，策勒县温文尔雅的女副县长得知我们到了，一定要亲自接见。朱书记那天发着烧，也一直等见到我们之后才回家休息。在新疆，可以感受到人与人之间无算计的真情。咱家弟妹便是新疆生产建设兵团的后代，正直大方，乐善好施，这些品德真正是来自她的血液。窃以为，早年新疆兵团的人多是不怕吃苦、勇于奉献者，所以兵团的后代多见继承了那种无私基因的人。

那天晚上，荣新江教授、李肖教授、孟宪实教授等率领辛维廉教授夫妇与学生也经过长途驱车到达策勒。晚宴时相聚匆匆，分手时略有些不舍。想到明天要带着一帮独生子女进入沙漠，状况不明，不觉感到"压力山大"。

终于到了策勒宾馆。见到了卡斯木，也见到了小巴依。小巴依不搭理我，简单打了个招呼便冲到楼上去了。只见卡斯木脸色阴沉，一副焦虑的样子。和卡斯木商量明天的行程，打算早点出发。卡斯木支吾着，说先定好早上9点钟吧。早上9点，相当于内地的7点。于是通知大家，早些休息，明日赶早出发。

策勒旅社的早餐，比我在新德里青年旅社所吃到的要丰盛很多。有各种小菜、包子、粥，很对汉人的胃口，当然没有咖啡、奶油什么的。

然后是结算住宿。这期间还有个插曲。中央电视台走基层拍摄组恰好要拍摄与丝路相关的题材，得知我们的行程，也派了一名记者加入，说可以帮我们承担一定的费用。我一听就乐了，以为傍上了财大气粗的大款。没想到中央台是中央财政严格审查的对象，他们不论走到哪里只能刷公务卡，以公务卡结账。这是策勒，哪儿来的刷卡机啊？于是记者的吃、住，也都由我们负担。偏偏又碰上个信奉基督教的记者，不论我们如何冷言冷语，他也要扛着沉重的机器跟着走。

等一干人马到齐，所有装备集合在院中，才听说了小巴依那儿出了问题。

五

早上结了账，来到院子里，这才听说，昨晚小巴依来的时候，未能带来事先约定的三部车。他只带来两部。这时接到化杰电话，我抱怨说：找不到车也不吭一声，如何打交道？我刚要发火，化杰安慰说：别急，卡斯木正在想办法。

这时卡斯木出现了，一脸倦容，说昨天晚上没有睡好，为了给我们找车，他一直躺在被窝里打电话给各路朋友，让想办法。最后找到了自己的堂弟，让他推掉了本来要做的生意，为我们出车。

总之，虚惊一场。终于上路了。按照卡斯木的安排，我和燕子、那个不怕吃苦与挖苦的曹记者、向导坐上了小巴依的车。小巴依得意洋洋，开着超牛的车去探险了。小巴依说，虽然生活在洛浦，沙漠就在跟前，但他从未进入沙漠体验。这次要和我们一道体验沙漠探险。

巴依的车开在最前面，进入沙漠，他按照向导的指引，这么转那么转，一点儿不减速。只见我们前面阳光灿烂，倔强的胡杨放射着灿烂的金黄，风景无限好。而我们车后，尘土飞扬，如浓烈的黄烟，根本见不到后面的车辆。不多时，小巴依的车架在了堆起的沙土之上，无论巴依如何加油，就是寸步不行。

终于等到卡斯木的车赶上来。卡斯木一皱眉：这个巴依就会狂飙，不会开车。多亏有堂弟的车。大家挖沙子、奋力推，巴依的车才被堂弟的车拉了出来。

走到一片大沙包处，卡斯木让停车，从此去 GPS 显示的第一标记处还有 8 公里。如果要去那里，只能徒步了。这时我才问起最关键的问题：那里出文书吗？这时维吾尔族向导立刻回答：不出。这是伊斯兰前期的遗址，没有文书，文书出在……卡斯木和向导对这一带的熟悉令我肃然起敬。于是，我们当即决定，变更方向，去出文书的地方。

小巴依继续开头车，这下因为熟悉了路，他更是开始任意飙车。大约是这几年多了些雨水，沙漠边缘红柳丛生。红柳的枝条，柔韧而坚硬，毫不客气地在小巴依的车上留下太多的刮痕。终于，巴依的车撞上了掩藏在沙子里的岩石，那石头撞坏了车灯。巴依下车，用手掏出被撞瘪的车灯，面不改色。

宿营地，篝火升起的夜晚，是最欢乐的时候。

第二天早上，大家围拢在火旁。库尔班找来柔韧的红柳枝，用刀子削平，卡斯木切好羊肉，他们把硕大的羊肉块串在长长的红柳枝上。小巴依很高兴，与库尔班一人举了一支，架在炭火上烤。很快就烤好了，让我们每人取下一块。取的时候，需要前腿弓后腿蹬用力。拿烤羊肉就着馕吃，所有人都吃得津津有味。

六

装备不行，怕冻坏了宝贝们，只得改变计划。卡斯木建议去阿萨古城。历史上，信仰佛教的于阗国与信奉伊斯兰教的喀喇汗王朝进行了长年累月的战争，阿萨古城是佛教徒坚守的最后一站。去那里，虽不走沙漠，但是要穿过戈壁滩，没有坚实的越野车，恐怕不行。

走出沙漠，小巴依把车停在一家修车行，要清洗车辆。在南疆，修车行清洗车辆，不是用水——水在这里太宝贵了，而是用高压气泵输出的强力气流，吹掉车里车外的沙子。我们一行，灰头土脸地观摩"洗"车的过程。维吾尔人一个劲儿地对小巴依说话，偶尔瞥我们两眼。小巴依不说话，表情比较严肃。真后悔没有学习维吾尔语！后来卡斯木告诉我，那些人说：你为什么要用这样好的车拉人进沙漠，太可惜了。他们给的那点儿钱远远不够重新喷漆。

车子又跑了起来，浅黄的戈壁，蔚蓝的天空，天际是水库，那水与天成为一色，跑上上百公里也见不到人家。巴依轮换着放出维吾尔语和汉语歌曲。我感觉维吾尔音乐欢快的节奏更适合这戈壁滩，乐观热情奔放。巴依大约喜欢蔡琴，一遍遍放着《恰似你的温柔》。然而在这戈壁之上，那歌太过矫情：你要爱就爱，为何分手了又想着"温柔"？

阿萨古城下面有座自然村，农家院周围种着苹果树、沙果树，还有杏树、核桃树。秋天是苹果的季节，枯黄的树叶、红色的果实，好诱人啊。走进村子，维吾尔农人喜欢养鹅，家家都养。一位上了年纪的维吾尔妇人抓了一把杏仁送到我们手上。恬静的村庄，愿祥和永驻。

说自然村，是因为有不自然村。戈壁上，突然出现一处新建的房舍，一户紧挨着一户。巴依介绍说，那是给山上游牧人建的永久房舍。不得不说，那聚落建得不合南疆的风土人情。巴依说，没人会愿意居住在那里。

还有个插曲。半路上巴依接到一个电话，与他在上海开店有关。之前听说，巴依与人合伙在上海开了家玉器店，马上要开张了，杂事很多。巴依大概遇到了麻烦，他的心情明显不如出发那天。这件事导致了直接的后果。

下午回到策勒旅社，巴依原来说好明天拉我们返回和田，但他执意要回家，明天不干了。我一个劲儿地劝说，巴依就是不干。南疆维吾尔人身上，流淌着塞种人的血液。如果他们说"不"，那就是永久的"不"。

我只好告别小巴依，转身求百客来搭救我们。

再见了，精灵古怪的小巴依。愿你的玉器店收获多多！

七

台来提，我的一个维吾尔族朋友，当然是最铁的那种。

台来提乐观、风趣，非常聪明。

台来提出生在喀什。喀什，中国最西边的城市，代表了最典型的维吾尔族城市格局。历史上，维吾尔族从马背上下来，就是从喀什开始的，从此有了一千多年的城市文化。

准确说，台来提出生在喀什郊区的村子里，兄弟五人。台来提说，父亲的脾气不好，他小的时候如果犯了严重的错误，会挨揍的。

有一次，台来提白天放羊，傍晚点数，发现少了三只。怎么办？此时父亲生气的样子浮现在眼前。于是台来提的主意来了。他从自己的好朋友处借来三只羊，赶入自家的羊圈，盘算着第二天再去找，找到了再换回来。傍晚父亲验收，一数，果然一只不差。

但是，羊也是认生的。晚上，那三只羊开始了歌唱会。这只鸣罢那只唱，一夜不消停。父亲知道羊群里来了别家的羊，肯定是台来提把自家的羊弄丢了。其实他非常疼爱自己的孩子，绝不会因为丢羊而打台来提。

一夜无话，台来提睡得香甜。

第二天，吃了馕，喝了水。父亲直接发问：羊呢？台来提只好如实回答。

"去找！"父亲厉声命令。

台来提向母亲要来两个熟鸡蛋，去喀什找能掐会算的女巫。那一年，女巫已经八十多岁。台来提向她询问羊的踪影。巫婆端出一碗水，口中念着旁人听不懂的咒语，最后告诉台来提羊在什么地方。

之后，女巫向台来提要钱，台来提拿出煮熟的鸡蛋，说没有钱。女巫说，下次再问事，是要给钱的。

台来提找到了羊，欢天喜地，回家交差了。

上面是台来提讲述的故事。我关心女巫的存在，台来提说，现在已经没有女巫了。

真是可惜。

八

前个月，生活在和田地区的朋友邮寄来一箱好吃的，其中有杏干、核桃，还有一大包蘑菇。包裹收到了，好东西分掉了，却没给人家去个信，说收到、感谢之类的话。去乌鲁木齐开会，遇到这位朋友，她问我东西收到没。这时我才连忙道谢，又顺手接过来两箱新鲜的冬枣。和田的冬枣，脆、甜，在北京是吃不到的。

朋友说，那些蘑菇，是她在单位周边采的。朋友的单位，坐落在沙漠的边缘。或许是地下水还算丰足吧，所以红柳丛生，还有其他耐旱的植物。真没想到，那里竟然也长蘑菇。朋友说：我们那里的蘑菇尽是鸡腿菇。采摘来，晒干，一个一个地检查，丢掉被虫咬的、烂了的。剩下的，给你装了一大包。

回到北京，回到学校，第一件事情，就是把蘑菇背回家。那天在办公室打开包，一股浓郁的香味飘散出来，类似海鲜的味道。或是因为，和田沙漠地区在远古就是海洋，所以蘑菇还顽强地保存着海洋的味道？

回到家，首先泡发干了的蘑菇。经过一夜，第二天早晨从阳台取回泡蘑菇的盆，更加浓郁的异香充满了厅堂。倒掉水，发现和田的细沙布满了盆底。然后，我也开始一根一根地清洗。洗的时候，似乎朋友的样子就在眼前。我摸着结实的蘑菇伞，想着它盛开的时候该是多么厚实。我抚摸着它，想着朋友也曾经如我现在这般认真抚摸过它。然后，与朋友交往的事情全都浮现出来。这蘑菇的异香，一定是友情的味道。

还有一件关于吃的事情可记。

我又回到教授食堂吃饭了，因为大师傅换了。还有离开很久的物理系老师也回来吃饭了。这些人聚在一起，又有了新的故事。

总之，吃饭必然是社会行为。

（2014 年 1 月 7 日、9 日、21 日、22 日、26 日、27 日，2017 年 5 月 27 日，2016 年 12 月 23 日博客）

四海壮游

重返德国

一、请客吃饭

20年后重回德国，感觉德国没有当年富庶。我是属于直觉很强的那种人，但是，感觉不是凭空而来，一定是接收到某种信息后才产生的。那么，什么是让我感觉德国变穷的信息呢？从电视台中得到的消息是，德国的经济蒸蒸日上啊。

记得20多年前，和季先生初访德国时，一次晚上在餐馆吃饭，餐馆里坐满了人。斜对面桌旁坐了个胖女人，用叉子不断地把盘子里的香肠往口中送。季先生看到后评价说，其实德国的一顿早餐营养足够了，德国人可真能吃，这么吃，当然要胖了。

20年前，常有人请客吃饭。记得当年汉堡的烤鸭店开张，鸭子卖得很贵，大约 80 马克一只，相当于现在的 40 欧元。记得房东的邻居，烤鸭店一开张，便迫不及待地约我们去品尝。那时，不知什么由来，反正认识了一些朋友，其中一个是汉学家，经常邀请我和另外的中国人参加各种聚会，一起吃饭。这个红头发的青年汉学家后来患脑瘤，不幸英年早逝。有时在湖边散步，游人看到我们是中国人，便随即发出邀请，前往家中吃便餐。总之，那时候在吃的方面，感觉德国人还是肯花钱的，虽然饭菜的味道实在不能恭维。

转眼间，这次在图宾根停留已经有 5 个月了。5 个月来，只有米莱拉（Mirella）请我去她家中吃过一顿晚饭。

米莱拉是保加利亚人，改嫁给一个德国人，生了个漂亮的男孩子。这孩子刚满 3 岁，眼睛大大的，十分淘气，喜欢打架，显示男子汉的威力。米莱拉第一次婚姻还有个女儿，女儿在柏林上大学。

要说米莱拉一家可真不容易。她的丈夫，一个一脸愁云的家伙，也是学印度学出身，但是在 IBM 公司找到一份工作。米莱拉在印度学研究所有个半职。她的老公告诉我，他很担心失去工作，而且这种可能性是存在的，不知道公司什么时候就会裁员。米莱拉已经面临失业：她的任期 08 年 6 月结束，之后去哪里还是个未知数。

在这样的背景之下，米莱拉还是请我去她家中吃了顿晚餐。

她的家在图宾根附近的村子里，租的是农民的房子。所谓农民，也不是完全以农业为生，出租房子是贴补家用的重要来源。农民一家住楼上，米莱拉一家住楼下。

家具十分简单：客厅里只有一排沙发，一个长桌，一个矮柜。长桌是某家公司倒闭后出售的二手货。矮柜是书店淘汰的展示柜。卧室里就更简单了，只有必需的床和一个衣橱。衣橱绝对不豪华，所以连印象都没给我留下。米莱拉告诉我，这些家具都是他们慢慢置办的。米莱拉的书房也十分简单，里面只有一个书桌和几个不高的书架。

终于开饭了。米莱拉告诉我，请我吃典型的Schwabisch——面皮里面包了馅，在汤里煮熟，很像我们的饺子，但比饺子大，面皮又硬又厚，远远没有饺子好吃。饺子多棒啊，皮薄馅大，特别是我亲自包的那种。

当然，既然是请客，一定的排场还是有的。先端上来的是所谓开胃菜：几个腌制过的尖椒，有红的、绿的；一些煮熟后放了各种调料的芸豆；几个白面包。就着红绿辣椒吃了半块面包并几粒豆子之后，正餐开始了。不过这个时候，米莱拉的小公子实在闹得厉害，她忙着将他送上床。米莱拉的老公陪我吃饭。

因为不习惯晚上多吃，所以只要了一个德式汤饺，清汤中有一小根胡萝卜，像小拇指那样大，还有一块土豆。在米莱拉老公的指导下，我在汤中加了些芥茉菜、柠檬汁。把汤饺放在一个白净的大盘子中，用刀切成四块，用叉子送入嘴中……一会儿，这饭也就吃完了。这一晚上，最贵重的恐怕算是饮品。我喝了些苹果汁、葡萄酒。一通瞎聊之后，米莱拉的老公开车把我送回了宿舍。

后来在超市，发现德式汤饺的确很便宜，不到一欧元就可以买一包（300g），足够我吃两顿。那种腌制的红绿辣椒也不贵，瓶装的也在一欧元左右。实际上，那一顿饭大概总共花了6欧元不到（算上葡萄酒和饮料）。此时想起在国内参加过的宴会，真是太奢侈了。世界上最浪费的、最不会过日子的人，恐怕是中国人。

哦，怎么忘记了，弗兰克（Frank）过生日，马雷克（Mareike）也请我去他们家吃过饭。主餐吃的是土豆粥。粥很稠，可以用叉子吃。

大概，就是这些点点滴滴，让我感觉到德国的今不如昔？

报纸上读到：图宾根地区开了一座商场，专门接收各大商场过期淘汰的食品，然后廉价卖给低收入人群。刚开张时，有几百户登记。现在，登记在册、有资格在此购物的，已经超过了2000家。

这个数字是不是加强我印象的信息呢？

二、重返德国

当今最了不起的历史学家之一、我的好朋友荣先生认为，写博客是件浪费时间的事情。但是，作为一个不奢望成为大学者的女性，我还是喜欢写一写自己的经历，不为什么，只是单纯地想记下自己的生活轨迹吧。

如果问那些曾经在德国生活过、多少年后重返德国的朋友"德国变化大吗"，得到的回答往往是：一点儿变化也没有，原来什么样，还是什么样。终于，我在离开德国20年后，再次回到德国，却发现，德国的变化相当大。而且，这些变化不是表面的。

许多年没有与中国民航相伴飞行十个小时了。

记得1980年，季先生带我去德国，那是我第一次坐飞机，一切都还历历在目。印象最深的是两件事情。一是与我们同机前往德国的，还有中国送给德国的大熊猫。大概是季先生面善的缘故吧，负责运送大熊猫的德国人竟然让季先生在飞机上参观了大熊猫——除了季先生，谁还能有如此神奇的经历呢？二是吃。感觉在飞机上是不停地在吃，一会儿一送食物。刚刚睡过去，就又被唤醒，吃的东西又送过来了。

时过境迁。吃的东西远没有记忆中丰富了。大概是因为直飞而飞行距离缩短的缘故。现在飞机可以经过俄罗斯的领空，而当年飞行，是要经过卡拉奇的。

十个小时以后，飞机轻盈地降落在法兰克福机场。一路平安。但是接下来发生的事，真叫人觉得不可思议。

出关很顺利。德国边防人员要过我的邀请信，然后很和善地对我说，祝您在德国愉快，令我一时很感动。但千万不要以为，德国边防都是这样和蔼，其实他们对外来的旅客有时非常不礼貌。

然后根据登机牌的指示，顺利找到 A14 登机口，我应当从这里换乘汉莎的飞机，继续前往斯图加特。那里有图宾根大学派来的人在等候我，送我到宿舍。

还有大约两个小时的等候时间。真困、真乏啊。毕竟，法兰克福和北京有七个小时的时差。按照到达时间计算，我早该进入梦乡了。等啊等，很奇怪，怎么不见其他旅客呢？晚点了吧？好累，好困！这之前，我刚刚完成了大搬家。我家喜迁新居，但是，搬家真累。

终于有人了，可是时间已经超过了预定登机时间。

突然，我听到机场的广播在呼唤我的名字，让我立时赶到 A23 登机口。我慌了，慌忙冲到终于有人的登机口，询问在那里的检录人员。那位工作人员在电脑中扫了一眼，然后对我说，前往斯图加特的飞机改在 A03 登机口。A03？我听到的明明是 A23！不管了！此时，我拿出百米冲刺的速度，向 A03 飞奔。一路上还在下意识地庆幸：多亏一直坚持跑步，看来还要加强短跑训练。

一路狂奔，终于赶到 A03。一位漂亮的中年德国女性冷静地问道：“您去哪里？”

“斯图加特。”

“这里是飞往明斯特的。飞往斯图加特的飞机在 A23

号登机口。"

"不会吧？我的登机牌上明明写着在 A14 登机。"我一面用还算流利的德语对答着，并把手里的登机牌展示给她。

但是，美丽的德国女人看都不看说："已经发生变化了。"

"变化？为什么没人告诉我？"

"所有的指示牌上都有提示。"

这时候我想起，所谓指示牌，就是安放在登机口前的一台电脑。难怪过往的人会时不时看看。但是，为什么没人招呼呢？为什么不在 A14 口处放一块白板，写上更改说明呢？我脑子里闪现过一系列的不解、疑惑。

"让我想想办法，看看飞机是否还能等您一下。"她试图打电话，拨号的过程在我看来是那样的漫长。占线，再拨，终于通了。

但是，此时飞机正在关门，已经不能等我了，已经得到了起飞的命令……

根据她的指示，也凭着乱闯的精神。我终于找到了机场地面协调人员，这次是一位非常帅气的年轻德国男子。我一面欣赏着他的英俊，一面把我的状况说给他听。

"下一班往斯图加特的飞机？哦，糟糕，已经全满了。"英俊的家伙一面迅速地敲击键盘，一面盯着电脑，对我汇报着，"还有火车，火车有座，您乘火车前往吧！

发车时间 9 点 28 分。您还有时间，可以赶上这趟火车。但是，行李恐怕要到明天才能到达了。"

倒霉的事情并没有结束。

在这位英俊小生的帮助下，我拖着不多的手提行李奔往火车站。这回可不敢怠慢了，见人便问，终于在迷宫一般的法兰克福火车站，找到了我要前往等待的站台。当然，事先我已经请工作人员明确告诉我，应该在哪一个站台等候。

"第六站台。"

好吧，接着等待。我站在站台上。此时在德国，虽然是初秋，夏天的温暖还占据主导地位，但是晚上颇为凉快。我庆幸自己明智，没有被北京的炎热左右，还是穿着牛仔裤和厚上衣登上了飞机。

显示到站列车的指示牌终于翻动了，前往斯图加特的火车准点到达。但是不一会儿，指示牌又翻了回去，全无斯图加特列车的踪迹。这时，广播里有个男性声音吼了起来，说了些什么，我完全没有听明白。

终于到了火车到达的时间，我发现，一辆列车停在了第七站台。看看指示牌，也是前往斯图加特的！我疑惑了，决定问个明白。拦住一个人，他说不知道，让我问工作人员。此时，刚好过来一位身穿制服的先生。

我问道："我这张车票能上这趟车吗?"

"您去哪里?"

"斯图加特。"

"那不就结了。"

但是，为什么在第七站台？我疑惑着，还是大胆地上了这趟列车。一分钟以后，火车开动了，方向：斯图加特。后来还有找座位的故事，算了吧，已经谈不上是经历了。

直到今天，我还在后怕，如果当时我犯起倔脾气，一定要守候在第六站台，那么后果可就难以设想了。

在德国机场工作人员的帮助下，之前我已经把消息及时传达给了来接我的格鲁斯诺（Gruessner）先生。他从机场赶到斯图加特火车站，在那里接到了我。他抱怨道：因为多等了两个小时，所以多喝了几杯咖啡。如果睡不着觉，要找我算咖啡的账。

真高兴，一来就有人要跟我算账。

回到主题吧。德国的确变了。像这样的变动，是我从前在德国近五年的时间里从未经历过的。那时候，我习惯德国列车的准点，连车厢门停靠的地方都能精确到不出半寸。现在，竟然能在最后一分钟更改停站的站台！原发的登机牌居然也可以更改！天，这还是我熟悉的德国吗？

三、整理记忆

时光飞逝而去，一晃已经二十多年过去了。还记得那是在 1980 年，季先生带着我首次飞往德国的情形。

那时候，我的父母都还健在。妈妈听说她最心爱的女儿要出国，满脸都是笑容。带着我找到鼓楼东大街大黄门商店附近的一家裁缝铺，为我选料做了一身华达呢料子的西服。这身西服至今还在我的衣橱里。在百货大楼花76元钱买了一个箱子。那个箱子，大约就是纸板做的，里面用闪光的布垫衬，在当时已经很不错了。爸爸也很兴奋，不断地说，他这辈子只去过苏联。当时出国人员，每人补助80元的制装费，感觉很是奢侈。

相比之下，是德国的富饶。当年德国，还分割成东西两德。西德的富庶真令我瞠目结舌。这简直就是书中描写的盛世：似乎没有城乡差别，没有脑力劳动和体力劳动的差别，没有贫富的差别。（当然，后来在德国留学，住的时间长了，还是发现了贫富的悬殊。）

莱茵河畔飞速行驶的轿车，深秋高大树木下匆匆而过的散步人，安静的小旅馆里一尘不染的铺盖……脑海中是永远不会磨灭的几组镜头。那时候，中国还没有洗发香波等产品，最奢华的洗发膏是一种装在盒子里的，什么牌子已经不记得了。反正，我是带了一盒这样的洗发膏出国的。这种洗发膏与德国的水质发生冲突，第一次洗发，我的长发结成缕，怎么也梳不通。其实，旅馆里面就备有洗发香波，但当时的我不知道如何使用。

记得小时候生病，爸爸会买一瓶橘子汁，兑过水后给我喝。那时候，我认为这是天下最高级的饮料。

然而到了德国，开瓶倒在杯子里的就是苹果汁、橘子汁，以及各种莓果、浆果的汁。当年我最喜欢喝苹果汁。每一次主人让我们自己点饮料，我都毫不犹豫地点苹果汁。记得哥廷根的贝歇特（Bechert）教授请我们吃饭，他的面容姣好的太太说，还有很多更好喝的果汁，然后点了一杯蓝莓汁。果然味道浓郁，然而对于习惯了粗茶淡饭的我来说，似乎太浓了一些。

我好像带了一架 120 照相机，其中装着黑白胶卷。由于只带了一卷胶卷，走到哪里都谨慎地拍照。

一路上，我们不曾花过一分钱。最后我好像是在中国使馆，买了一块手表。季先生要买刀，他说德国的刀是最好的，他以前曾带回国一把，一直在使用。那一次，季先生也买了刀，什么样的，我已经不记得了。

回到北京，把一路上别人赠送的手绢、围巾以及自己买的表给妈，妈乐得合不上嘴。当时刚好有客人在，她把手绢给了在场的客人，那位客人赶紧好好地收起来。大家感到收获真大。

后来在德国留学时，学生宿舍里聊起中国，德国民众对中国最基本的概念是，中国没有富人。

那时候的德国，像个新贵，像个暴发户，炫耀着技术的先进，它依靠机械输出而获得了大量的财富。

二十多年过去了。中国发生了翻天覆地的变化，在技术甚至生活水平方面，我们似乎不逊于德国了。到处是私家轿车，也可见豪华的别墅。

今天的德国，已经没有了当年的飞扬跋扈，没有了新贵的骄横。但是，它依然领先于我们。它的领先在于它的环境，在于它的森林覆盖率，在于公民环境保护的意识。

（2007 年 12 月 22 日、8 月 30 日、7 月 3 日博客）

在印度的一次旅行

一、在印度的一次旅行

想到在印度的短暂生活，后来在印度的一次旅行，有两件事情印象特别深刻。

其一，说来话长。话说我年轻时真够拼的。舍弃年幼的儿子，像准备下乡一样准备了去印度的行装。那年我和另一位所谓进修生深入浦那大学，还真是胆子够大。那年给留学生的待遇奇低，每月十几美金吧，使馆还扣着不发，说是为了攒着给回国用。印度政府给交换学生发的助学金也真是不多。而且，说好是教师交换，却给了学生签证。我明明博士毕业，却给了一般留学生的钱，说是印度大学不承认中国大学的博士学位。我告诉他们，我是德国的博士，这才补发差价。而继往的，不给了。

这样的待遇，使我真正体会到在印度生活的滋味。自然租不起好一点儿的住房。还是教授好心，说班达尕尔研究所有房间出租。还真是幸运，两间房没人住，于是安住下来。我那间房十分简陋，家具只有木床、小木桌，一把椅子。厕所在外面，自来水管的水要到下午4点后才能用。房间临街，两扇木门、一扇木窗，根本挡不住大街上的嘈杂。现在想起来，年轻的时候真是不怕苦。看到厕所里尽是蜘蛛网，便自己动手清理。后来才知道，厕所自有人来打扫，但每周只来一次。不过也挺好玩儿的。门前有一棵柠檬树；阶梯下自己长出来一株西红柿；门前草丛长满决明子，经常有蜂鸟来光顾；后面是山，我经常去爬山，而且愿意走没人的险路，差点儿迷了路。

其实想写的是曾经在这里遇见的一位德国女子，叫古德伦（Gudrun），她后来在美国大学任教。这女子，在这里一住7年，她住过的小屋，也被称作 Gudrun's Bhavan。因为一次会议，古德伦回来参会，所以我们见面了。大家用德语聊天，她说，德语在我的血液中。

她在班达尕尔简陋的房间生活了多年，为的是深入了解印度教的宗教仪式与节日。后来，她撰写了这方面的专著，又经过多年的积累，被聘为美国一所大学的教授，后来名气颇大。曾有人告诉我，古德伦有人际交往问题，不善于与人攀谈。但是记得那次见面，古德伦很热情，上来就握手，并品尝了我用电炉子做的简单的土耳其饭。聊天时她说，也曾收到来自中国留学生的申请，希望在她名下攻读博士。她感觉很奇怪，为什么中国留学生会选她作为导师。我回答，是希望进行印度学研究啊。她愣了一下，岔开了话题。这以后，我只知道她越来越有名，却再没有见过她。

我始终认为，中国人做印度学，其实很不容易，因为两国人其实在文化上千差万别，心理上格格不入。真要做印度学，其实不应选择去美国，而是要像古德伦那样，克服各种不适应，在印度一住多年。不如此，不能真正了解印度社会以及印度人的习俗。中国的印度学其实大多在自说自话，就像是非洲研究。中国很难说有真正的非洲研究，非洲研究更像是中国对外宣传学的一部分。

其二，可以看出自己与印度社会的格格不入。到了印度，再穷，那些名胜古迹也还是要去的。我参加了本地人旅行团，乘坐大巴从德里前往阿格拉的泰姬陵。之前听说，在印度南部旅行，万不可以乘坐大巴，很容易出车祸。但在北方好一些。于是，在朋友的帮助下，终于坐上了前往泰姬陵的大巴车。用"终于"，是因为其中还是有故事的。在印度，出发旅行，对于比较穷的人来说，必然有诸多故事。

终于看到泰姬陵，一路还算顺利吧，真没遇上车祸。泰姬陵还是相当震撼人心的，在荒凉的沙漠里，突然出现一座宏伟的宫殿，仿佛海市蜃楼一般。

兴奋、欣喜、满足，终于让我可以安静地坐下来喝茶摊上的茶了……此时，忽然看见我们的大巴士，屁股冒黑烟，疯狂倒车驶向我们茶摊，吓得我赶忙站起来，撒腿就跑。大巴士撞翻了茶摊、茶摊上的凉棚，冲入砖瓦房内，才停了下来。只见司机冲上去，对着坐在驾驶座上的小子，一通拳打脚踢。

好险啊！还好当时我年轻，腿脚利索！但是，一行人算是走不了啦！经过各种谈判，大巴车在耽搁了两个小时之后，上了返程路。已经耽搁了，路上的旅游景点就不要去了吧？那可不行，那些一路的定点处，一处也不能落下。所谓定点处，并非中国旅行团必去的购物店。这是印度与中国的巨大不同。印度旅行团必去的定点处是庙宇，一行人怎么也要被劝说给那里的神灵留下点儿钱财。

印象最深的，是过了午夜的那次停车。非得让我们下车、脱鞋、进庙。那是一座罗摩庙。我跟着一行人，坐在后面。听牧师身份的人说教了半天。然后导游问，大家有没有兴趣给这座庙捐钱。我心想，这是什么骗人的鬼把戏。但没想到，一行人当中，真有不少年纪轻轻的印度人精神抖擞，表示要捐款，并当场掏出了大票子。这样的停靠大约几处。最后终于到达了终点站。我已经不记得是怎样找到回住处的路的了。

二、印度闪访记

很多年没再去印度。今年朋友盛情邀请，又是与丝路相关的会议话题，如果不去，自己都不好意思。

于是决定与同事一道前往。仅仅是签证，就费了很大工夫，这还是在印方动用关系，一路关照之下。第一天下午，好不容易排上，递交了材料，却遇上印度使馆电脑系统崩溃，要第二天再来。第二天，严寒骤降，俺们还是一大早赶到了，交了钱。七天过去，没有动静。于是通知印方，恐怕去不了了。印方干涉之下，终于在周五关门之前，拿到了签证。于是挑灯继晷，赶制标新立异的发言。

周日出发，凌晨像幽灵一样爬起，叫了出租车赶往机场。不料上海重度污染，飞机无法起飞，只好像流浪者一样在机场继续不足的睡眠，醒来后打发无所事事的时间。

终于到了。印方给予了能给予文科学者的最高接待礼遇——派专车来接。一路欣赏着南国冬日的葱翠，毫不在乎窗外毫不逊色的污染，终于到达了印方为我们安排的饭店。高兴说，如果是印方安排住宿，绝无好地方。这话是真的。

我们下榻德里中心的青年旅社，但在青年之外，加上了旅游者的修饰，似乎是提了一个级别？开了门，那房间的陈设，立刻让我感觉到基督教的气息——我总感觉基督教以苦行为核心。房间的陈设极其简单，床的前方是一张小小的长方桌，上面放着一副方镜。不知怎的，这桌子令我想起忏悔用的桌子。盥洗间里几乎什么也没有，毛巾架上挂着两条白里透黑的毛巾，似是在叙说永远洗不掉的污渍，人类的原罪。男服务生递给我一小块肥皂，算是全部的洗护用品。当然，热水要通过电热水器现烧。那水或许含了众多杂质，味道与国内的不同，而且很厉害，淋在身上，恨不能让你蜕下一层皮。无语之中，我尽然想到了一生历经的磨难。

其实也没有那么惨。想起第一次到达印度，也是住在青年旅社，床上连床单都没有，床垫黑且发黏。并非人家不配给：在印度，你需要开口要，一切也就有了。于是打电话要了洗发香波什么的，总算顺利洗了热水澡。但那热水，也就是刚刚够洗净而已。再想享受，对不起，凉了。

当日实在疲劳，竟然在那看起来不甚干净的床上睡得十分香甜。

（2019 年 2 月 8 日、2013 年 12 月 19 日博客）

翠翠的今生

　　走的地方多了，感想也多。多到一定程度，便不写了，因为不知该先写哪一段。刚从泰国回来，趁着感觉还新鲜，从泰国写起吧。

　　人的感觉很奇怪，来到陌生的地方，印象最深刻的人与景往往发生在不经意之间。或许是一个毫不相干的人、一件无甚波澜的事情，就能触发你的感受，令你无法释怀，非要记上一笔不可。

　　那天我们一行前往大城，无非是从这个遗址入那个遗址，从这个庙进那个庙。虽然庙宇、遗址各有不同，但是看多了，总觉得都一样。当然，必看的，是那裹在树干中的佛头像。

　　凭着些微记忆，终于摸索到大约十年前曾经来过的寺院遗址，登上能诱发恐高症的高塔，一番上下，便来到了泰国冬日昳时阳光下的大城河岸。坐下，看着绿色的河水，望着对岸清幽整齐的屋舍、园林，感受着暖暖的阳光，此时便不想离开。不多时，便有一艘艘船载着或多或少的游客靠岸。然后看着船夫们礼貌而周到地将一个个游客搀扶下船。游客大多是欧洲人。一船游客，大约 10 人，当来自法国。但是他们的着装与姿态，真心与时尚之都毫无关联。

我们也想上船。最初与等在岸边的船夫交谈，希望他能载我们游玩片刻即可。但是船夫不肯，说已有游客包了船，再长的时间也要等。大约是船夫们看着我们对着河水恋恋不舍，便产生了同情心。只见他们商量着，打了一通电话，然后告诉我们，只要再等片刻，便会有船来，可载我们作水上游，价格 750 泰铢。大家一合计，不过是 150元人民币，8 个人上船，感觉值了，于是等待。

船来了，不过是一叶扁舟而加了马达。我们一行人被几名船夫扶着上了船。等到船开起来，才发现撑船掌舵的，是一名女子。她站立在我们身后，驾驶着船。或许是被沿河两岸的风光所吸引，我们只知道船在行驶，却感觉不到撑船女的存在。

船在绿水上快速行驶，但是翻起的浪花却是白色的，摸上去清凉。这时一阵清脆的声音在身后说着什么，与我同坐在船尾的侬吉（Nong Gi）轻声翻译道："这河水经过治理，现在很干净。"

"原来不好吗？"

"原来污染比较严重。"

从前污染严重，那是可以想象的。毕竟沿河两岸，多有人家。

河道基本上是宽的，但也有蜿蜒曲折处，也有相对狭窄处。时而绿树掩映，时而芦苇茂密，水面上时时漂过生命力极其顽强的水葫芦。大约半个小时之后，我们依然坐在船上。此时两岸，是密集的房屋、餐厅。渡口处集结的人群提醒我们，是下班的时间了。这时候，撑船女又开始介绍，告诉我们两岸人家的各种宗教信仰。她说那一处是伊斯兰教的村落，清真寺就隐藏在人家的房舍之后。再一处又出现了基督教的教堂，十字架是不容错认的标识。当然，沿岸的庙宇，最多的还是佛教寺院，有身披袈裟的和尚（Long pi）在岸边的凉亭里打坐。

撑船女缓缓地介绍着，慢慢通过翻译与我们交谈起来。她说自己从 10 岁起就开始在这条河上摆渡、撑船。现在已经结了婚，是三个孩子的母亲。此时我惊讶地回头看，这才看清楚女子的面貌、身材。记得小时候父亲曾经说，傣族人长得漂亮。所以来到泰国，见到美女虽多，却也不惊异。但眼前的女子，还是让我吃了一惊。她皮肤不白，却非常美丽，眼睛大而微微凹陷，身材苗条，丝毫看不出是位 30 岁以上的三个孩子的母亲。

忽然间，我似乎感觉到，这女子或就是沈从文笔下的那个翠翠。记得读沈从文的《边城》，一直无法释怀翠翠的命运，一直想弄明白，翠翠最终出嫁了吗？嫁给了谁？后来呢？一部文学作品的人物，让人惦记到今日，算是大获成功了。但是，我始终坚信，翠翠真有其人，她一定经受了各种人间的不如意，最终转世。在泰国，在大城河岸，我的认知似乎得到了印证。我身后这撑船女子，必然是翠翠转世。

她太像是翠翠的心愿所成。翠翠热爱那条河，热爱撑船摆渡。她所期盼的，无非是安静的生活，嫁给一个爱自己的男人，然后养育后代，平静地走过人生，没有太多奢求，只求一家平安。大约是翠翠的愿望太过强烈，大约是她一生做了许多善事，所以才有了转生。她的愿望终于在大城河岸边得到了实现。

一个小时过去了，船仍然行走在水上。大家开始议论，这钱花得可真值。若是在国内，还不糊弄个一刻钟完事？

船转弯了，水域变得极其宽阔。翠翠抬高了声音，告诉我们前面是三条河汇集的地方。大城河与另一条河，于此处汇入湄南河，而顺着湄南河，经过几个小时，就可以到达曼谷。

河上的景观还没有完结，又到了观鱼的地段。湄南河的鱼可真肥，当它们张大了嘴露出水面时，真像魔鬼。

阳光退下，月牙飘上了天空，就斜挂在古塔的一旁。大家纷纷掏出相机，保留下这难遇的景象。

暮色中，我们上了岸。翠翠与我们一一告别，微笑着，向我们招手，礼貌而周到。她的善良令我难以忘怀。我感到释怀，因为沈从文笔下的翠翠，终于如愿地生活在了静好之中。

　　　　　　　　　　　　　　　（2015 年 2 月 6 日博客）

陌生的友邻

这是我第二次来到巴基斯坦塔克西拉古城的锡尔卡普遗址。上次是2013年的6月，天气炎热，远远便看见一棵大树，郁郁葱葱，浓阴遍布，我们曾在那树下乘凉歇脚，着实惬意。不想，在这清凉的4月，它却已干枯，枝丫虬结，仿佛苍老的故友向我打着招呼。不禁难过，为巴基斯坦缺水而担忧。但这担忧很快就在前往白沙瓦的行程中一扫而尽，车外所见河网纵横，水流丰沛，印度河、喀布尔河的支流流过，滋养着大地，小麦金黄，瓜果翠绿。同行者中最年轻的学者——来自北京大学梵巴语言文化专业的范晶晶博士，大发思古之幽情，口吐玄奘的莲花句，念叨着果然是"谷稼殷盛，花果繁茂"啊。或许正因其富庶，又是河谷之地，历来兵家争夺，战祸不断，玄奘于7世纪来到此地时，已是"邑里空荒，居人稀少"。

贞观元年（627年），这位唐代高僧自长安出发，西行求法，一路穿沙漠、跨戈壁、翻雪山，历经艰险，最终于次年夏末初秋，进入佛教的发祥地——印度。他在印度各地游历，巡礼佛教圣所，在那烂陀寺潜心修学……直至贞观十九年返回长安。这场 亲践者 百 十国，传闻者二十八国"的求法苦旅堪称中古史上最伟大的行程。一部涵盖了山川地理、风土人情、经济文化、历史故事等诸多内容的《大唐西域记》不仅为唐人提供了翔实的信息，对后世亦影响深远，无论后代求法的僧人，还是 20 世纪初期的探险家斯坦因，甚至今日生活于此的人，一路上听到的都是关于"玄奘曾经路过此地"的传说，或真或假，众说纷纭。

可以确定的是，书中提到的健驮逻国、乌仗那国、呾叉始罗国、乌刺尸国等都位于今巴基斯坦境内。这里是印度次大陆文明的故乡，古老的哈拉帕文明就诞生于此，这里也是印度最古老的诗歌《梨俱吠陀》的诞生地。公元前1200 年前后，印欧语系的东支之一支跨越了兴都库什山脉，经由开伯尔山口在旁遮普一带定居下来，创造了后来影响遍及南亚次大陆的印度文化之始。我说的印度，不是政治的概念，而是语言文化的概念——从古代的吠陀语，到曾经流行于犍陀罗地区的犍陀罗语，以及现在的乌尔都语、印地语，都在印度文化的概念之中——尽管在历史上，在漫长的岁月中，根本没有"印度"作为统一的政治概念的存在。

我们此行的初衷，自是出于研究的考虑，实地考察闻名遐迩的犍陀罗文化遗址，亲眼看一看犍陀罗艺术的渊源与传播，并期望与当地学者加深学术方面的交流。巴基斯坦方面为此精心安排，接待周到，从首都伊斯兰堡到著名古城塔克西拉、犍陀罗之乡白沙瓦，每一处都有献花迎宾、卫兵保护、专人服务，待遇远远超出我们的预想，令人着实感受到"巴铁兄弟"对待朋友的真情实意。考察之后，感动之余，这次旅程也为我们带来了更多思考。

白沙瓦是名副其实的历史名城，犍陀罗文化的核心地带。它位于开伯尔山口东端，是由此山口进入次大陆后的第一座城市，自古便吸引各方神圣纷至沓来，四方文明交汇碰撞。经过此地的"大干线"连接南亚次大陆和中亚地区，是亚洲古老绵长的公路，也是历史上从西北进入次大陆的必经之路。近年来，古城多次发生恐怖袭击，最严重者要算 2014 年的军校惨案，140 多名花季少年罹难。对古城的恐惧，更是笼罩在数千公里之外的外国人心中。现在，我们终于踏上前往白沙瓦的旅途。来自故宫博物院的研究员孟嗣徽老师柔声细语地对我说，那是她从青年时代起就魂牵梦绕的佛教艺术之都。

几天来，一支由五六名年轻帅气的特警队员组成的护卫队乘坐敞篷拖车，始终与我们同出入。但我发现，每到一处遗址，总有新的队伍加入保卫行列。来自北京大学外国语南亚学系、为此行担任翻译的张嘉妹副教授解释说，为了保护外宾的人身安全，巴基斯坦每个省每个地区都会从特警和军队两个系统派出安保人员随行守护。从伊斯兰堡到白沙瓦，要先出首都直辖区入旁遮普省，特警人员要换防一次，然后出旁遮普省入开伯尔—普赫图赫瓦省，需要再换防一次。东道主的待客之道还真是隆重。

白沙瓦周边遗址纵横，仅马尔丹地区就有11处遗址，是巴基斯坦丰富的旅游资源。其中最著名而壮观的要数塔赫特·巴希佛寺遗址。军人已提前封闭了全部景区，在各制高点安置岗哨，与其说是为了保证我们一行的安全，不如说是礼仪的展示。遗址坐落在山脊上，高处攀爬困难，有几处极为危险，悬崖峭壁就在一尺开外。来自中国人民大学国学院的李肖教授早已不顾安危，开始了漫山遍野的奔波。他在新疆工作多年，实地丈量过新疆的许多佛寺遗址。历史上，以犍陀罗为中心，这一带曾经对中国影响深远。佛教及其艺术正是自此地传入中国，而在其传播过程中，新疆地区首先受到影响。一直到公元5世纪，南疆诸多古代王国还在使用贵霜的官方文字和语言。

借由摄影师的航拍图片，遗址的巍峨迅速展现在众人面前。虽然已是断壁残垣，昔日辉煌犹然可见。佛塔塔基位于山顶，寺院的各种功能建筑、密布其间的还愿塔沿着山势展开。李教授则通过实地踏勘，很快确定出最重要的组成部分塔院和僧院——哪里是中庭、哪里是讲经堂，以及其他附属设施如院、仓、库、廊等等。"这堪称犍陀罗

塔赫特·巴希佛寺遗址

寺院的典范。"他如此评价。寺院的入口，门径狭小而隐蔽，完全不同于新疆地区和中原寺院的建筑理念。"将犍陀罗地区、中亚地区和新疆地区的佛教寺院建筑形制布局进行比较，能够清晰地看出佛教传播的路径和时代，有些布局元素在传播的过程中变化极少，有些则入乡随俗地加入了本地的建筑文化元素。"李教授说。

　　相较于佛寺形制，塑像则能给人带来更直观的印象。岁月变迁，昔日神圣的殿堂早已倾圮颓败，所幸那些来自公元 2-3 世纪、原本立于庙宇的佛像最终在白沙瓦博物馆得到了庇护。这座建造于 1907 年的红砂岩建筑据说融合了英式、传统印度式以及伊斯兰式的建筑风格，房前浓郁的热带绿植点缀，更加衬托出洁净的意味。犍陀罗地区是自陆路进入南亚次大陆的重要入口，也是贵霜王朝的统治中心，来自欧洲、西亚、中亚、南亚的不同文化在此激荡。最终，中亚贵族的面孔和希腊化的雕塑技艺完美地融合在一尊尊佛教造像中，并传播开去，影响至深至远。我们伫立在博物馆橱窗前，尽管陈设简陋、灯光昏暗，但那些出自不同工匠之手、神采各异的雕像，一手一足都令人感动，有些面孔居然雕刻出浅浅的微笑，仿佛在工匠手下，石头也有了慈悲的色彩。

白沙瓦博物馆的藏品显示，犍陀罗地区的佛教美术中，单体造像常以圆雕表现，浮雕则以佛传故事为主，作为装饰嵌板多附着在礼拜场所的建筑上，如佛塔塔基部分或塔身周围，使整个场所宛如一个佛教雕刻的画廊，宗教气氛被烘托到极致。根据孟嗣徽研究员的观察，在犍陀罗地区的佛传故事雕刻中大量出现"燃灯佛授记"的题材，并常以此作为佛传故事的开篇。根据《法显传》和《大唐西域记》的记载，燃灯佛授记的传说就产生于犍陀罗地区的那揭罗曷国都城附近（今阿富汗贾拉拉巴德附近）。对佛教徒来说，这个故事几乎众所周知，而在中印度同期的遗存中却十分少见。如今，从新疆的石窟寺到山西的壁画，我们依然可以看到之间的一脉相承。范晶晶博士则更欣赏表现"逾城出家"题材的几个石雕，并通过图像对比发现了诸多有趣的细节，如犍陀罗艺术对于世俗生活的表现与中印、南印等地有所不同。

而我则特别关注一件俗称"迦腻色伽"的舍利函。它在 1908 年出土于沙赫吉基台利遗址，传说这处遗址正是玄奘《大唐西域记》所记迦腻色伽王所建塔之处。出土之后，真品入藏白沙瓦博物馆。而在大英博物馆展出的复制品因为金光灿烂的外观，似乎更得相关出版物的青睐。事实上，这件铜制舍利函的确曾经镀金，上面有贵霜王的形象，并有点錾而就的数行佉卢文——对其解读几乎经历了一个世纪。

鉴于铭文中出现的迦腻色伽字样，这一舍利函一直被误认为是迦腻色伽王所供奉。与舍利函同时出土的还有一个水晶瓶和一枚铜钱，铜钱上留有一王骑象的痕迹，长期被人忽视，直到进入本世纪，英国博物馆的一名钱币研究员重新发现这枚钱币，并指出这是贵霜王胡毗色迦的特点。由此，舍利函上的贵霜王真实身份方大白于天下——这个没有胡须的年轻王者应该是迦腻色伽的继承者胡毗色迦。随后，德国印度学家法尔科教授也对那几行佉卢文进行了解读，意思如下："在此迦腻色伽之城，此香函是大王迦腻色伽（所建）之精舍中火厅建筑师'大军'、'僧伽护'的法礼，为了一切众生的利益安乐。说一切有部法师接纳。"这就是说，舍利函是由两个建筑师奉献的，而接纳这件舍利函的庙宇，曾是迦腻色伽施舍的寺院，该寺院信奉的派别是说一切有部。这也是中国新疆吐鲁番地区曾经流行的佛教派别。

如果更仔细地观察这座舍利函，我们还可以从中发现更多的信息。例如雕刻于盒身下部的人物和波浪状图案，西方学者认为波浪状图案是花环，俗界的国王扛着它，太阳神和月亮神都在花环上方，花环用于隔离天界和俗界，其他扛花环的人物是丘比特。但我觉得也可能是蛇身绕塔的体现。白沙瓦博物馆 1941 年购入的一件藏品中，佛塔上缠绕的波浪状图案就是双蛇的形象。追踪这一图案的神话背景，可以让人想到希腊神话中的赫尔墨斯神——他兼有两河流域文明的蛇神形象，而唯有赫尔墨斯可以来往阴阳两界，故采用蛇身来隔离俗界与天界是合理的。当然，这一点还需要更多更深入的研究。

在犍陀罗地区，到处可见多元文明交织的印记。例如西尔卡普遗址，考古探方发掘显示出地面下三米处希腊人修建的下水道，而遗址中有希腊人的太阳神庙、贵霜王朝时期残存的佛塔，还有至今仍不明其文明源头的双鹰寺……人类的古老文明在这里交融延续了数世纪之久。

沉醉于巴基斯坦灿烂辉煌的古代艺术时，动荡的社会现实也令人感叹。多次来访巴基斯坦的张嘉妹副教授说，因夹杂在东西南北复杂的政治环境中，巴基斯坦命运多舛。当我们近看这个国家的现在，不妨越过表层的"保守"感受其历史的包容与多彩；而远观历史，也勿忘现在的苦难与无奈。

这段话发人深省。无论近看还是远观，首先就要加深彼此的了解，而此行的震撼之一，便是这个因与中国结下深厚情谊的"铁哥们"于我们似乎就是"灯下黑"。虽然是近邻，但我们对它的了解可能还不如对远在天边的欧洲国家。20世纪80年代的喀喇昆仑山脉的岩画整理项目，巴方最早是准备与中方合作的，但最终却由真纳大学亚洲文明研究所与海德堡大学共同完成。白沙瓦大学是巴基斯坦建国后最早建立的大学之一，有近70年的历史。接见我们的副校长穆罕默德·阿德比·汉教授是人工智能方面的专家，在英国克兰菲尔德大学获得博士学位，一口流利的英语，绅士范儿十足。令我惊讶的是，中巴友谊虽然已经在民间流行多年，但在这友好近邻的第一所大学里竟然没有设立中文系。

当然，最近白沙瓦大学成立了中国中心，是由中国驻巴大使馆援建的。目前仍然是空架子，仅仅拥有一些桌椅板凳和房间，尚未开始正式招生，中心主任希望明年能够开始招收学习中文的本科生。仅此一项，已可以映照出中巴之间其实十分缺乏文化交流。与在巴基斯坦的外交官交谈中，我们意识到，中国与巴基斯坦往来，更多注重经济投入，而严重忽略文化交流方面的投入。作为学者，我们感觉学术界对于南亚、对于巴基斯坦的了解还十分欠缺。这应该引起高度重视。

最后一日，我们参观了首都伊斯兰堡的费萨尔清真寺，这是南亚地区最大的清真寺，可容纳一万人同时礼拜。需要指出的是，这所清真寺是由沙特国王出资建设的，这是最深层面的文化输出、精神输出。巴基斯坦的现有人口据说已经超过 2 亿，历史上曾经对中国影响深远，即使当下，仍然是现代丝绸之路上不可忽视的大国，吸纳来自中国西部的年轻人。在这种情势下，中国除了经济援助，是否能在友邦的百姓心中留下更多呢？

（原载《华夏地理》2018 年 8 月刊）

石头记

从异地归来，总要动荡几日。

从巴基斯坦归来，当日开始发高烧，一连几日昏睡在床，腮帮子高肿。医生鉴定，说是得了腮腺炎。过去听说，巴基斯坦是腮腺炎高发国，没想到我这老太太居然就得上了。朋友听了，以为笑话，但我可真是昏沉并疼痛了有些日子！动荡的时间于是加长。趁着心无定，写点儿趣事吧。

应记下的故事真的很多。一路上，惊异不断，当然也惊喜不断。先说《石头记》。

伊朗、阿富汗、巴基斯坦，均是多山的国家。多山的地方，若加上气候恶劣，很难不贫穷。嘉妹说，她曾站在开布尔山口遥望阿富汗国土，满眼皆是黄色的山地，不见绿色，若是她生在那里，大概一生一世也难以走出那大山。

造物主或许还是公平的。多山的地方，必然多宝石。现在阿富汗在战乱之中，特产宝石无法运出，令我们这些对宝石以及价格知之甚少的人，更多了几分逐宝的盲目激情。

梅仔尤其热爱宝石。记得在伊朗，晚上参观古代驿站。那驿站，已经演变为小商品的集散地，尤其吸引前来观光旅游者。晚上开店，灯火阑珊。大家结伴而行，倏忽间不见了梅仔。等再见到他，只见他脸上无表情，肢体动作却显得格外兴奋。原来他用10欧元买下了一枚青金石面的巨大戒指。只见他炫耀着，自以为得了大便宜。那一行人，皆是从年轻时一起走来，彼此间口无遮拦。尚爷一眼认定，梅仔买了假货。多数人附和尚爷，大大嘲笑了梅仔一番。梅仔不屑，一脸正气。

后来在北京，一帮人聚在尚爷家。尚爷拿出看家之宝——一块真正的青金石。那块石头，蓝得纯粹，似天坛象征天穹的琉璃，真让人心动。那时，梅仔记住了青金石的不菲价格。

来到伊斯兰堡，自然提到购买石头。于是多年生活在伊斯兰堡的同胞，晚上带我们来到了一家石头店。

店是狭长的。四周是架子，架子上放满各种石头。中间也是货架，最高处约莫与中等个头的视线平齐。小门一打开，迎面而来的，是中心架上摆满的青金石。最大的足有半米高。摆在朝门的第一架最上层的，皆是蓝得令人心醉的大石块。一进入,还在大家惊喜未定时,梅仔已经扒拉开围观的人群,冲上去抓住最蓝的一块,然后迅速问价。听到那令人吃惊的(相对较低)报价,他毫不犹豫,利索地摆脱人群,从狭窄的过道冲向位于店铺最后方的柜台,要求付账,并打包刚抓到的巨大湛蓝青金石块。这里需补充介绍,梅仔是那种显得瘦弱不堪的人,爱抽烟,而且常常熬夜,不大修边幅。能如此神速地行动,绝对把团队中熟悉他的人惊呆了。此时,随行人员的购石热情已经被调动到高涨,群体纷纷向梅仔请教宝石的成色以及价格。这次去巴基斯坦的队伍,与去伊朗的有很大不同。人员来自不同的专业,而且年轻者居多。在他们眼中,梅仔是最受人尊敬的师长之一。于是,任我在后面扯破嗓子冷嘲热讽,也没人理会。年轻人全都围着梅仔,问石问价。那一天,那个店的老板可赚大发了。后来居然将一块尺长的青金石送给了梅仔。我们也随着白得了些小的石头。

经巴基斯坦的朋友介绍,才知道青金石矿藏主要分布在阿富汗。看来阿富汗与巴基斯坦关系尚好,因此在巴基斯坦,青金石的价格还是较为便宜的。在巴基斯坦,青金石多被用来装饰庙宇和地面,算不得宝石。记得当年在欧洲,看德国人比较喜欢青金石,认为是中档宝石。

这一行人对石头的热衷持续不断,又继发了在拉合尔上当的故事。但是,必须说,巴基斯坦的生意人真是实在。如果是假货,他们一定会告诉你。当我抓到一串青金石项链，正为价格的低廉而欣喜时，老板如实告诉我，那是粉末合成的。大约看着我们一脸傻气，人家也想欺瞒一把，但最终会在价格上告诉你，他卖的是假货。

　　石头面前，购石人的性情暴露无遗。我相信梅仔真爱石头，他买石头是为了收藏鉴赏。而有人见到的是石上的利润，想要变石为钱，以石生利。如此买石人，则体现了资本主义的精神。

（2013年7月2日博客）

土、水

　　还是走过一些国家的，比如森林覆盖率很高的德国、挪威，十分怀念在森林中跑步的时光，尤其是那宛如童话境界中的袖珍小城图宾根。然而，伊朗的魅力对于我似乎更大一些。走过之后，还是不能放下，竟然不顾应做的事情，回头恶补那些关于波斯古代的故事。

　　阿契美尼德帝国，是人类历史第一个版图地跨亚洲、非洲、欧洲三大洲的帝国。它的缔造者是居鲁士、冈比斯。居鲁士生前曾计划攻占埃及，冈比斯正式实施。出征前，冈比斯害怕弟弟乘虚篡权而弑杀了亲弟弟。公元前522年，冈比斯得消息，知道还是有人冒充弟弟夺了王权。他急急从埃及战场返回家乡，路途中死亡，身后无子。这一年，原是冈比斯的持矛贴身侍卫的大流士，战胜了其他觊觎王权的波斯贵族，以冈比斯亲属的身份登基称帝。此时，波斯帝国的庞大版图，已经伸展到尼罗河第一瀑布以及爱琴海海岸，向东到达中亚。这是在不到 30 年间迅速扩张起来的帝国。到了大流士的时代，波斯帝国的版图更延伸至印度河。这是为什么在波斯之城觐见大厅的浮雕上，可以见到印度献礼使团。

波斯波利斯，即波斯之城。早在大流士在此开始兴建王宫之前，这里已经有民居。居鲁士的王宫建在帕萨尔加德，他的墓至今安卧在那里。获取了王位的大流士选择把王宫建在波斯波利斯。他在位时开始兴建，而真正的恢弘完成于薛西斯的时代。薛西斯也是改写了欧洲历史的人。波斯武士在他的带领下曾进攻希腊（公元前 480 年），于公元前 479 年失败而撤军。波希之战，成为欧洲历史的转折点。

波斯之城，有完善的供水和排污系统。公元前 330 年，年轻的亚历山大一路挺进，来到波斯波利斯。这之前，他先行得到了波斯帝国著名的城市苏萨。守卫在苏萨的波斯王公背叛了大流士三世，拱手交出了距离波斯之城 50 公里开外的苏萨城（在波斯人到达之前，这是埃兰人的城邦），令亚历山大的财力得到巨大的补充。

据说波斯之城的毁灭，是因为有人出卖。投降者先行控制了这座王城，亚历山大才得以顺利入城。若非如此，亚历山大未必能攻下此城，那里曾经有万名士兵手握长矛在把守，其中最精锐的有千人。

亚历山大一把火烧尽了这座人类历史上最早最恢弘的

波斯波利斯遗址

王宫。从公元前559年居鲁士登基算起，到公元前330年大流士三世在逃亡之中死去，一个延续了二百多年的帝国神话，也像波斯之城，瞬间毁灭于大火之中。

尘土掩不住昔日的辉煌。

王城的库房遗址原来只有一座门。亚历山大夺下这王宫之后，曾经动用三千匹骆驼、骡子，运走了价值120000塔兰特（3600吨）白银的财宝。这座库房建造于大流士的时代，又在薛西斯的时代得以扩建。这不是储存粮食等物品的地方，而是实实在在的宝库。那个时代，波斯帝王用白银作酬金。20世纪30年代，美国芝加哥大学的施密特（Schmidt）教授在这里挖了第一锹。经过了劫掠，经过了焚烧，残破的宝贝依然在证明着昔日无限的辉煌。

是什么让年轻气盛的亚历山大不能容忍那人类艺术的杰作，不能容忍那气势恢弘的波斯王宫呢？这与波斯王宫的许多谜团一样，将永远不得而知。然而，有一些图案的意义还是可以破解的。

有的显示米底人的形象，居鲁士最早是从米底人手中接过了王权。在波斯帝国兴起之初，是米底人率领波斯人等推翻了亚述人的统治，在两河流域及扎格罗斯山的中心区域建立了最初的霸业。米底人的中心城邦在现代的哈马丹。居鲁士的母亲是米底人，据说是米底王阿斯提阿格斯（Astyages）的外孙。这个米底人的外孙，从埃兰人的大本营之一安山（Anshan）出发，率领埃兰人、波斯人，打败了米底的大部队，并俘虏了他的外祖父。从此，他成为米底、埃兰、波斯人的国王。有一种说法，居鲁士的名字，词源有"太阳"之义。所以后来波斯人总是用马匹，特别是亚美尼亚的供马，来祭拜居鲁士。马匹与太阳神不可分割，为太阳神驾驶战车。

也有米底的百姓前来献宝的场景。前面引路的是米底的士兵。整个王城，由波斯和米底武士把守。第一个米底百姓，手中托着一个水瓶，后面的一个拿着花盆一样的器皿。水瓶中装着水，土盆中装着土，水与土表示绝对的臣服。水对于干旱的伊朗尤为重要。自古波斯人懂得，即便有土地，没有水也无法生存。

　　据说当年薛西斯征战希腊，派出使者要求希腊城邦献上土和水。有些城邦献上，有些拒绝了。但是，薛西斯没有向雅典和斯巴达作此要求。据说是因为，大流士一世曾向这两座城邦派出使者。雅典人把使者投入深土坑中——古希腊人曾以这种方式关押犯人，令其不得逃脱；斯巴达人则把使者扔进了深深的水井里。这两个城邦的人告诉使者：你们就亲自在那里拿到土和水吧！

（2012 年 1 月 28 日博客）

导游、地毯与民间交流

一、导游，民间交流

之前接触的伊朗人不多，有过一些交谈的，首选是前伊朗驻中国使馆的文化参赞萨贝基。北大每次召开伊朗学在中国研讨会，与会者总会受到伊朗使馆的邀请，去使馆做客，吃顿伊朗餐。前几次，都是萨贝基先生出来迎接。萨贝基面善，脸上永远挂着善意的笑容。我相信他是个很善良的人。我喜欢用仅会的一句波斯语与他寒暄，无非是：Shomaa hubii？对方回答：hubam。每次伊朗会议召开，我都发誓要多学几句波斯语。然而，萨贝基先生与我的寒暄，似永远停留在这一句上。

这次去伊朗开会，会场上见到一位分外眼熟的伊朗阿哥（音译，尊称"先生"）。一时没想起他的姓名，而且在伊朗，似没有女士主动打招呼的习俗。会议落座之后，只听见后排一句熟悉的声音：Shomaa hubii？回身一看，终于认出了多年未见的老朋友。真是对不住这位文化参赞，我的波斯语水平，就如此固化在他的记忆中。在推动中国的伊朗研究方面，我认为国内的第一功臣是北大叶奕良先生，而伊朗方面则要数萨贝基参赞。如今北大的伊朗学研究，已经有了强大的后续力量。一丹以她炉火纯青的语言功底和历史知识，已经走向更广阔的世界。

这次出访伊朗，交谈最多的就是我们的导游瓦希德（Vahide）先生。

瓦希德是库尔德人，长得人高马大的，很帅，眼睛会说话。交谈中，知道他的兄长战死在两伊战争中，好像父亲也参加了战争，但被俘后交换了回来。因此，他的妈妈以及全家，享受完全的免费医疗，全家有政府的补贴。

我们的车曾经驶过一条高速路，那条路命名为战俘路，一路悬挂的，都是交换回来的战俘的照片。战俘回国，依然是英雄，享受免费医疗，而且有政府的补贴。

瓦希德热爱导游这一行。他不仅为来伊朗的人导游，也为出境的人导游。他曾十多次前往墨西哥、南美等地。用波斯语撰写了关于玛雅人的故事。他多次前往保加利亚，也写过有关书籍。他发表的第三本书，是写给孩子们的，好像是把库尔德人的小说，改写成给孩子们睡前讲的故事。总之，他是个很好学的人。

瓦希德看来很有钱，说他喜欢车，每年总要换一部新的。他的妹妹生活在荷兰，为了帮助妹妹，他给她投资，开了一家咖啡馆。

千万不要以为伊朗人很封闭，实际上，在美国洛杉矶，有大约一百万伊朗人生活。这些人制作的音乐舞蹈之类的 DVD，可以尽数进入伊朗。

在伊朗，中国人还是比较受欢迎的。一路走来，总有人和我们热情地打招呼，问问是哪里来的。然后，做生意的可能随口说出几句中国话，例如"你好吗？""要冰箱贴吗？"之类。

最奇怪的是，无论多么偏僻的地方，你总能撞上到过中国的波斯人。在设拉子，我们晚上在静悄悄的小巷中闲逛，发现一家花店，被异国之花吸引，步入其中，受到意想不到的热情欢迎，店主说，他的满店假花，都是从中国义乌进口的。

毗卢兹的萨珊城堡，距离设拉子 90 公里开外，且路况不好，不是旅游者常去的地方。我们去时，又逢周五，中午便在附近的毗卢兹城随便找了个街头小餐馆用餐。大家落座后，从后厨冲出来个年轻人，目光中流露出那种见了老乡分外亲的感受。他说曾在北京郊区的一个餐馆工作过四年。

看来中伊民间的交流，要比我们想象的多很多。

二、导游，地毯

若干年前，也曾为来华外宾做过导游。那时专门选择一些没走过的线路，比如穿越塔克拉玛干沙漠、乘车从西宁到达拉萨、登上帕米尔高原等等，都是在那时完成的。

这次是第一次在境外遇上导游。不得不说，瓦希德的一些伎俩，比我当年的同行要高明些，多少体现了波斯商人的特色。

当日到达后，需要换汇。导游很热情，劝我们不要在旅馆换，说周边小银行的汇率会更划算。经过了解，知道差价可以相差几千里尔。看着导游真诚的面孔，外加利益的驱使，我自然相信了他。然而钱到手时，方才发现那汇率与旅馆的一般低——他是按照最低的价格，换走了我们手中的美金。我当然要理论。谁知这位又冠冕堂皇地一顿说教，比如要遵守官价、不能违反规定等等。什么叫哑巴亏，这下领教了。常住伊朗的留学生证实，当伊朗人冠冕堂皇时，还是要小心一些。

伊斯法罕是伊朗的第三大城市，也是波斯地毯的集散地。伊朗各地的地毯，先集中在这里，再销往各地。在前往伊斯法罕的路上，导游开始讲述最著名的五种波斯地毯。我竟然像个小学生，掏出本子来认真记下。

迄今人类最古老的地毯，据说产在波斯。巴泽雷克冰冻山谷斯基泰王子墓出土的地毯，经验证是公元前 5 世纪的产物。伊朗织出过世界上最大的毯，据说卖给了沙特王室。还有最轻巧的毯以及双面毯、多变毯等。多变毯又称"三维毯"。这种毯子，从不同的角度观察，颜色和花纹会发生变化。

见到我兴趣盎然，瓦希德顺理成章地推出了伊斯法罕的地毯博览会。

最终表明，所谓博览会，实际上是伊斯法罕德一家地毯经销商的店铺。在这家商铺，我真正见到了双面毯以及多变毯，只是十分替导游遗憾：我们临来时得到过同事的提醒，说不要轻易买地毯，有人之前买过，回来后对上面的寄生虫一筹莫展。

面对那些漂亮的地毯，尤其是丝毯，唯有我动了心。不过，无奈囊中羞涩，终未成交。

波斯地毯，确实享誉全球。据说伊朗地毯的成交量，占全球成交量的百分之三十。在伊朗有上百万人从事地毯编织。记得在德国时，曾受邀去人家家里做客。客厅里铺着一块漂亮的大地毯，主人当时骄傲地介绍道，那是一块波斯地毯。豪华的客厅，如果有波斯地毯作装饰，才真正够档次。这是我当时的理解。

德黑兰有家地毯博物馆，很好看。

关于瓦希德还要多写几句。他对景点和文物的了解，几近专业的水平。他热爱伊朗文化。记得在哈菲兹墓前，他多么想把自己的知识倾泻给我，想告诉我哈菲兹伟大的近乎哲学韵味的爱情观。当他聚精会神宣讲之时，却发现我一脸疲惫，很不耐烦，他只好作罢。

瓦希德十分骄傲，也不掩饰自己的骄傲。当我们在雅兹德附近终于见到传说中祆教的寂静之塔，争先恐后往上冲时，他投以蔑视，不屑地说，真正从事拜火教研究者，根本不来这里，这是给旅游者开放的。一位西方学者，在拜火教人的村庄一住 17 年，才撰写了关于伊朗拜火教研究的著作。

瓦希德的蔑视是有道理的。中国学界，才刚刚走上世界的舞台，那些依靠聪明才智可以取得的成就，我们不难达到。然而，对一方文明的了解，不是读几部书就可以完成的。法国、德国在伊朗的考古发掘，已经有上百年的历史，年年考古报告不断。著名的波斯波利斯曾经掩埋在泥土之下，上面覆盖的泥土最少也有一米多高，往昔的柱子也全部倒塌。西方的考古学者和伊朗人一起一点点把它挖出来，世人方得见旧日的辉煌。

伊朗人懂得知恩图报，伊朗政府将十位对恢复伊朗古代文明作出重大贡献的西方学者接纳为荣誉公民，并以别墅相赠。哈佛大学弗莱（Fry）教授是获此殊荣的学者之一。弗莱现携波斯妻子居住在美国，不过打算死后埋在神奇的波斯土地。据说他已在伊朗购买了墓地。

我们一行人，也都是知恩图报的中国良民。对于瓦希德的贡献，我们给予了力所能及的回馈，并且以伊朗文化考察团的名义，授予他北京大学考古准博士的称号。瓦希德说，我们是他接待过的最友善、最有素质的团体。当然，当伊朗人冠冕堂皇时，还是要打些折扣的。

再见，瓦希德。

宾馆里，到处铺着漂亮的地毯，最上面的是一块双面毯。丝毯是我的最爱。蚕吐出的细细的丝，要多少才能织出一块毯？

还有一个小小的插曲。当我用波斯语说出"我没钱"时——那可是我仅会说的几句话之一，商人脸上的笑容瞬间消失。哈哈，到哪里也不能说实话。体面，在伊朗尤其重要。

三、最后一站

在伊朗最后一站时，王老师不慎摔倒而造成脚骨骨裂。此时我们还逗留在伊朗的阿巴斯，需要从阿巴斯飞往迪拜，然后再飞回北京。来到设备简陋的伊朗小城阿巴斯的空港，叶老师没费多少力气便找到了轮椅，我们推着王老师经过安检，受到特殊的待遇上了飞机。本来王老师定的座位在飞机后方，上了飞机，只见麻利、威武的伊朗空姐几句话，便调走了前排座位的男士，让王老师坐下。

到了迪拜，我陪着王老师，没有走正常的出口，一辆升降车把我们从专门的出口运到地面。接着，有专人将王老师推到了换乘大厅。我们没有阿联酋的签证，飞机降落在出境口岸，这要是在两年前，会遇到很大的麻烦。但是现在好了。我们需要做的，仅仅是等待，而在此期间，有专门的工作人员收走我们的护照，帮助办理行李转运、转机等一系列手续。大约一个多小时之后，坐上了专门来转运我们这一行十人的机场大巴。大巴很大，十个人在其中，显得格外宽绰。齐老师的眼睛笑得弯弯，大家也兴奋地跳起了舞。荣老师最会煞风景，提醒说：美什么啊，我们这是被押解出境。一句话，才使欢乐的团队如梦方醒，原来这大巴的前后都有边防武警的车，前车开道，后车押送。哇，这样的待遇。

到了国际港，几个帅哥推着轮椅来迎接我们，大约是弄错了，以为一队人马全部有伤。大家一看，全乐了，立刻有几个人装着瘸了的模样。

那天回国的航班满员。我陪着王老师在专门的候机厅等待，到登机时，有工作人员推着王老师前往。我们从三百多位候机的旅客身边走过，直接来到候机口。当走过孟老师、朱老师、林老师等身边时，他们投来羡慕的目光：有人推着直接登机！

上了飞机，服务人员把王老师推到座位上。一路上，王老师需要方便时，又有专人把王老师送到卫生间。

回到祖国，麻烦来了。原来，首都机场没有事先得到消息。于是，飞机上的乘务员只得当场联系机场工作人员。

也还不错，大约在旅客全部撤走之后半个多小时，终于有人推着轮椅来接王老师出站。一路飞驰！

但是，据说几天后叶、王老师从北京前往三亚，在北京这一段，如果不是找了关系，恐怕根本无法享受到乘坐轮椅的待遇。然而到了三亚，再无人援助，很是辛苦。国内航线对腿脚不利索人群的服务，还有待改善。

（2012 年 1 月 15 日、1 月 16 日、7 月 7 日博客）

修路与博物馆

中亚两国之旅，感悟良多。关于旅途趣事等，容后期慢慢写来。今日先说修路与博物馆。

从杜尚别往片治肯特，一路沿着河谷，要翻越崇山峻岭，且道路十分不好走，半程是石土路，伴随着深涧沟壑。我们一行三辆越野车，开车的是当地塔吉克司机，常年跑这条路，熟悉路途，但开车的风格只能用"愣"来形容。出发不久，还在平地上时，就险些发生事故，好在对面当头驶来的司机一个急转，栽入路旁的沟里，才没有相撞。人没有受伤，车需大规模检修。塔吉克人相处十分友好，出了事故，先握手，然后留下电话，赔钱的事情慢慢再商量。

出了事故后，大家都紧张起来，本来有恐高症的，越发不敢往下看，不恐高的盯着深涧一路盘算，如果掉下去挂在半壁上，是朝上爬好呢，还是向下？我和一丹在一辆车中，一丹用纯正的波斯语告诉司机，我们害怕，引来司机和鲁斯图姆（Rustom）教授一路怜惜、安慰。

一路上，最为壮观的并非巍峨的雪山、残留的冰川、艳阳下奔腾的河水，而是一支支筑路工人的团队，他们驾驶的铲土车等重型机械，上面皆印着大大的汉字，仿佛这里是祖国。在这里筑路，可以想象条件的艰苦。中亚的太阳十分猛艳，那些工人，虽然头顶钢盔，围着毛巾，但所有的脸庞都是黝黑的，浑身布满尘埃。碎石和塌方，显然阻挡不住他们的勇气。他们炸开巨石，拓宽道路。测量和指挥者，皆是不足30岁的年轻人。据说当地缺少蔬菜，水质也不好。他们白天饱经日晒，晚上还要抵抗蚊虫叮咬。世界上哪一支筑路队能比得了中国工人？谁能比中国工人更抗得住崇山峻岭之中的艰苦？中国政府的投入，实在；中国工人的付出，伟大！

终于到了片治肯特，粟特人的故乡之一。这个地方有名，要归功于俄罗斯考古队多年不懈的努力，令淹埋已久的壁画再现人间。记得快有20年了，当年已经年迈的俄罗斯考古学家马尔沙克（Marshak）受到北大年富力强的荣新江教授邀请来演讲，我一次演讲都没错过，讲到壁画、文物、传说……一幕幕好像发生在昨日。从那时起，片治肯特对于我便是圣洁的地方，是艺术的中心所在。真没想到有一天我竟然能亲身来到这里。

不出意外遇到了俄罗斯考古队，现在的领队是卢湃沙（Lurje）教授，人很年轻，是真正的学者。艳阳之下，我们先来到马尔沙克的墓旁。他的墓，就坐落在片治肯特古城旁边。马尔沙克一生在这里发掘了50年，之前他的老师也曾在这里发掘。大家来到墓旁，纷纷拍照留念，我脑海中浮现的是与他当年在北大合影的情形。回到现实，现在是卢湃沙在坚守这一方土地，他已经开展了20年工作。卢湃沙坚实而快速的脚步，穿梭在考古工地之间，不顾艳阳高照、口干舌燥，充满激情地为我们讲述一方又一方工地的发掘过程、所出文物等等。他指着一处发现了火坛的地方说，这里进行了回填，将来还要再挖出来，上面盖上房子，以供旅游者观光。

卢湃沙现在的考古队，已经是国际化的，加盟者有德国哈雷（Halle）考古所的博士，有奥地利的年轻考古者。考古工地的伙食看起来缺少变化，一般只有果酱、馕。德国、奥地利小伙儿爱吃肉，多日吃不到，馋得不行。那天晚上，我们一行盛情邀请考古队赴宴，那些小伙子见到肉，真显出了好胃口。三角烤肉包子，一个人一口气能吃掉4个。还有最好的一道大菜未上，卢湃沙便急着要离席，他说明天4点要起床开始发掘，到9点太阳热了，便不能大干了。经我劝说，他还是留下来等最后一道菜。然而一会儿，便听到鼾声响起。这卢湃沙教授，能流利地说英、德、法、塔吉克语的俄罗斯人，毫不掩饰自己的疲惫。

当天下午，是参观博物馆的时间。热，人感到疲惫。

博物馆里，所陈列的照片与实物详细地展示了博物馆的缘起、提供展物的各个考古工地。那些为塔吉克这一方土地作出贡献的考古艺术工作者、诗人的肖像，一幅幅高悬着。望着他们，我感觉自己的渺小，对他们产生了由衷的敬佩。陪同我们的，是当年参加马尔沙克考古队的工作人员，现在是片治肯特大学的教授。他毫不在乎炎热，不在乎疲惫，气宇轩昂地介绍着展品，骄傲地展示着那些出土文物。在他的脸上，你可以读到对艺术的崇拜，对历史的追求。那些土坯的房屋、炽热的黄土地，怎么那么令人痴迷呢？

不知道为什么，我想起了那些中国的筑路工人。来到博物馆，巨幅高悬在墙上的，皆是对这座城市的文化发展作出贡献的考古学家、历史学家、语言学家、诗人。与他们相比，我相信，那些筑路工人每个人也都是一部故事。中国强大了，有钱了，可以援助筑路，援助塔吉克斯坦发展经济。但是为什么博物馆里没有关于中国的故事呢？

大约到明年，杜尚别去片治肯特的路就会修好，那将是柏油铺就的宽阔路面。再去，即使有恐高症的人或许也不会再害怕了。那时，或许将有更多的游客和考古工作队前往片治肯特。我希望这些考古工作队中，将有一支是中国的，他们也能获得中国政府的资助，去一方古城发掘灿烂的古代文明。我希望塔吉克斯坦的博物馆里，也能悬挂中国学者的照片，赞扬他们为塔吉克文明作出的贡献。

（2014 年 7 月 13 日博客）

学林探胜

西域的胡语文书

　　胡语文书的概念非常广，胡文化曾经对中原文化产生十分明显的影响。胡文化的影响实际上一直保存至今，体现在今天的语言当中。比如，我们常说的"一派胡言"、"胡言乱语"、"胡说八道"，实际上是对已消失的胡文化的一种追忆。这些留在语言中的印迹一方面说明胡人曾比较多地和中原汉人发生过交流，另一方面也反映出人们在潜意识中存在的对胡文化的轻视。实际上，轻视主要是因为我们缺乏对胡文化的了解，其中就包括对胡语文书认识不足。胡语文书的概念非常广，它所代表的文明犹如浩瀚的大洋。又可以说，胡语文书所代表的文明犹如大山背面的甘泉，汩汩而流，奔腾不息。而我只能将其中的一抔水奉献给大家。在国内，我们认为胡文化不够博大精深，但在国际上，人家认为是我们搞不好胡语文献，这反映出中外学术很大的反差。

在介入主题之前，先要问这样一个问题：何谓胡？读过两《唐书》的人只要稍微留意，就会注意到，至少在唐代，"胡"区别于吐蕃、突厥，实际上有所特指。

例如，安禄山对哥舒翰说过："我父是胡，母是突厥女，尔父是突厥，母是胡。"安禄山的父亲是粟特人，母亲是突厥人，而哥舒翰的母亲是于阗人，父亲是突厥人。这句话清楚地说明，粟特人和于阗人在"胡"的范围之内，而突厥不在其中。

又比如：

> 天宝七载，安西都知兵马使高仙芝奉诏总军，专征勃律，选嗣业与郎将田珍为左右陌刀将。于时吐蕃聚十万众于娑勒城，据山因水，堑断崖谷，编木为城。仙芝夜引军渡信图河，奄至城下。仙芝谓嗣业与田珍曰："不午时须破此贼。"嗣业引步军持长刀上，山头抛檑蔽空而下，嗣业独引一旗于绝险处先登，诸将因之齐上。贼不虞汉军暴至，遂大溃，填溪谷，投水溺死，仅十八九。遂长驱至勃律城擒勃律王、吐蕃公主，斩藤桥，以兵三千人戍。于是拂林、大食诸胡七十二国皆归国家，款塞朝献，嗣业之功也。由此拜右威卫将军。
>
> 十载，又从平石国，及破九国胡并背叛突骑施，以跳荡加特进，兼本官。初，仙芝给石国王约为和

好，乃将兵袭破之，杀其老弱，虏其丁壮，取金宝瑟
瑟驼马等，国人号哭，因掠石国王东献之于阙下。其
子逃难奔走，告于诸胡国。群胡忿之，与大食连谋，
将欲攻四镇。仙芝惧，领兵二万深入胡地，与大食
战，仙芝大败。会夜，两军解，仙芝众为大食所杀，
存者不过数千。

根据两《唐书》的描述，当年的"胡人"，主要包
括了操伊朗语的民族，例如于阗人、粟特人。在此之外，
"胡"的范围还包括阿拉伯人在内的古代中亚以及西亚的
人种，更远的包括东罗马国家之人。后来"胡"的概念慢
慢消失了，宋初时还有"胡"的概念。从"胡"的淡出，
也可以看出"胡"概念的范围。因为到了宋朝，于阗国灭
了，粟特人也不再出现了，"胡"的概念也就消失了。所
以从几个方面可以锁定"胡"的概念，它主要涵盖了操伊
朗语的民族。当然史书里也提到"西域胡"、"婆罗门胡"。
我就按这个概念的范围给大家介绍一下西域发现的胡语
文书。

据西方学者的统计，丝绸之路沿线出土的文献涉及
24种语言、17种文字，其中有大家比较熟悉的藏语、蒙
语、西夏语、回鹘语、汉语等语言和文字，还有多种不为
大众所知的语言文字，例如梵语、于阗语、粟特语、吐火
罗语、据史德语、大夏语、叙利亚语、中古波斯语等等。

其中藏语、蒙语、西夏语、回鹘语、汉语不属于胡语的范围，不在今天的讨论话题之中。而其他属于胡语范围的语言，我也只能拣比较熟悉的、自己研究过的介绍给大家。

一、梵语文书

首先谈谈梵语是怎样一种语言。梵语是印度古代的文学语言。印度古代的所有学术著作，包括天文、数学、医学和哲学等，都是用梵语写成。梵语主要是书面语言，但这种书面语言无疑是从口语发展而来的。梵语属于印欧语系，准确地说，正是因为近代欧洲人深入了解梵语之后，才确立了印欧语系的存在。从语法体系以及基本词汇看，梵语与古典欧洲语言十分近似。1786年，孟加拉亚洲学社的创始人英国爵士威廉·琼斯（William Jones）在比较了哥特语（古日尔曼语）、凯尔特语（中世纪欧洲的一种语言）和波斯语之后，明确指出梵语和古代欧洲人的语言拥有共同的起源。1816年，葆朴写了一篇文章《论梵语动词变位体系及与希腊语、拉丁语、波斯语和日耳曼语的对比》，在此之后，又发表了一系列详细探讨梵语语法体系的文章，从此一个新的学科——印欧语比较学——诞生了。至今在欧洲的许多著名大学中还设有这门学科。这门学科在19世纪时非常辉煌。鉴于比较语言学诞生的过程，可以说不学习梵语，甚至谈不上比较语言学的研究。

其实在国内从事比较语言学研究的人为数不少，但研究梵语的人不多，我们学校学习比较语言学的学生中也没有学习梵语的。这很遗憾，因为比较语言学的诞生实际上基于梵语的发现。在国内学的人很少，而在德国，对于选修比较语言学的学生来说梵语是必修课之一。印欧语系的诸多语言中，梵语是最古老的，而英语是最年轻的。印度人说，如果天上有神，那么他们交流的语言正是梵语。

书写梵文的字体基本上可分为两种——婆罗米字体和佉卢体，后者也叫驴唇体。现在印刷出版的梵语书籍采用天城体。这种字体是 10 世纪以后，从孟加拉文的几种字体发展起来的。

在西域地区发现的梵语文书，绝大部分是佛经和与佛教相关的文献，还有部分医书以及学习梵语用的语法课本等。西域发现的梵文文献与西藏地区所保存的梵文文书具有很大的不同。西域发现的梵语文书里几乎没有婆罗门教或者印度教的文献，也没有世俗的比较流行的文学作品。

公元 4 世纪或 5 世纪，笈多王朝时期，印度出了一个著名梵语作家迦梨陀娑。他的著作部分已经翻译成汉语，如《云使》。季羡林先生翻译的《沙恭达罗》也是他的作品。迦梨陀娑的梵语作品在西藏保存的梵语文献中可以见到，但在西域发现的梵语文书里却没有。这是值得注意的现象。

佛教是从印度传到中国的。但是在早期，佛教主要不是依赖印度本地人身体力行地传过来的，也不是我们中国人直接过去取过来的。在中国和印度之间，曾经有个中间环节，这正是操胡语的诸民族。

人们可能以为，随着佛教的传入，印度文化的主流也会传入中国。实际上不是。在古代印度，佛教曾经是弱小的一支宗教，从来没有成为印度的国教，从来没占过主导地位——印度教始终是在印度占主导地位的宗教。那么，为什么是一支弱小的宗教而不是一直占主导地位的印度教传到了中国呢？其中的原因有多种，但是有一点可以肯定，即和操胡语的诸民族对印度教的排斥有很大的关系。

丝绸之路沿线很多地方都发现过梵语文书。其中发现写本比较集中的地区是：

1. 吐鲁番地区。20世纪初，德国的探险队先后4次来到这里发掘，找到了为数众多的文书。比如在柏孜克里克的千佛洞遗址1号窟，出土的婆罗米文书最多，他们甚至认为，1号窟曾经是图书馆。当然，在这里以及吐鲁番其他地区，德国探险队发掘到的并非只有梵语文书，还发现了大量其他语言文字的文书。

2. 克什米尔地区西北境，离吉尔吉特（Gilgit）大约两公里处。1931年5月1日，斯坦因在这里发现了少量婆罗米文书，并认为这些文书不晚于6世纪。斯坦因的报告发表之后，一支法国探险队来到此处，发现了大量的梵文文献，其中有大乘经典文献《八千颂般若波罗蜜多经》，也有说一切有部的律。

3. 阿富汗巴米扬地区，这里曾是著名的佛教圣地。巴米扬即玄奘记载的梵衍那国。早在 20 世纪 30 年代，法国探险队就在这里找到了梵文经卷。这里是近年来出土梵文经卷最多的地方。巴米扬大佛被毁，引起全世界的关注。实际上在此之前，阿富汗的佛教文物已经遭到破坏，一大批梵文经卷从阿富汗流向海外。20 世纪 90 年代末期，一个名叫斯科因（Martin Schøyen）的挪威收藏家在文物市场买到成捆的梵文经卷，这些经卷大部分是写在桦树皮上的。这批卷子引起挪威大学印度学、藏学系教授颜子伯（Jens Braarvig）的注意。在挪威科学院高级研修院的支持下，来自全世界的学者参与了对这批写卷的整理、研究工作。

图 1 是《商伽经》的片段。这部经，只在巴利语《大藏经》中有对应的文本，没有汉译、藏译。这是反对婆罗门的一部经。字体显示，这是比较老的文书。在巴米扬发现的文书很多都是 7 世纪以前的，和西藏地区保存的梵文文书在时间上有很大的距离。巴米扬发现的文书相对要早些，而西藏保存的梵文文献从字体看要晚一些，应该是 9 世纪以后的文献。

图 2 是《法华经》的片段。大家可以比较一下，这个字体和上边的字体有所不同，上边的更早一些。

图 3 是《佛说无量寿经》（魏 220—265/ 康僧铠译）

图 1 《商伽经》

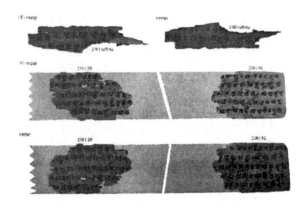

图 2 《法华经》

的片段。这部经很早便由粟特人译成汉语，而且有各朝代不同的译本，比如支谦译《佛说阿弥陀三耶三佛萨楼佛檀过度人道经》。直到宋初还有译本《佛说大乘无量寿庄严经》。大部分是胡人翻译的。康某某一般都是粟特人，而

图 3 《佛说无量寿经》

名唤支某某的是月氏人。从这些译经人看，最早从事佛经

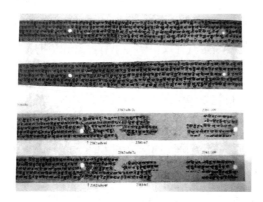

图 4 《大众部说出世部律》

翻译的，是操伊朗语的人。

图 4 是《大众部说出世部律》的片段。

总之，这批写卷内容非常丰富，有大、小乘的经典，
也有律、对法等。

除了以上集中发现梵语写卷的地方，在丝路南道、北道都发现过梵文的写本。敦煌发现的梵文写本相对较少。最近在敦煌莫高窟北区也发现了少数梵文写本残卷。它们很有特点，字体与丝路北道的一脉相承。丝路北道和南道的婆罗米字体有明显的差别，通过字体可以断定文书来自何方。另外，根据某些字的用法，可以断定文书的属性，即属于佛教的哪一部派。比如说"posatha（布萨）"，同样这个字，在各佛教派别的文献中拼写不尽相同。

我曾研究的一个残片，没有汉译，也没有藏译。可能大家会以为，拿来一件梵文残片，读一读便可知它讲的是什么。其实不然，为释读这么一件残片我前后花了半年的功夫。先要断定其在汉语佛经里有没有相应的译文。现在当然很方便，寻找几个专业术语，在电子版《大藏经》中一检索，很容易便可断定。但是藏文文献海一样多，数量比汉文《大藏经》还要多，该如何判断藏里有没有相应的译文呢？这就需要多年经验的积累，先判断出大概的方向，然后拿放大镜一页一页地去找，看有没有相同的文字。经过这样的工作，我可以断定，没有与这份残片相应的汉译和藏译。这一段文字属于一部论疏，属于对法的文献范围。大家知道《俱舍论》便是一部宣讲对法的佛教著作。这件残片是敦煌北区发现的，敦煌北区发现的文献一般比较晚，大体上是元代的。元朝时在敦煌可能还有佛教僧团存在，是从吐鲁番迁移到敦煌的僧团。

这件小小的残片讲到三种不同的历法，讲到了"岁分三时"、"岁分六时"等。其中一种历法和藏文《翻译名义大集》里的记载是一致的。这件残片中出现了两个人的名字，一个人是佛教史上著名的世亲，即《俱舍论》的作者。这里面直接引用了《俱舍论》的一句话。另一个人是《大唐西域记》里谈到的德光，玄奘到达印度时他已不在了，活跃年代大概比玄奘早100年。德光在律的方面造诣很深，他的著作还保留在藏文《大藏经》中。现在北京大学已经立项，对原民族宫藏西藏贝叶经根据照片进行整理。在这些收藏中有德光的著作《律经》，这部著作在汉文《大藏经》中是没有的。

其实梵语文书够大家研究一辈子，梵语文书的山很高，刚才只是从金山上抠下了一点点金渣，让大家了解一下大概情况。

二、于阗语文书

丝绸之路曾经是几大文明相互交流的必经之路：埃及文明、希腊文明、印度文明、中华文明……公元1世纪，世界上发生了对后来时代产生巨大影响的事件。此时在西亚，基督教诞生；在印度，大乘佛教诞生。这些发生在异域的宗教思想，沿丝绸之路传到中国。而居住在丝路沿线的，主要是操伊朗语的居民。他们为中西文化的交流作出了巨大贡献，以往却被彻底地忽视了。这些民族后来融入其他民族之中，他们的祖先创造的非凡文明却是不可磨灭的。随着考古的新发现，比如安伽墓和虞弘墓的发现，学界越来越认识到这些民族在创造历史中的贡献。

有关中印交流，陈寅恪先生、鲁迅先生、季羡林先生都作过比较深入的研究。大家都知道佛经来自印度，还有些中国民间故事受了印度佛教的影响。其实，印度文明传到中国，中间通过了胡语族。当然，玄奘、义净、法显是直接从印度取经的，但这样的毕竟是少数，特别是在早期。早期大部分佛经的传入主要是通过操伊朗语的民族。这个中间环节是不容忽略的。

于阗语属于东伊朗语族，也是中国史书中著名的塞种人的一支。印欧语系实际上是一个很大的概念，现在的英、德、法、西、意、俄、罗马尼亚等等语言都属于印欧语系的范畴。印欧语系分成东支和西支，可以各根据一个词来判断东支和西支，即取拉丁语的"一百"centum，以及梵语的"一百"śatam。与śatam有关系的属于东支，与centum有关系的是西支。印欧语系东支分出伊朗语族和印度语族，印度语族包括吠陀梵语、古典梵文、现代孟加拉语等。伊朗语族中有古代东部的阿维斯塔语和西部的古波斯语。中古伊朗语又可以分东和西，东支指的是我们所说的于阗语和粟特语，属于塞种人的语言，西支就是巴列维语等。东伊朗语一脉传至今日的是奥塞梯语（Ossetic），有人认为它是由粟特语发展而来。我曾经在国家图书馆查奥塞梯语的辞书，遗憾的是没有查到。国图倒有一套《毛泽东选集》是奥塞梯语的。是谁翻译的这套《毛选》呢？这令我迷惑不解。

怎么区分伊朗语族和印度语族？首先是从发音分辨，有些音在伊朗语中特有，而在印度语中没有。然后是语法和词汇的差别。

于阗语写卷主要集中发现在两处：1.和田附近。2.敦煌千佛洞。于阗语文书集中地收藏在几个国家：英国、法国和俄罗斯。英国藏的于阗语文书主要是斯坦因在敦煌藏经洞发现的；法国藏的当然是伯希和带回去的；俄藏主要是当年在喀什的俄罗斯领事馆买走的于阗语文书。在日本也有些零散的，是大谷探险队带回去的。印度也有一部分——斯坦因把一部分文书留了印度。书写于阗语的文字是婆罗米字，分为正体和草体。

敦煌发现大量《无量寿宗要经》，汉语文献大概有300多号。藏语的也有很多，还有于阗语的。于阗语正体写成的《无量寿宗要经》，尺寸有较大的差异。上面两页长于下面两页；上面的是正体，下面的是草体。尺寸长的是当年于阗人从于阗带到敦煌的，等他们到了敦煌后发现这部经少了两张纸的内容，就在敦煌请人又写了两张；后写的两张尺寸略短。从纸型的变化可以看出文书背后曾经发生的故事。

有一张长卷，写在汉文佛经的背后。卷子很长，分成两半，一半藏在英国，一半藏在法国。当时斯坦因觉得后一半好，就拿剪刀剪掉拿走了。后来伯希和觉得剩下的也不错，就把前一半也带回了法国。这就造成同一部文书存于两地的现象。

敦煌藏经洞发现的于阗语写卷数量十分庞大，内容也十分丰富，有佛经、民间故事、书信往来等。于阗王国在9—11世纪和敦煌的地方政权存在着十分密切的往来，不但使者来往频繁，更有联姻关系。后晋天福三年（938年）十月，晋高祖石敬瑭册封李圣天为大宝于阗国王，敦煌莫高窟第98窟至今还有这位国王的画像，他娶的王后便是敦煌王曹议金的女儿。于阗公主也嫁到曹家。于阗语文献中，都有他们留下的印记。例如 P.2027 就是于阗公主的发愿文。从这篇发愿文可以读出，于阗公主曾生下一子，但他可能患上了疾病，这篇发愿文正是于阗公主为其子供养僧人，请僧人为他写下的。后来，她的儿子去世了。在于阗语文献中，还有一篇文献同样是发愿文，祈求诸神保佑死去的儿子，写得如泣如诉。

于阗语文书还有著名的民间故事，例如《罗摩衍那》。故事讲得特别有趣，其中的猴子已经有了翻跟头的本事，读于阗文的《罗摩衍那》，感觉其中的猴子和后来《西游记》的孙悟空有了衔接，孙悟空的原型应该是《罗摩衍那》中猴子将军的形象。但是梵语文本中的那只猴子没那么大的本事，它从印度本土跳到楞伽岛时，要退后三步，才能跳过去，而孙悟空一个跟头就十万八千里。如果缺少中间环节，无法想象《西游记》的孙悟空怎么会是印度的猴子的翻版呢？于阗语《罗摩衍那》故事弥补了中间环节，它故事中的猴子已经能翻跟头了。其中有一处情节，描写罗刹升到天上云间，这时猴子一转，上去把罗刹打下来了。这一转，便是翻跟头。这个故事说明中间环节能够弥补中西文化交流中被忽略的地方。

于阗语文书可讲的东西很多，在敦煌藏经洞发现的数量最多的文书之一就是于阗语文书。从此可以推论藏经洞不是放置垃圾的地方，它是藏真品的地方、藏神圣文献的地方。这些文书都是和尚写的。从于阗语文书大量的存在还可推断出，当年有一个大的于阗僧团在敦煌。这些题目都没人做，都是未开发的题目。

中华人民共和国成立后，我们也零散地发现了一些于阗语文书。比如20世纪70年代的时候，新疆考古所所长王炳华来到和田，在文管所一张桌子上的报纸堆中发现了一件木函。王炳华具备学术眼光，感到这是很重要的文物，就把它带回乌鲁木齐考古所保存。但这个木函具体是从什么地方出土的，没人说得清楚，可能是有人刨什么东西的时候刨出来后上交的。木函是于阗著名的瞿摩帝寺的遗物。当年瞿摩帝寺的僧众了结了一桩民事案——僧众大有现在法官的味道，文件书写在木匣子里面、盖子背面。

接着僧众把盖子盖上，拿绳子捆上，上面用泥糊住，再盖上印。上面有两行字，说明此文书是于阗瞿摩帝寺的僧众加印封上的，这件文书便有了法律效力。

盖子打开以后，其中的文字写了案子的来龙去脉。讲的是奴隶买卖的案子，一个人把家奴和家奴的儿子一块儿卖掉，卖了多少牟拉（货币单位），等等。木匣子的背面也有字，简略地介绍了整个文书的内容。当年可能有很多这样的卷宗，一个木函便记载了一个案子。为了方便寻找，背面书写文字，说明匣子内书写的是什么内容，起到提示的作用。

三、关于粟特语文献

粟特人属于塞种人的一支。粟特语一共有四种书写字体。

粟特语属于伊朗语族，也是塞种人的语言。粟特语文字是从阿拉米字母派生出来的，那么阿拉米语是什么样的语言呢？阿拉米语属于闪含语系，也分东、西语支，东支是叙利亚语，西支是耶稣讲的语言。粟特语文字便是从阿拉米字母派生出来的。后来的回鹘人、蒙古人和满人，又从粟特人那里学来字体。也就是说，蒙文、满文字体是间接地从阿拉米字体演化而来的。刚才说粟特语主要有四种字体，其中一种是古书信字体。在嘉峪关外一座古烽火台下，曾经发现了数篇粟特语文书，这是最早发现的粟特语文书，即著名的 Ancient letter。这些粟特语文书使用的字体，现称为古书信字体。

所发现的粟特语文献主要是佛教文献和基督教文献。佛教文献和基督教文献使用的字体是不一样的。粟特语文献里还有摩尼教文献，它也有独特的书写方式，吸收了中古波斯语的书写特征，形成特殊的字体。完全可以通过字体判断出是佛教文献、基督教文献还是摩尼教文献。粟特语的基督教文献使用的是叙利亚字体，更确切地说是东叙利亚语字体。

还有摩尼教文献，是在柏孜克里克发现的。上文提到，在柏孜克里克的洞窟中不仅仅发现了梵语文书，其中1号窟出土的文书量很大，德国人甚至认为这里曾是一个图书馆，其中有梵语文书、粟特语文书，还有吐火罗语文书。

图5是粟特语写成的佛经，是《金刚经》。

图6是基督教文献。从这些图片可以看出它们之间的差异。这件文书也是在吐鲁番地区发现的，书写字体跟东叙利亚语教会的文献很接近。

四、吐火罗语文献

下面简单给大家介绍一下吐火罗语文献，这是季羡林

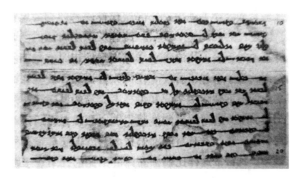

图 5 粟特语佛经

图 6 粟特语基督教文献

先生的强项。我个人以为，季先生最为了不起的就是对吐火罗语研究的贡献。他在这一领域做出的成绩，堪称世界一流。长时间以来，所发现的吐火罗语文书有限，西方对吐火罗语进行研究的速度很慢，不如对于阗语的研究。于阗语的研究取得长足进展，主要归功于剑桥大学的贝利先生，继而是埃墨利克先生。经过大约两代人的破译，于阗语文献中有梵语相对应的文献的，基本上已经破译了。但吐火罗语不同，在西方有些学者有这种特点，即没有研究到一定程度，不会把研究结果公布出来。相较于于阗语，吐火罗语的进步是非常缓慢的。后来新疆发现了《弥勒会见记》，这些文书被送到季先生的手上，季先生把这些文书破译了。季先生说，在释读《弥勒会见记》的过程中，新发现的词汇达 50 多个。这些发现是对这门语言重大的贡献。对于研究古代语言的人来说，能破译一两个词就很了不起了。这必须通过大量阅读相关文献，进行周密的推理论证。如果存在对译本，要相对容易一些。没有对译本，就得靠各种各样的手段才能把它破译。我常常这样比喻，破译一个词汇，不亚于物理学界发现一个新粒子，是很了不起的工作。季先生通过破译《弥勒会见记》，为吐火罗语贡献了 50 多个词汇，这是卓越的贡献。

图 7 是吐火罗语文书。有心的朋友会发现，这种字体和刚才演示的敦煌梵语文书的字体近似。这两种不同语言所使用的字体都是丝路北道系列的字体，相互之间有一些关系，但个别地方不同。

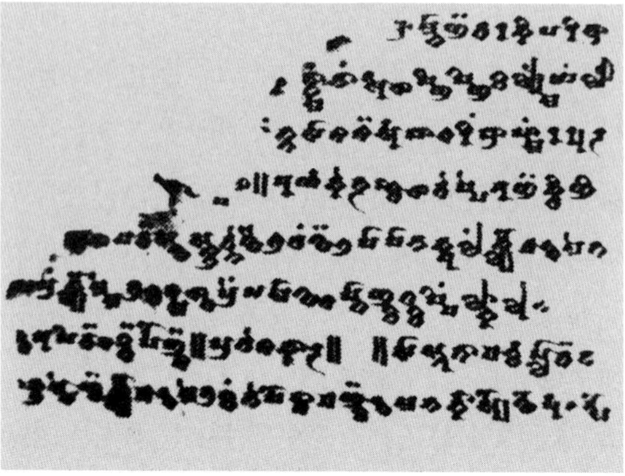

图 7 吐火罗语文书

五、叙利亚语文书

在敦煌北区曾发现一件叙利亚语文书。下面向大家汇报释读这件文书的过程。我在拿到这份文书之前并不懂得这门语言。释读出来之后，很多人问是怎么做出来的，我总是回答我经过训练。这种训练指的是学习多种语言的强化训练。当年季先生把我推荐到德国，学习于阗语。我很高兴地去读了，但掉到了伊朗语的坑里，因为于阗语属于伊朗语的范畴。在德国学习语言与在中国有很大的不同，不能说学梵语便只学梵语、学印尼语就只学印尼语。德国大学的语言系和中国的有很大的不同，所安排的课程涉及从古至今的多门语言。我刚去德国，每周学六门语言，包括古代的伊朗语、现代的波斯语和奥塞梯语以及于阗语等。除了主科的几门语言，还要学习两门副课，即梵语和藏语。一个礼拜要学这么多的语言，一门接一门的全部都是语言，都是强化训练。这些学习过的语言，现在基本上忘得差不多了。但是有一种本事却是留下了，这就是面对一门新的语言不会发怵。

面对一门不认识的语言，该如何入手呢？首先判断这是什么语言。判断语言要从字体入手，判断字体有相应的工具书，是德国人写的，把世界上的主要文种都列了出来。一查便知这文书上的字是叙利亚语。当然，字体是可以互借的，比如于阗语、吐火罗语用的是婆罗米字母，波斯语、新疆的维吾尔语用的都是阿拉伯字母。同样的基本字母，因为语言的不同，必然有书写方式的不同，有音标的不同。从这些特殊音符，可以进一步判断出语言。

通过比较，我首先断定这件文书是叙利亚语的。然后去寻找有关书籍，看有没有能够帮助读通这门语言的语法、词典类书籍。北大东语系的图书馆是个藏宝的地方，过去老一代的学者具备学术眼光，即使是自己不懂的语言，相应的书籍还是要购进。我在东语系图书馆一个落满尘埃的地方找到一本文法书。只要有文法书，这门语言就不能算难。难的是从前没有人写过文法的语言，比如曾经的于阗语、吐火罗语。但只要有了文法，也就无所谓难了。

这件文书是《圣经》的一部分，再进一步说是《诗篇》中的节选。国内没有叙利亚语的版本，但是英语、汉语的《圣经》却是案头的书籍。读出几句以后，经过检索，发现这件文书涉及《诗篇》第五到第二十八章的内容。至此，工作并没有完结，要进行下一步的研究：这些《诗篇》节选有什么实际用途呢？为什么是一节一节的？为了解决这些问题，就需要大量的阅读，去了解它在宗教仪式中起到的作用。这件文书把我带入了新的领域。

具体说来，这件文书曾是东叙利亚基督教礼拜仪式的用书，是从一部名曰《前后书》的书中脱落的。简单地说，东叙利亚教会的基督徒每年有固定的宗教节日，每天要进行四次祷告。这件文书的年代大约属于元代——敦煌北区出土的其他文书，大体上是元代的。从字体看，这件文书的抄写时间在同区出土的文书中应该算比较早的。从纸型判断，这件文书不是在敦煌地区书写的，而是来自外域。根据文书的提示，当时东叙利亚基督教的信徒们每天做四次祈祷，每次祷告都要遵守一定的程序。文书上的《诗篇》节选是黄昏祷告时唱的一部分，属于 shuray-i 类。根据礼仪形式，这些《诗篇》分别两次在黄昏祷告时唱出，先由唱诗班唱上一段，然后诵经，诵经之后再唱。在照片上有红字的标记，其中 bar zaugeh，意思是"一对"，用在这里，表示以下是第二组应唱的诗。文书上一些句子没有写完整，因为 shuray-i 的歌词是基督教徒非常熟悉的，每周都在重复，所以不必写完整。关于这件文书，简单介绍这些。

以上简要介绍了一些西域的胡语文书。就我个人来说，很长一段时间，我的主要精力投入在梵语上。下一步，我会把精力慢慢地移到于阗语上。梵语本来已是很难的语言，要花毕生的精力去学、去教。当年汉堡大学有两个教授，一个专门教佛教文献，另一个专门教古典梵语。这里又可分出很多支派，比如说梵语传统语法、波你尼语法，从古至今在中国很少有人碰过。玄奘、义净懂波你尼语法，但后来忙着译经，没有去传授，因为这部语法很深奥，属于阳春白雪。我现在能够体会到玄奘和义净的无奈，他们没有办法教。要学通传统语法系统，非得花十年功夫才成。美国有个叫卡多纳（Cardona）的大学者，一辈子就研究波你尼。不过。虽然我这么多年一直在教梵语，但我一直想回到于阗语上，现在正慢慢往那边走，一直没有忘。

（原载《敦煌与丝路文化学术讲座》2005 年第 2 辑，北京图书馆出版社，36-62 页，略有删节调整）

于阗文的蚕字、茧字、丝字

在古代西域，于阗是以产丝闻名的。据季羡林先生考证，于阗是古西域唯一养蚕产丝的地方。传说于阗的产丝业是从中国内陆传入的。直到今天，人们还可以从各种史书中寻觅桑蚕输入于阗的来龙去脉。

古代于阗不但产丝，而且可能还生产一种特别的丝料。玄奘记载，于阗那个地方"出氍毹、细毡，工纺绩绌绸"，又道那里的人"少服毛褐毡裘，多衣绌绸白氎"。其中的"绌绸"就是一种特殊的丝料。台湾出版的《中文大辞典》解释说：绌绸，"丝织品之粗者"。又，斯文·赫定在和田一带发现的两件用于阗文、汉文共写的文书，记载了住在"六城"的人进奉的情况，屡屡提到"六城"人所进奉的一种衣料"绤绸"。这里的"绤绸"即玄奘记载中的"绌绸"。《说文》解："绤，细葛也。"《正字通》释："绤，凡麻葛织成之细者曰绤。"另外，"绤绸"是于阗文

"thauna"的对译词,"thauna"在于阗文中泛指"衣料","thauna"对译梵文的"vastra",还对译"paṭṭa",即梵文的丝字。"绨䌷"不应是"细葛布",而指的是一种丝织品。玄奘说于阗那个地方"工纺绩绝䌷",我认为"六城"人进奉的"绨䌷"即玄奘所说的"绝䌷"。

古代于阗产丝,产丝必然离不开蚕茧。古代于阗人是知道蚕茧的,这一点有画为证。当年斯坦因在丹丹乌里克(Dandan Oilik)发现了一块画板,画板反映的故事与玄奘有关蚕桑输入于阗的记载相吻合。画板上有传入桑蚕之种的中国公主的形象,有保护神的形象,还有一个小筐子,里面装满了鸡蛋似的椭圆形的东西。这块画板表现的内容是桑蚕的传入,这些椭圆形的东西无疑是蚕茧的再现。

养蚕、产丝离不开蚕、茧、丝,而人类的社会活动总是要反映在语言中。中国很古以来就产丝,中文里很古以来就有了"丝"字、"茧"字和"蚕"字。人们还以产丝的某些过程打比喻,如"作茧自缚",比喻自己做的事情困住了自己,等等。古代于阗产丝,于阗文中自然应该有"蚕"字、"茧"字。本文的宗旨正是要把笔者找到的于阗文的"蚕"、"茧"字公布于世。

标号 P4099 的于阗文书记录了一篇佛教徒宣讲大乘无我思想的长篇经文。经文取名《文殊师利无我深趣经》(Mañjuśri-Nairātmya-avatāra-Sūtra),是用诗体写成的。这篇经文是研究古代于阗佛教思想史极重要的资料。该经成文于敦煌，成文的年代正值于阗王尉迟输罗在位的时候，相当于公元969—977年。这篇经文是于阗语文献中最难释读、翻译的文书之一。贝利先生已将这篇经文用拉丁字母转写出，收在《于阗语佛教文献集》（*Khotanese Buddhist Texts*）中。目前，德国汉堡大学的埃墨利克教授（R. E. Emmerick）正在整理、释读这篇经文。笔者诚望不久能见到其成果公布于世。

经文 39-41 行有这样一段文字，下面是埃墨利克的转写：

tcahau-padyā jsīrja hanāsa   tcana ma ñūāṣṭa satva

sa khva pere bīra ñāṣṭa   uysānā hīvī drau:na

ttu māñada harbaśa satva aysmvīnai   drauna tta nvāre sattsai (ra)

drrāmā byaire   dūkhīnai badana-śela

cu mī ttyai kṣamī narīda   sattsārva bīrai jsa vāṣṭa

ttyāe hīvī aysmva sa   vasūjāña anada tcarai

这段文字，多年来一直被认为是于阗文中的至难点。先是贝利先生在转写时没有正确断开字，埃墨利克在一篇文章中纠正了贝利先生的错误，上面的引文就是从埃墨利克的文章中抄来的。

埃墨利克对这段文字的翻译是这样的："Fourfold is the viparyāsa, false hypothesis, by which beings have been bound here. Like those to be induced onto a leash, they have been bound by the deception of self. Similarly, all beings move about thus in saṃsāra through the mind's deception. Such are they found in the prison-hall of woe. If then it should please him to depart from the leash of saṃsāra, his mind is merely to be purified. He should feel joy."

意谓："颠倒、虚妄有四，众生因此而被束缚在这里。正好像那些将被引入束缚的人一样，他们被自我欺骗而束缚。同样，众生在轮回中徘徊是由于精神的欺骗。他们似这般置身在苦的牢笼中，谁欢喜离开轮回的束缚，仅仅需要清洁头脑。他会感到快乐。"

这段文字用了"sa khva"、"ttu māñada"等字，表示"正好像"、"如此"。在于阗语中，"正好像"之后往往跟着一个很形象、实际生活中常有的例子。比如从《赞巴斯特之书》中摘录的下例句型（第五章 61、62 颂）：

      samu kho hūsandi uysnaurä   hūña härä daiyä väcätra

      ni ju hāḍe ttatvatu īndä   hūsandä hāḍe ne butte

trāmu hūsandä gyaḍīna　　　　kye hära väte aysmū bastä

cu karä härṣṭāyä (ne) īndä　　　väna cu samu daindä jaḍīna.

译文："正好像睡着的人在梦里见到各种各样的事物，这些事物实际并不存在，睡觉的人也不觉悟一样，正如此，一个因痴而昏睡的人，他的头脑束缚在实际根本（不）存在的、除非人们因为痴才见到的事物上。"

这句话中的比喻让人一目了然，用的是睡觉的人和梦这样大家都熟悉的实际生活中的例子。再看看前面埃墨利克的译文，从他的翻译中，读者体会不到其中比喻的生动性。读者可能提出疑问：是谁将被引入束缚？他们怎样被自己的欺骗而束缚？显然，这个不能令人一目了然的比喻是不能成立的。

实际上，这段于阗文中含有一个非常生动的比喻，人们至今读不懂它仅仅是因为两个半字，即 pere、drauna 和 bīra。

1. pere.

贝利对 pere 的解释是 "thinking，desire"，想，欲望。埃墨利克认为这个字是早期于阗语中的 perra，意作 "to be induced"，被引入的。

根据动词 ñāṣṭa 的形式推断，"pere" 应该是名词复数第一格。在原文里，"pere"直接跟在"sa khva"的后面，是用来作比喻的，应该是人们熟悉的事物。根据于阗语早期到晚期的音变规律推究，pere 可还原为 pīra、pira、pära。早期于阗语中确有 pära- 一词，其词义已确知。pära- 是梵文 kṛmi 的对译词，意作"虫"。我试想"pere"还作"虫"解，如果在翻译"sa khva pere bīra ñāṣṭa"这半句话时，其他字仍用贝利等学者已解的意思，这样，这半句话就可译作："正好像虫裹在束缚里。"

有虫子裹在束缚里吗？对于西方人来说，这可能是件不可思议的事情。但我在小时候曾以养蚕为戏，知道虫是可以裹在束缚里的。这里的虫不是一般虫，而是会吐丝作茧的虫，中国人称之为"蚕"。蚕最终是裹在茧中的，茧也确实是一种束缚。这样一解释，上文的那半句话便可译作："正好像蚕裹在茧里……"

古代西域的少数民族不分"虫"与"蚕"，这样的例子是有的。《法苑珠林》卷四："胡人见锦，不信有虫食树吐丝所成。"季羡林先生在《中国蚕丝输入印度问题的初步研究》一文中讲了这样一个故事：史家柏罗科劈斯（Procopius，500-565）记载，有印度的和尚到了君士坦丁堡，见到哲斯丁（Justinian）皇帝，告诉他，他们有办法可以使罗马人不再向波斯或其他国家购买丝货。他们曾在一个叫赛林达（Serinda）的地方住过很久，他们曾悉心研究，如何使罗马境内也可以产丝。产丝的是一种虫子。假如能把虫卵带至罗马，就可以孵化成虫子。皇帝答应重赏他们，只要他们把这些虫子运到罗马。他们果然运到了，从此罗马境内也有了丝业。

据季羡林先生分析，所谓赛林达（Serinda）就是指新疆一带，再缩小一下范围，可能就是和阗，因为和阗是最先从中国内地输入蚕种的。在古代，于阗确实有印度僧人住过。我以为季羡林先生的分析是正确的。从这个故事看，于阗人大概没有给会吐丝的虫另外起名字。

梵文里有许多字都有"丝"的意思，如 kīṭaja、kṛmija、kīṭasūtra、kṛmijasūtra、kīṭatantu、kīṭakośa、kīṭakoṣa、kīṭakoṣaja、kṛmikoṣaja。这些字都是复合词，组成部分都有 kīṭa 或 kṛmi，意思是"虫子"，kīṭaja 和 kṛmija 意思就是"虫子生"。我在上文已经提到，pära- 是梵文 kṛmi 的对译词，既然在梵文里，kṛmi 可以和"丝"联系起来，虫所生（kṛmija）为丝，那么在于阗文中，pära- 一词当然可以指蚕了。

藏文史料《于阗国授记》（Li Yul Luṅi-Bstan-Pa）中也记载了中国公主把蚕种带到于阗一事，其中反复用到了"蚕"字（srin-bu）。srin-bu 即虫。这也是一个旁证，它证明了于阗人没有给会吐丝的虫另外起名字。

"蚕"字的现代英文是 silkworm，德文是 Seidenraupe，波斯文是 kerm abreesham。这些词都是复合词。英、德文的蚕字前半部是"丝"，后半部是"虫"。波斯文的 kerm 是虫，来自梵文 kṛmi，后面的字也是丝的意思。这些词都可直译为"丝虫"。

大概是因中国的产丝业发展得早的缘故，汉字里很早就有了"蚕"字，以区别会吐丝的虫和一般的虫，但"蚕"字仍然离不开"虫"。说于阗文的"虫"字即 pära-，还包括了会吐丝的虫，大概不是没有道理。本来蚕即虫，不过会吐丝罢了。因此我们也可以说于阗文的"蚕"字是 pära-。

2. drau-

本文上述引文中出现的 drau:na 和 drauna 都是单数具、从格的形式。这个词的词根是 drau-。贝利先生认为 drau 的意思是 grasping，抓。埃墨利克写过两篇文章反驳贝利先生的解释，他写道："drau in Khotanese is more ambiguous than might at first sight appear. As a noun in the sense of 'hair' it is now well known." "Here，however，the construction points to a noun，as we have 'the drau of the self' and 'the drau pertaining to the mind'。The noun 'hair' is clearly unsuitable."

意谓："drau 在于阗语中的含义要比一眼看上去的多些。作名词，它的意思是头发，这已是众所周知的。""但在这儿，结构指出这是个名词，我们读到'自己的 drau'和'涉及头脑的 drau'。名词'头发'显然是不合适的。"

埃墨利克认为 drau- 的意思是 deception。上述两位欧洲学者都是因为无法解释文中的"drau:na"和"drauna"，而另外为于阗文生造了一个字。

其实 drau- 正是那个 well known 的名词，它稍古一些的形式是 dro-，意思是 hair（of a single hair）。这里，贝利先生很正确地指出，这个字一般指的是"单根发"，这个字的含义最早是 Sten Konow 确认的。其实于阗文的 drau- 是一个泛指词，指的是诸如毛发一类的细长物质。如果细论起来，drau- 的含义包括"头发、汗毛"等。drau- 是梵文 vāla 的对译词，仅 vāla 就指几种毛，如动物尾部的毛、马的毛、头发等。drau- 和 pere 的一道出现，说明这个字还特指丝，特指一根丝。

发与丝相通，这在中国人是容易理解的。中文"一根头发"，又作"一根头发丝"，青丝指黑发，等等。于阗文里常见 dro-mase 这个词组，西方人一般翻译成"细如发"（the size of a hair），其实还可译作"细如丝"（the size of a silk-thread）。在其他文字中也有"丝"字源于"发"字的例子。德文的"丝"字是 Seide，这个字源于拉丁文 seta、sacta，意作毛、硬的毛（a bristle，stiff hair）。丝是由中国内陆传入于阗的，于阗原没有丝。随着丝的传入，于阗语中必然要有相应的字来反映这一新事物，或采用外来语，或用原来的词代替。如上文的 pära- 就用来指蚕，因为蚕一眼看上去就是虫。可以想象，一根丝类似一根头发，drau- 既然可指一根头发，也可指一根丝。上文已经提到，

drau- 和 pära 同在一句中出现，这里的 drau- 不是一个新的于阗字，而仍然是常见的、一般指单根发的那个词，但 drau- 有了新的含义，它还指（一根）丝。

3. bīrā-

贝利释 bīrā- 作 "leash，bond"，羁绊，束缚。贝利的解释可能是正确的，"羁绊、束缚"大约是"蚕茧"的本意，因为茧确实像四面不透风的小牢笼，而且是丝绕成的。应注意的是，波斯文里有 pile 一词，意作"茧"，维吾尔语中有 pilə 或 pillə，意作"茧"，这些作"茧"字解的词都可能和于阗语的 bīrā- 有关，可能源于于阗语。我断定 bīrā- 即于阗语的"茧"，主要是根据上下文意，bīrā- 是和 pere（蚕）以及 drau-（一根）丝一道出现的。

在弄清了 pere、drau:na、bīrä 的含义之后，我再把埃墨利克译过的那段文字重新译出：

"颠倒、虚妄有四，众生因此而把自己束缚在这里。正好像蚕被自己的丝束缚在茧中，如是众生被精神之丝束缚在轮回之中。他们似这般置身在苦的牢笼中。谁欢喜从轮回之茧中走出，他必须清洁头脑，他会感到快乐。"

P2022 号文书中也有一段与上文类似的文字，原文是这样的：

ttraiṣṇījai bīrä jsä pā̤sa ttä ttu mauñada

sa khu jä ñṳ̄ṣtyai pyairä bīrä jsä hatsä:

varä ṣṭau haśmīśta natcāṣṭä padä na byaihai

ttraiṣṇījsai bīrä jsä pp̣āsa ttū mauñada

aysmū ñūṣṭārä tcaṃnä gūsttya nạ byaihīdä

译文："被贪欲之茧束缚住的人如是，正好像被茧缚住的蚕在那里……却得不到出路一样，被贪欲之茧束缚的人如是，他们的头脑被束缚住，他们因此而得不到解脱。"

对这段译文需要做下面两点说明：

1. 文中的 pyairä，贝利认为是与 pere 的意思一样，即作"thinking, desire"，笔者认为 pyaira 与 pere 一样，都是 pära-（虫、蚕）字的变形。

2. 文中动词 haśmīśta 的意思也不能确定。贝利先生注：haśmīśta "be astonished"。但可以肯定，这个解释是不正确的，因此，我在译文中没有将这一词译出。

综上所述，本文的贡献仅仅在于重新确定了三个于阗语的词汇，即：1. pära- 虫，蚕。2. drau-（一根）发；（一根）丝。3. birā- 羁绊，束缚；茧。

（原载李铮、蒋忠新主编《季羡林教授八十华诞纪念论文集》上卷，江西人民出版社，1991 年，46—50 页，注释从略）

丝路之畔的赫尔墨斯

我的研究领域主要针对古代和田及其邻近地区。现在的和田地区以及向北纵深进入塔克拉玛干沙漠至少20公里的广大区域,曾经见证了古代于阗文明的兴衰。在古代,于阗王国、鄯善王国等,坐落在贯穿新疆丝绸之路南道之畔,形成独特的绿洲文明。我在研究古代于阗语文献、写本和文物珍品的过程中,常常为多元文化的融合所产生的人类创作而震撼。源远流长的多元文明之丰富,远超我们的想象。

今天,我从五幅氍毹开始论述,其中四幅保存在洛浦县博物馆,一幅已经丢失了。在座各位应该知道,我关注这五幅氍毹已经很多年了。一直到最近,才完成全部解读。这些氍毹的背后是一次人祭祈雨的仪式。6世纪下半叶,古代和田地区经年大旱。于阗王国手足无措,启动了最高级别的牺牲祭祀。一位于阗贵族自愿献祭,他的名字就编织在三幅较小的方毯上。苏摩汁是用人祭祀的一个重要组成部分，供牺牲者在祭祀仪式上饮用。织造氍毹的目的在于组成神坛，以准备制作苏摩汁，从而完成人祭仪式。

最令人惊异处在于，氍毹祭坛上的主要女神竟然是来自苏美尔文明的伊南娜（Inanna）。除了伊南娜，氍毹上描绘的其他一些相关神灵在苏美尔和巴比伦古代史诗中也都有出处。这些氍毹证明，古代苏美尔人的文明流传之广泛、悠久，出乎人们意料。尽管新疆一直以古代多元文明的遗存之丰富而闻名，但如此壮丽的古巴比伦神话出现在氍毹上，还是首次。

那些融合了多元文明传统的氍毹，给我们以鲜明的提示，即各文明之间是可以交融的。各个独立发展起来的文明群体保持固有的信仰，并站在自身的立场上吸纳和改变所谓外来的信仰、外来的文明。因此，文明的融合是经过变革的融合，所谓吸纳外来文化的过程，实际上也是创新的过程、为我所用的过程。今天我们就以希腊神话中的赫尔墨斯为例，借鉴已有研究成果，介绍赫尔墨斯的东方起源，再回归讨论斯基泰／塞种人的赫尔墨斯。

一

实际上，即使在希腊神话中，赫尔墨斯的职能也不是一成不变的。他经历了从沟通神界与冥界，到成为凡界亡灵的引导者的过程。一般常识，赫尔墨斯是往来于阳间和阴间的神灵，他的职能是引导亡灵前往冥界。赫尔墨斯手中持有双蛇棒，这棒的功能在荷马史诗《奥德赛》24.1～24.5中有形象的描述。他挥舞手中的棒，可以唤醒亡灵，引导亡灵进入冥界。所以，赫尔墨斯被称为灵魂的向导。但著名的古希腊神话研究者克里斯提妮·索维诺尔—英伍德（Christiane Sourvinou-Inwood）揭示，赫尔墨斯作为亡灵引导者，这一形象仅出现在荷马史诗《奥德赛》的第24章。而这一章是不是荷马的原著，其实存在争议。她认为第24章加入荷马史诗的年代也相对晚些，到了这一章，赫尔墨斯才最终成为上（凡）下（冥）世界之间的"沟通"者。而希腊神话的另一神灵，即专职渡亡灵过冥河（斯提克斯河）的查伦（Charon），根本没有被《奥德赛》第24章提及。这说明两个与冥界有关联的希腊神，其神话来源不尽相同。荷马创作的一些赞美诗表明，赫尔墨斯曾经是唯一往来神界与冥界的神灵，并不具备去凡间引导凡人亡灵的功能。例如在创作于公元前7世纪的《献给德墨忒尔的赞歌》中，赫尔墨斯只是作为神而受神的指派前往哈迪斯的世界接回佩尔塞芬尼。

赫尔墨斯身份的确立，是在荷马史诗中。而荷马史诗，与巴比伦的史诗有太多可以比较的成分。有学者就把古代巴比伦史诗《吉尔伽美什史诗》称作"巴比伦的奥德赛"。甚至有学者在比较《吉尔伽美什史诗》与《奥德赛》

之后得出结论，说《吉尔伽美什史诗》原本只有 11 块泥板组成的故事，而第 12 块泥板的故事，即恩基都往冥界取球又返回阳间的故事，显然是后来补充上去的，这与《奥德赛》的第 24 章十分相似。实际上，赫尔墨斯就起源于美索不达米亚的古老文明，起源于苏美尔文明。

关于赫尔墨斯神的起源，早在一个世纪前就有学者作过深入探讨，认为赫尔墨斯来自苏美尔文明。20 世纪，美国艺术史领域的著名教授符廷函（A. L. Frothingham）撰写了一篇文章《蛇神赫尔墨斯和蛇杖 I：巴比伦起源》。文章写道："原始赫尔墨斯一直被认为是蛇神，在完全拟人化时代之前，他的原始形态是蛇。"

图 1　滑石瓶图像：中间双蛇面对面，身体缠绕在一起，是拟人化前的蛇神形象

符廷函在文章中公布了雕刻在一件绿色滑石瓶上的图像。这件滑石瓶的出土地点在拉格什（现伊拉克境内铁罗），现存于巴黎卢浮宫。依据瓶子上的铭文，这件瓶子曾经用于祭祀，苏美尔的国王古地亚把这石瓶献给他所崇拜的神。图像上的双蛇身体缠绕在一起，张着嘴面对面。如此形象，是拟人化前的蛇神的形象。

另外还有一枚滚印章的图案。该滚印章属于美国纽约大都会艺术博物馆的摩根藏品。印章上左起第二个形象被认为是蛇神。此时的蛇神已经拥有完美的人形，但依然是僵硬的，毫无生气。在图中，他双手握着两条长蛇于胸前。长蛇表征他的神性。笔者认为，这个滚印对于理解苏美尔文明的蛇神具有重要的启示。先来分析图像的细节：从左到右，第一个人物是位于大地上的敬神者，他代表人类。接着是太阳、新月，以及代表昴星团的七个圆圈。昴星团的下面是"安可"，即埃及象征生命的十字架。蛇神位于太阳和星星的右侧。蛇神的右边是神与女神最初的结合体，象征着宇宙、生命的起源。最右边是生命树，以及其上盘踞着的三种动物。即使是没有受过图像分析训练的观者，仔细观察这枚滚印，也能悟到画面所蕴含的意义。正如符廷函所指出的，这枚滚印上所有的图形和标识都完全属于缔造生命的神。但是，很显然，蛇神还有另一重身份。

图 2 滚印图案：左起第二者，是拟人化的蛇神

笔者以为，滚印图上左侧敬神者的形象绝不应被忽视。这人在向神祈祷。而神位于天界之外，所以有太阳、月亮和昂宿星把他和其他形象隔离开。人和神之间第一道屏障是蛇神。依据滚印我们可以解读出，蛇神的功能之一是建立起地上的人和天庭的神之间的联系。由此出发可以说，蛇神是地上人类的传信使者。而作为天人之间第一道屏障的蛇神其实还有另一重身份：蛇神是将天庭与世俗世界分开的神，他有责任保护天庭不受尘世的侵扰。

以上以欧美学者的研究为基础，大部分延续了符廷函关于赫尔墨斯起源于苏美尔时代的蛇神之理论。通过上述介绍，可知蛇神在苏美尔时代就已经具备了联通人神世界的功能。到了荷马史诗的年代，蛇神赫尔墨斯不仅代表天神往返于神界和冥界，又进一步演化为凡间亡灵的引导者。

二

本文开始时提到收藏在洛浦县博物馆的几幅氍毹。那些氍毹再次证明了古代于阗人就是所谓斯基泰／塞种人。所谓斯基泰人或者塞种人，是指曾经驰骋于欧亚大陆的草原民族。在黑海北部的草原民族，被称作斯基泰人，这是来自古希腊人例如希罗多德的记录。而在东方，分布在锡尔河、阿姆河流域，以及在南西伯利亚的这部分草原人，被称为 Saka。他们是中国史书中的塞种人。不管斯基泰人或塞种人部落之间有何不同，他们有几个共同的特征，如戴尖顶帽子、有共同的标识格里芬等。格里芬这一标识，普遍发现于斯基泰／塞种人的大墓里，也出现在新疆和田周边的古代墓葬中。另外，斯基泰／塞种人吸纳、保留了大量希腊的多神信仰。新疆洛浦县博物馆的氍毹显示，斯基泰／塞种人一方面拥有源自美索不达米亚甚至源自古老的苏美尔文明的宗教信仰，另一方面也随着历史的发展而将希腊神话的多神融入自己的宗教世界。

洛浦县博物馆1、2号氍毹曾经就是人们祭拜的神坛，位于神坛最高层的是来自苏美尔文明的伊南娜女神。而从底层起，第一排右侧的神，是希腊神话的赫尔墨斯。希腊神话中，赫尔墨斯最鲜明的特征是手中持有顶端有两条蛇的短杖。《奥德赛》第24章的前5颂，有对短杖功能的清晰描述。然而，如图3所示，新疆洛浦县博物馆氍毹上的赫尔墨斯，显然不同于希腊神话中的形象。氍毹上的赫尔墨斯端坐在高凳之上，他手中并没有握着那带有双蛇的短杖。双蛇依偎在他的身旁，仿佛是座椅的扶手。画面上呈现一条花蛇，一条黑蛇。黑蛇从花蛇的口中出发，而黑色的线条一直延续在花蛇的身上。花蛇象征生命，黑蛇象征冥界。这样的双蛇，是我们在希腊神话及相关题材的画面上未曾发现的。洛浦县博物馆1、2号氍毹的叙述，取材于《吉尔伽美什史诗》第12块泥板的故事：为了救出下到冥界的恩基都，英雄吉尔伽美什遍求神灵，最后有神帮助他在地上凿开洞，放出了恩基都的灵魂。氍毹画面的叙述中心也是救人出冥界，主人公遍求神灵，而第一位被求到的神灵就是赫尔墨斯。这说明古代于阗人充分了解赫尔墨斯与冥界的关系。于阗人理解的赫尔墨斯，是希腊神话的神灵，也包含了《奥德赛》第24章负责引导凡人亡灵的成分，因为氍毹中的英雄毕竟是代表凡人来求助的。但是，此处的赫尔墨斯却并未持有那个著名的双蛇短杖。古代于阗人所想象的赫尔墨斯，似乎更接近以双蛇为标识的蛇神。

图 3 两幅氍毹上的赫尔墨斯

三

新疆洛浦县博物馆的氍毹上的赫尔墨斯，展示了独特的神态。而山东博物馆展出的一块名为《胡汉交战》的汉画像石，则展现了另一种斯基泰／塞种人所理解的赫尔墨斯的形象。

根据考古报告，《胡汉交战》画像石出土于墓葬。该墓葬建于东汉永寿三年（157 年）。考古报告认为，此画像石不是为了建造该墓葬而雕刻完成的。这块画像石是从"旧的汉画石像墓（或祠堂）移来修建的"。由此可知，《胡汉交战》原本不属于所出土的那座墓葬的主人。该画像石最初制造的时间也不是在东汉。考古报告认为，根据画像石表面有石灰痕迹等特征，可以推测这些画像石出现的年代应更加古老，可以追溯到西汉时期。

图 4 《胡汉交战》画像石的细节

　　尽管考古报告没有提供关于《胡汉交战》画像石准确的制作背景，无法验证此画像石原属的主人，但一些特征还是可以确定的。首先，画像石采用的叙事顺序是自上而下的中国式叙事，不同于洛浦县博物馆的氍毹的叙事方式。如前所述，氍毹画面的叙事方式是自下而上的，从底层开始。其次，《胡汉交战》场景中描绘的是胡人与中原人之间的一场战争。上面刻画的胡人可能是当时民间想象中的塞种人，也有可能就是那个时代生活中真正的塞种人。画像石上，塞种人戴的尖顶帽子一目了然。画面场景令人联想到伊朗贝希斯敦铭文上的斯基泰人，也是那样被捆绑了双臂于背后，列队面向坐在高椅上的胜利者。或许在古代世界，斯基泰/塞种人常常被描述为善战好斗的族群，如果有人将其打败，那一定会被认为是卓越的功勋。我认为，这块《胡汉交战》画像石所描绘的场景不一定是真实发生过的历史事件，更可能是当时广泛流传的传说故事。因为图像上尖帽子所指代的族群足够鲜明，所以应是西汉时民间熟悉的关于斯基泰／塞种人的传说，反映的是斯基泰／塞种人的宗教信仰。

图5的画面富含古代伊朗宗教信仰的内容，或者不如说反映了斯基泰／塞种人的宗教信仰。琐罗亚斯德阿维斯塔文献的第15部《祭祀》（Yašt）有关于风神的不多的描写。目前仅能以《祭祀》的些许文字、学者的分析以及画面所提供的图像逻辑进行判断。图5右起第三个人形，应是风神瓦尤（Vayu）。关于风神，可以依赖的文字描述以及考古实物都少得可怜。笔者认为，山东博物馆的《胡汉交战》画像石恰好可以用来补充关于风神的传说。有文字可循的关于风神的描述有：第52节以下风神被描述为死魔，他捆绑人、带走人；第54节形容他具备人形，但也只是勾勒出他的线条——臀部肥硕、胸部宽大而眼睛凶残。《胡汉交战》画像石上的风神，其臀部硕大、大腹便便显而易见，似乎眼睛也是突出的。这与上述阿维斯塔寥寥几笔的描述恰好吻合。风神在原始文献的一些段落中又被视作天界和地狱的统治者，是战神。

图5从右起，有两个长着短翅膀的人物形象，他们代表琐罗亚斯德教的两个神灵——Sraušas（音译"斯洛沙"）。阿维斯塔文献认为他们是武士，是密特拉神的追

随者。但有学者基于文献对比而提出，风神与密特拉神有多方面的一致性。尤其是右起第二个形象，肩上似乎扛着棒子，这是战神密特拉、风神与印度教因陀罗共有的特点。这里需要强调的是，截至目前，没有证据证明斯基泰／塞种人信仰琐罗亚斯德教。斯基泰／塞种人的宗教信仰，似乎更多保留了曾经普遍流行于古代伊朗各个族群中的原始宗教成分。而琐罗亚斯德教则是继承、改变了更加古老的伊朗文明的原始宗教。例如风神，首先应是伊朗原始宗教的神灵，又在琐罗亚斯德教中有所传承。因为有尖帽子的提示，所以可以认为，山东博物馆的《胡汉交战》画像石反映的是斯基泰／塞种人的原始信仰，因此弥足珍贵。而风神与"斯洛沙"的结合，或许来自斯基泰／塞种人的宗教传说。回到图5的画面，图像所揭示的明显是百姓遭殃的情形：恶魔正在摧毁房屋，扰乱和平的生活。图5左起第三是一男子的形象，他的长袍被风神吹起，他家的房舍被风神吹倒。作恶者正是风神及其从属。

图 5 《胡汉交战》画像石，右起第三是风神

观察这块《胡汉交战》画像石，最初可能让人以为，整个场景是在描绘胡人与汉人之间的一场现实战争。但是进一步研究，则会发现这一系列的描绘是以神话开始，又以神话结束的。以当时汉人的视角来观察，画像石上描绘的胡人是恶神的化身，而恶神与死亡和地狱关联，以风神为代表。胡人在恶神的指引下，进行捣乱和破坏。主人公出面征战并俘虏了胡人，实际上是战胜了恶神。战胜恶神，就是战胜死亡。将如此画像石放入墓中，应有民间风俗的用意，而不是叙述墓主人生前曾参与的一场战争。

在古代伊朗宗教文明的语境中，在战争的背景下，再来分析、判断画像石底部的一组图像（图6）。此时如果说图6所展示的位于中间位置的人形是赫尔墨斯，这一判断就不是武断的。画面上方胡汉交战的背景为赫尔墨斯神的出现作了铺垫。在《荷马史诗》中，每当战争发生时，赫尔墨斯总是出现在战场的周边，时刻准备着，引导战死的人的灵魂从生界到冥界。但另一方面，图6展示的赫尔墨斯又不同于希腊神话所描述的赫尔墨斯的形象，手中并无那个双蛇棒。这里的蛇图像布局，与苏美尔国王古地亚用来祭祀的石瓶画面相似。只不过此处的蛇神以人形出现，而图1所展示的还是蛇神最初的形态。回看图1，中间是两蛇相对，左右各有两个带翼的猛兽，掌中执有类似长矛的武器。而在山东博物馆的《胡汉交战》画像石上，我们看到的是站立于蛇之间的拥有了完美人形的神。他头顶圆圈，一条蛇从他身上穿过。有两个人面对着他，他们的嘴分别对吻蛇的尾部和头部，同时各自握着一把斧子。如果说这里位于中心地位者是蛇神赫尔墨斯，那么可以说，从前的两位守护者也已经完成了拟人化的过程。由此看来，出现在《胡汉交战》画像石上的手握双蛇者，并非纯粹意义上的古希腊的赫尔墨斯神，有浓郁的斯基泰／塞种人的风格。这一独特风格的形成，源于斯基泰／塞种人自身文明的悠久历史，源于他们对美索不达米亚文明甚至更加古老的苏美尔文明的记忆。

无论是黑海北岸，还是南俄草原或中亚、西北印度，那里留下的斯基泰／塞种人的遗址，均显示了斯基泰／塞种人的宗教倾向。一方面，他们传承着自己的宗教信仰，例如格里芬就是他们共同的标识；另一方面，他们熟悉希腊的万神殿，不排斥希腊的神灵，例如新疆洛浦县博物馆的氍毹，就是充分的证明。甚至可以认为，斯基泰／塞种人才真正是把希腊文明传播到中亚和东亚的媒介。

但是，还有一层因素必须考虑在内。历史悠久的族群在吸纳非原生文明的宗教习俗时必然是多方面的、多层次的。新疆洛浦县博物馆的氍毹，将来自苏美尔文明的伊南娜女神奉为最高神灵，相信她具有起死回生的神力。而氍毹上织入的一对无形小神——于阗语名 Ttaśa（达阇）和 Ttara（达罗），他们的神话背景也要追溯到苏美尔文明。起源于苏美尔文明、其作用在于沟通天界与凡界的蛇神，

图 6 《胡汉交战》画像石的细部

又怎能在古代的斯基泰／塞种人的文明中不留下任何痕迹？山东博物馆的《胡汉交战》画像石底部的赫尔墨斯，以其守候在战场和其准备超度亡灵的表征而言，那是希腊的神灵。这样的希腊神话传说对于熟悉希腊万神殿的斯基泰／塞种人来说，应是耳熟能详的。新疆洛浦县博物馆氍毹上的赫尔墨斯就是最好的证明。但是，斯基泰／塞种人对于赫尔墨斯的形象有他们自己的理解。赫尔墨斯是蛇神，所以必然有双蛇相伴。双蛇构成圆，象征生死轮回。但是，对于斯基泰／塞种人而言，蛇神赫尔墨斯的功能仅仅是与冥界相关联。原苏美尔文明中蛇神的功能即守护天庭，是斯基泰／塞种人所排斥的。

在一定意义上，蛇神赫尔墨斯始终被斯基泰／塞种人看作外来神灵——如果他们完全接受这一神灵，那么也就意味着一并接受了对冥界的信仰。从斯基泰 / 塞种人墓葬出土的文物表明，斯基泰 / 塞种人信仰天庭，认为人死后灵魂进入天庭而继续生活。最好的证据就是在乌克兰南部的斯基泰人王陵中出土的金护心镜。护心镜上格里芬扑咬马匹的图案，寓意着天庭世界免遭外来的侵扰。格里芬才是斯基泰 / 塞种人信仰中天庭的保护者，而马匹象征入侵者。中国新疆山普拉古墓葬群出土了多件所谓绦裙，上面织入的图案经过高度几何图形化，所描绘的原本是格里芬扑咬偶蹄兽。所谓绦裙，正是放入墓中的护身符。山普拉一号墓还出土了著名的织物挂毯，上面有希腊勇士和半人马的图案。实际上，希腊勇士穿着斯基泰 / 塞种人的服饰，而半人马吹奏的是斯基泰 / 塞种人的乐器。新疆山普拉古墓埋葬的死者曾经是斯基泰 / 塞种人。这些斯基泰 / 塞种人顽强保留了自己的宗教，并且大量吸纳了希腊文明。他们的坟墓中放入格里芬扑咬偶蹄兽图案的护身符，这意味着斯基泰 / 塞种人依然信奉原始宗教，他们依然相信死后进入神圣的天庭，而格里芬才是天庭的守护者。现在已知，在于阗语中，格里芬叫 grahavadatta，古代汉译"热舍"。在四象中，"热舍"又是青龙。关于古代于阗人的格里芬，则是另一个话题了。

（原载马丽蓉主编《新丝路学刊》2021 年总第 11 期，1-14 页，注释从略）

于阗语《罗摩衍那》的故事

一、引子

　　印度文学曾对中国文学发生过重要的影响，经过几代学者的探究，这已是不争的事实。然而，细观印度文化传入中国的历史脉络，可以发现，在陆上丝路文明繁荣的时代，操波斯语的民族曾经是中印文化交流的重要载体。历史上的佛国于阗，曾是丝绸之路上非常重要的一个中转站。来自西方的文化经这里传入中原，中原的文化也经这里传入西方。例如以讲述印度民间故事为主的《贤愚经》，正是经于阗而入中原的。根据语言脉络，于阗人属于东伊朗民族，是历史上著名的塞种人的一支。这个曾位于东西文化枢纽上的民族，在将西方的文化向东传播的过程中，不可避免地也将自身的特色融入其中。于阗民族虽已不复存在，今人已无从领略于阗语的铿锵柔美；但是，于阗民族的文明还保存在自20世纪初期以来发现的于阗语文献中，也保存在汉文化当中。利用曾珍藏于敦煌藏经洞的于阗语文书，发现于阗文化的特质，拾回被时间之河冲散的珠玑，应是使历史风貌得以重现的努力之一。

　　于阗语《罗摩衍那》故事的写本发现于敦煌藏经洞，在全部得以保存下来的于阗语文献中，这个故事是少见的民间文学作品。整篇故事用韵诗讲述，今天读来，其中的声和音谐仍似可闻。这篇故事应曾是于阗人喜闻乐道的作品，否则也难以存留至今日。故事写在三幅纸质长卷汉文佛经的背面，原写卷现藏法国巴黎国立图书馆。当年法国著名的汉学家伯希和（Pelliot）根据汉文佛经的内容给这三幅长卷排序，按照于阗语《罗摩衍那》的故事情节，它们的编号分别是 P 2801、P 2781、P 2783。

　　最早发现于阗语《罗摩衍那》的，是英国剑桥大学已故教授贝利。早在1939年，贝利发表第一篇文章，描述了写卷的状况，介绍了故事的梗概。据贝利观察，三幅写卷上的行书流畅，显然出自一个人的手笔，整个故事保存完整。这以后，1940年，贝利连续发表两篇文章，先刊布出用拉丁字母转写的文本，继而发表了他的译稿以及对部分词汇的注释。这个故事的拉丁字母转写本后来收入《于阗文献》第三卷。贝利的译本发表以后，引起一些学者的关注。日本学者榎一雄（Kazuo Enoki）发表了《于阗语罗摩王的故事》，把于阗语的故事版本和其他语言的版本进行了对比。季羡林先生于 1984 年发表《〈罗摩衍那〉在中国》，他根据贝利的英译本，较为详细地介绍了曾在于阗流传的《罗摩衍那》。

　　于阗语，根据语法、词汇的变化，分为早期和晚期。于阗语早期和晚期之间的差别，类似拉丁文和法文。早期于阗语语法变化比较规则，而晚期于阗语的词汇常常发生省略音符的现象，增加了释读的难度。于阗语《罗摩衍那》的语汇属于晚期于阗语，而且迄今为止没有发现与这个文本相一致的其他语言的文本，这意味着，于阗语《罗摩衍那》是经过再创造的作品。应当说，当年贝利能够解读出故事的主体，已令人叹服。他在于阗语研究领域作出的贡献不可磨灭。但是，贝利的译本还是遗留了一些错误和未解决的问题。笔者在汉堡大学留学时，曾跟随埃墨利克（R. E. Emmerick）教授阅读这个于阗语文本。课堂上展开讨论，先生引导学生，诸多疑惑，涣然冰释。经过课堂上论证的词汇，大多发表于《于阗语词汇研究》第二册。课后，埃墨利克誊写出新的英译本，也曾谈及付梓事宜。但不知何故，世人终未见到新的英译本。1997 年，埃墨利克发表《于阗语〈罗摩衍那〉中的两个问题》，论及的仍然是课上曾探讨的问题。

　　以上谈及，在保存下来的于阗语文献中，于阗语《罗摩衍那》是为数不多的非佛教、非官方文献，故事虽然是印度的，但与梵文本《罗摩衍那》存在很大的差异。这部来自古代的民间文学作品，葆有古朴质直的风格，不似梵文本《罗摩衍那》已显露太多雕琢的痕迹——故事发展环环相扣，较少民间文学的荒诞。故事的主干固然源自印度神话，但在被接受的过程中，经过了于阗人的再创造，非印度的文化要素也自然融入其中，而正是这些要素构成于阗古国民间文学作品的特色。以下点出故事中的几个细节，作为探讨的线索。

二、细节探源

于阗语《罗摩衍那》是完整的，开篇交代时间、地点：这是释迦牟尼佛在世的时候，流传在印度的传说。印度代表着遥远的地方，释迦牟尼佛乐教的是很久以前发生的故事，遥远的时空任凭人的幻想驰骋。开篇的交代透现出，在于阗人的脑海中，迢遥的时代、异域他乡，如此远离现实生活的时空，才是神话和奇迹发生的地方。如此的开篇，已为整个故事的发展染上浓郁的神话与传说色彩。结束部分回到释迦牟尼的授记，佛说自己正是传说故事中的罗摩。这样的结尾，虽然读起来感觉生硬，却也为整篇故事增添了说教的意味。于阗是信仰佛教的，所以民间文学唱颂的英雄也应该是佛的化身，如此一来，本来非佛教的民间文学也乐于为信仰佛教的民众所传唱。

上文已谈及，按照语言的划分，于阗语笼统地讲属于印欧语系。古代印欧语系的社会带有鲜明的特征，这就是等级制度。祭司、王公贵族、农夫和商人，构成古代印欧语系民族的主要社会阶层，形成印欧语言民族文化的鲜明特征。这些等级之间的矛盾瓜葛，往往反映在他们的民间传说之中。于阗语《罗摩衍那》也反映出如此社会等级的划分，故事中出现了修行的婆罗门、精于武力的国王、商人。于阗语的版本中一个细节是值得注意的，即它似乎不是典型的印度社会等级制度的代表。按照印度社会的等级划分，商人和农夫属于吠舍阶层，而这个阶层理论上在印度社会受到鄙视。在梵文精校本《罗摩衍那》中，偶尔也见到商人参加帝王家的活动，例如："大臣们和将军们，那些商队的首领，都兴高采烈地来到，为了参加罗摩的灌顶。"但这里没有迹象表明，商人曾入仕参与国家的统治。而在于阗语版本中，"国王与大臣们和商人们一道统治王国"，在国王的狩猎随从中，既有大臣，也有商人。国王派去抢神牛的竟是商人，并且为了蒙蔽真相，不叫婆罗门知道是国王指示抢走了神牛，还要那些参与行动的商人从此消失，去服务其他国王。于阗语版本赋予商人的地位，显然带有印度以外的特点。

无论是保存下来于阗语文书，还是汉语文献，均未见于阗社会以商人为社会精英的现象。于阗语文献中还有一篇也描写了商人的形象，该故事有类似的梵文本，因此可以肯定地说，那里面商人的形象代表印度民间传说中的商人。除此以外，笔者未见其他反映商人地位的于阗语文书。从汉文的记载看，于阗国人以农耕、养蚕业为主要经营，唐玄奘言：瞿萨旦那国"壤土隘狭，宜谷稼，多众果。出氍毹细毡，工纺绩绌绸，又产白玉、黳玉"。如果以商贸为主要经营，其描述应是不同的。例如在勾勒粟特人的老家飒秣建国的特点时，玄奘写道："异方宝货，多聚此国。"这画龙点睛之笔传达的正是一个以经营贸易为主的国度。而在于阗，倒是佛教僧人与王族交往甚密，僧人甚至起到法律仲裁的作用。

于阗语《罗摩衍那》中商人地位的细节，强烈地让人联想到粟特人的文明。在与于阗人同属东伊朗语族的粟特人中间，商人享有较高的社会地位。俄罗斯考古学家马尔沙克（Marshak）在评论片治肯特（Pendjikent）发现的粟特壁画时这样说："在粟特，商人被赋予更受尊敬的地位，他们在四个等级制度的社会中仅次于贵族(从前的武士)。"于阗地区有粟特人的定居点，已经不是新鲜的事情。斯坦因曾在于阗麻札塔格山地区发现粟特语文书，即可为证。

这里还应指出，虽然在遗留下来的粟特语文书中，在考古发现的粟特人壁画中，未见罗摩之故事的痕迹，但是这不等于粟特人不熟悉这个故事。佛经《六度集经》第五卷第四十六个故事为《罗摩衍那》故事的变异版本，而《六度集经》最早的译者正是一个康国和尚、粟特人康僧会。但《六度集经》中罗摩的故事与于阗语《罗摩衍那》

之间差异颇大，看不出直接传承的关系。

于阗语《罗摩衍那》不乏生动有趣的细节，尤其耐人寻味的，是罗摩、猴子与十颈王展开搏斗的情节。随着情节的发展，罗摩与猴王南乐和罗刹之间展开最后的战斗，罗摩和猴王都使出平生本事。这一段落如下：

> 十颈罗刹腾云飞行在空中，他停下来，怀中抱着悉多。于是罗摩旋转，迅速用箭射中他。但是他没有掉下来，依然立着。他们观察他的星象："哪里是他的致命穴道呢？"他们看见是在右脚的大脚趾上。他们对他说："你若真是英雄好汉，给我们伸出你的右脚大脚趾。"他伸出脚。罗摩以一支箭射中他，他砰然落地。他们迅速缚住他的脖子，加上两条锁链。他仍然准备逃脱，迅速飞上天。猴子南乐翻筋斗，将他打落在地上。他们准备就地杀死他，这时他求情道："不要杀死我，请接受我的供奉。"他留下来，没有被杀。

其中"旋转"、"翻筋斗"对译的是 haṃga'stä 以及 haṃgaistä，这是同一个词的不同变形，均来自词根 *haṃggeils-。这个动词的词义原本是确定的，表示"旋转"，*haṃggeils- 与波斯语 gardeedan 同源，词义也相同。这个词还有相对应的梵语和藏语词汇。但若是从情节出发，显而易见，表示"旋转"的动词还应具备"翻滚向上、翻滚向前"等含义。情节第一处，罗刹已在天空腾云驾雾，在地上的罗摩可以是在旋转的同时射箭，借助旋转的力量，加快箭的速度。此处描写的是罗摩射箭的技巧、箭法的高明。情节第二处，上下文已十分明显：此时罗刹飞上天，猴子跟着完成的，也应当是向上翻腾的动作，像《西游记》中的孙悟空那样翻着筋斗上天，才有可能将罗刹打落。于阗语《罗摩衍那》的这个细节表明，可以从两个方向理解"旋转"，即身体垂直地面的旋转以及跃起后身体在空中的翻腾。

于阗语《罗摩衍那》肯定曾是于阗人喜闻的神话故事，不然不会如此完整地保存下来。文学作品在赞美英雄主义时，喜欢夸张英雄的战斗技巧。为了描述罗摩和猴子战罗刹，要求写作神话的人设计一套动作，以淋漓尽致地体现英雄的矫健以及神奇的搏斗技巧。融入文学作品的想象力，如同放飞的风筝，它的基础还在现实生活中。根据玄奘的记载，现实生活中的于阗人能歌善舞。男性舞蹈者展示力量的舞姿、翻腾跳跃的本事，应是罗摩和猴子战罗刹情节中武打动作的基础。这不由得让人想起唐代胡人中流行的胡腾舞、胡旋舞，这样的舞蹈源自粟特。

唐代诗人对胡腾舞曾有这样的描述，刘言史《王中丞宅夜观舞胡腾》：

石国胡儿人见少，蹲舞尊前急如鸟。织成蕃帽虚顶尖，细氎胡衫双袖小。手中抛下蒲萄盏，西顾忽思乡路远。跳身转毂宝带鸣，弄脚缤纷锦靴软。四座无言皆瞪目，横笛琵琶偏头促。乱腾新毯雪朱毛，傍拂轻花下红烛。酒阑舞罢丝管绝，木槿花西见残月。

其中"转毂"应是"像车轮一样转动"，例如唐代诗人贾岛的诗句："碌碌复碌碌，百年双转毂。"元代《佛祖历代通载》："生死犹转毂，看君寿千春，祸福相倚伏。"胡腾舞能够令人无言地瞪目观看，恐怕不只是舞者做原地垂直旋转。"跳身转毂宝带鸣"句，描写的动作包括"起跳，像车轮一般转动身体"，表现的动作应能囊括后世所谓翻筋斗的动作。根据唐人诗歌的描写、唐代壁画中的图像以及现代学者的研究报告，可知胡腾舞多为男子独跳的一种舞蹈，而且舞蹈者十分健壮。

粟特自八世纪下半叶以后，并入阿拉伯哈里发帝国，渐渐伊斯兰化。到了宋代，汉地早已不闻胡腾舞，胡腾舞似乎已尘封在历史的记载中。但是仍可想象，胡腾舞中令人瞠目结舌的技巧却可能在民间流传下去，正如曾经是粟特人、于阗人传译的佛经故事经住了岁月的流逝。以上跟随神话创作者为罗摩战罗刹编排的套路，联想到旋转、翻筋斗等也许曾是胡腾舞的组成部分。顺着这个思路，可以遇到这样一个值得注意的现象：在唐代的文献中，"翻筋斗"还是个罕见词；到了宋代，"翻筋斗"却成为常用词。这个词频繁出现在宋代禅宗僧人的作品中，例如编纂于北宋时代的《大慧普觉禅师语录》：

> 还如毡上翻筋斗，靴里动指头，有什么用处？

公元1125年成书的《圆悟佛果禅师语录》：

> 东弗于逮走马。南赡部洲作舞。西翟耶尼作拍。北郁单越翻筋斗。也无是也无非。

> 普化当时翻筋斗，未审此意如何。师云，跳出金刚圈。

前一句中，"走马"、"作舞"、"作拍"、"翻筋斗"运用的是舞蹈的语汇，而后一句中，"跳出金刚圈"句，令人联想到于阗语《罗摩衍那》故事中罗摩兄弟为保护悉多而画的那个圈："他们为悉多画出一条圆形界线，连天上的飞鸟也不能跨越这个圈。"

"翻筋斗"的功能还有逐渐升级的倾向，元代天目中峰禅师明本有诗云："沤花影里翻筋斗，出没阎浮是几遭。"明代初期，"翻筋斗"的功能更加升级，一个筋斗可以翻出十万八千里，为《西游记》的诞生作好了充分的铺垫。

例如《续传灯录》："释迦老子钻破虚空肚皮。且道山河大地在甚么处？掷下拄杖，召大众曰：虚空翻筋斗，向新罗国里去也。""翻筋斗向拘尸罗城里去也。"

以上所引文献与罗摩的故事之间也许根本不存在联系，尽管"跳出金刚圈"、"翻筋斗"原本就是来自民间的语汇。在对民间文学的探讨中，也许考证反倒显得迂腐，显得多余，因为民间文学在传播的过程中，总要经历飞跃式的再创造，带给人们更多的对美的感受。但是，若将一些现象排列起来，即胡腾舞的跳身转毂、于阗语的罗摩战罗刹、猴子翻筋斗以及禅宗语录中的"舞"、"拍"、"翻筋斗"，其中的相似令人惊愕。影影绰绰之间，人们似乎能够触摸到这些文化现象深层的内在联系。

跟着猴王的"筋斗"翻过迢遥的时空之后，似乎可以下这样的结论：曾经是中西文化交流媒介的粟特人、于阗人，尽管已成为过去，但他们还是将自己的影子印在依旧灿烂的文化之中。今天中国的舞台上，可以看到根据《西游记》改编的猴戏：孙悟空跳跃翻腾，一个筋斗连着一个筋斗——若用"跳身转毂"来形容孙悟空的筋斗，依然熨帖恰当；另一方面，若是用孙悟空的动作来诠释于阗语猴王战罗刹的画面，那一段情节是不是更容易理解呢？

于阗语《罗摩衍那》堪称古代民间文学的一部优秀作品。鉴于历史上于阗在中西文化交流中的地位，于阗的民间文学应得到更多的关注。以下展陈的，是根据于阗语文本译出的汉文《罗摩衍那》。我在翻译的过程中，参考了恩师埃墨利克留下的英译本。当我翻开过去的笔记时，课堂上的一幕幕依然清晰。谨将此篇译文献给已经辞世的先生。

三、译文部分

P 2801

（1）贤劫时，全知的拘留孙佛（Krakasunda）、（2）拘那含牟尼（Kanakamuni）、迦叶波（Kāśapa）佛早已成正觉。第七年，他们的妙法泯灭。（3）全知的释迦牟尼（Śākyamuni）佛于贤时独自耐受作业，（4）为了正法的缘故，为使正法长存。

从前印度国大自在天的世系家族中，（5）有一位婆罗门青年，学习多部经典与经典论疏，（6）修行敬奉大自在天（Maheśvara），入山建立圆形祭坛。十二年相继过去，（7）他一直在那里敬奉。他的敬奉获得圆满，大自在天显现在他的面前。（8）……仙人，天神的如意宝珠。婆罗门向他求神力，天神赐予他一头神牛，（9）为他效力。他想要什么，就会出现什么。（10）于是，他迎娶一位门第相当的妇人一起生活。他和妻子一起进入森林，在那里住了很久。

（11）在这个国家里，有一位英勇、富有功德的国王，名叫十车。（12）他的儿子生来勇敢，取名千臂（Sahasrabāhu）。这个国王与大臣们和商人们一道统治王国。（13）国王率领众多军队去打猎。猎物来到老婆罗门居住的地方。（14）婆罗门有这样一条规矩，如果众生来到他们身旁，（15）他们应行待客的礼仪，不让未受到款待者远行。他心中想着如意宝珠：（16）"国王未得到礼敬从我身边走过，若是他转回来，（17）我要献上体面的礼敬。从这如意宝珠会生出美味佳肴，正如国王应得到的那样。（18）森林恰是款待国王的好地方。"

国王转回来时，疲惫不堪，满身灰尘。（19）婆罗门邀请国王做客，国王思忖道：（20）"孤零零的一个老婆罗门，园子里也没让我看见食物。这个老家伙使用了幻术。"他向大臣和商人询问道：（21）"你们现在想一想，那是一件什么我没有的东西？"（22）他们回答国王说："我们将仔细调查，王啊，弄个明白。不管这个人多么卑贱，还应先接受他的邀请，最后要么打仗，最后要么弄个明白。"

他们询问老婆罗门，（23）为什么早先没有这许多东西？国王刚才打猎时，未见有生计呈现。婆罗门向他们述说缘由，（24）他如此这般获得神力和好运，指着面前的神牛。（25）为首的大臣和商人如此向国王禀报。

这样吃罢饭，国王骑马向宫殿进发。（26）第二天，他派来商人，（命令说：）"去索要那头牛！永远去侍奉他人吧！不要说出姓名，不要交谈。"

（27）婆罗门失去那头牛，忍受饥饿，十分可怜。他出去讨饭，日复一日。儿子在身边长大，对他这样说：（28）"你怎么会生活在这里？你没有食物，没有房子。"（29）婆罗门向他叙述缘由："国王对我们行不法。王中王千臂夺走了我相依为生的奶牛。"（30）儿子感到阵阵悲凉，仇恨在孩子心中升起。

（31）婆罗门青年持斧罗摩（Paraśu-rāma）拿走那些建圆坛所需的物品，径直离去，（32）进入山中，建立圆坛。第十二年之后，他获得了魔力和好运。他呼唤梵天。（33）（梵天）给斧子施与神力，并跟随他行走。（34）他拿起斧子，径直来到宫殿。他来到宫殿门前，用木槌敲打地面，吵闹个不停，他这样说：（35）"造出男人是为了男人，怎么知道他是不是男人？"

（36）商人们走出来观看，（认为）这个打地的家伙是魔鬼附身。另一些人这样说：（37）"这个家伙一定是在做一件事情。"商人们向国王报告。（38）国王看了看地，命令道："去问问——'你是哪儿来的？生灵！你怎么来的？谁这般吵闹？'"

（39）他只是大声地说："持斧罗摩，一个婆罗门的儿子，来到世间，（40）我的父亲养育了（我）。谁抢走了我们的牛，请出来讲话。"

国王勃然大怒，（41）命令道："牵来象，拿来弓和锋利的箭！（42）我身手敏捷，很快就会把他打倒在地。"国王出来会他，骑在象上，率领着军队。（43）国王心中勇气十足："我现在要向他身上泼洒（44）密集的箭雨。"持斧罗摩拥有令人兴奋的神力和好运。他们靠近对方，相对吼叫。（45）持斧罗摩砍碎象鼻，用斧子砍断他的双臂。（46）国王倒下去，丧失性命，持斧罗摩返回去。他走遍许多国家和城市，消灭国王们，扶持婆罗门。

（47）千臂的儿子们幸存下来，藏在地下的隐蔽处没有被移动，（48）王后将他们掩藏，养育了他们。在第十二年，（49）孩子们顺着箭（射出来）的光走出洞来。一个孩子成为罗摩（Rāma），另一个名叫罗什曼（Lakṣamaṇa）。（50）他们了解到全部仇恨的缘由，是持斧罗摩杀死了他们的父亲。

（51）各个国家的人们都已听说，罗摩跻身于英雄中间，不论他射什么，他的箭决不会走偏。（52）罗什曼控制着财富。于是，两人一起动身去（53）寻找持斧罗摩，打听着，（人们）在哪里看见过他。（有人说：）"他在山里，就住在那里。"当他们互相面对面时，（54）却没有认出他来。他避免了挨打。

于是，他们进了山，（55）来到持斧罗摩的住处。那地方是空的，他没在那里。（56）两兄弟齐声喊道："是那个曾来到我们面前的人！"他们即刻返回去。当他们彼此相遇时，（57）三个人在那里共同极尽恶毒、仇恨的语言。（58）罗摩抓住持斧罗摩，将他举起来，砸向地上。（59）

他陷下去，直到胸口处。随后，他（罗摩）用一支箭射中他，（60）持斧罗摩的气息散尽。

整个瞻部洲都归在他们的掌握之中。他们屠杀婆罗门，有八万之多。（61）各个国家的民众都在打听，英雄现在什么地方。

而后，（天体）出现聚合，这是罗刹们的末日与毁灭。（62）罗刹十颈（Daśagrīva）王新添一女，为主王妃所生。（63）他们根据占星术为她算命，为她预言："她将毁灭、焚烧这座城市，使它荒废，成为空城。"（64）十颈罗刹命令道："把她扣在一个盒子里，（65）把她沉入大河之中！必须灭掉她。"

他们把她放入一个大盒子里，把她扔到一条大河中。（66）（盒子）先没有沉没，漂浮在河上，直到来到一个山洞前。（67）有一位仙人，精通经论，技巧娴熟，通晓守誓和修苦行。当他看见那个盒子沉下去，便抓住了它，（68）把它打捞起来，打开盒子观看："里面是个什么东西？"原来是个女孩儿。仙人（ṛṣi）出于怜爱而抚养了她。

P 2781

（69）当她到了该嫁人的年龄，此时，（70）罗什曼和罗摩一块儿到来。当他们看到这个面容姣好的女子，他们的心深深地沉下去，二人为爱情所缚。（71）他们哪儿也不去，就在那里停留下来。他们向那位男子要她，（72）带她去远方，来到另一座更好的森林中间。他们一块儿分享凡人的、没有差别、低贱的生活。（73）他们画出一条圆形界线，连天上的飞鸟（74）也不能跨越这个圈。她待在这圆圈的中央。他们让一只鹰在那里和她聊天，（75）它不让她受到任何伤害。如果（其中）一个要进入（与她）在一起，就在门口放上一把斧子。（76）不管他们相互之间多么害羞，却从未发生过差错。（77）如果第二个人（把斧子）摆在门口，事实上如同扯下房间的门帘，制造相互间的尴尬。（78）她得到很好的保护。他们崇拜她，（19）但愿用一百双眼睛看着她。

有一次，他们去森林中打猎，英雄们在大地上搜寻。（80）这时，十颈罗刹先来了。（81）他在空中飞行，停下来往地上看，那里有一位面容姣好的女子。他降落到地上，（82）却不能越过那条界线，而女子也不走出来。（83）他与那只鸟展开搏斗，疲惫不堪。鹫鸟饥饿难耐。他（十颈）抛给它（84）用血染红的锡块儿，鸟儿贪婪地吞下去，（85）身体变得沉重，丧失了性命。于是他乔装，（86）手中持棍子和钵，朝她走来讨要饭团。女子献上饭团。他抓住她的手，（87）升到天空中飞去。

而后，当罗什曼和罗摩双双来到那来的房子，悉多却不在屋子里。（88）他们悲哀地扯着嗓子哭喊，拍打着眼睛和心，（89）丧失知觉，神志不清。他们踏遍整个瞻部洲，（90）寻找所有的地方，充满了悲痛和焦虑。他们不知该往何处观望。

于是他们来到猴子的国度。（91）那里有一只又大又老的猴子，紧闭着双目，就这样卧在地上，犹似一座山峰。（92）他们问他：“你怎么生活？你怎么会变得如此衰老和卑贱？”（93）他（老猴）说：“你们现在是年轻人，请你们抬起我的眼眉！”他动了动（眼眉），两个人摔倒，（94）感到非常羞愧，沮丧代替了英雄气概。（95）老猴子有力量。他们羞愧地走向远方，彼此走散，在邻近地区的（96）森林、灌木丛、林间空地中摸索。秋天时，他们看见一个人嘀咕着：（97）“我的芝麻种子会怎么样？”

第十二年时，两个年轻人相互来到面前，相互挨着坐下，焦虑重重，（98）念着如意宝珠。后来，（99）在那个曾经见到老猴子的地方，他们看见猴子兄弟在打架。（100）他们对他们说：“不要打架，请细说分明。”

于是他们如实讲述道：“我们是兄弟俩，（101）年迈的父亲已经丧生。争执因这王国而起。”（102）一只猴子名叫妙项，另一只是南乐（Nanda）猴子。（103）他们一般面容，彼此十分相像。南乐猴子鞠躬，（说道：）“请你们共同（与我）成为英雄！请你们帮助杀死另一个！（104）我会为你们做好事，如果我得到王国，独自凌驾于猴子之上，我将执行你们的命令。”（105）但是，猴子们彼此长得很像，（他们）弄不清楚哪一只应该活下来，（106）便对他说：“系上一面镜子，好让人识别。我们杀死另一个。”（107）罗摩用箭射中他，他死去，砰然倒地。

南乐获得财富和王国，尊敬罗什曼和罗摩。（108）他们对他说："我们的心中充满忧伤和焦虑，（109）都是为了悉多，我们见不到她。请你们走遍四面八方，或许能报告她的消息。"猴子南乐这样命令道：（110）"悉多消失在瞻部洲。要你们持续找上七天。如果找到她，（111）就来报告。要是没有找到悉多，也没有获悉她的消息，你们都要集合到这里，（112）我要挖出你们的眼睛，作为食物喂大乌鸦。"

（113）猴子们走向所有的地方寻觅，却不知道她的消息。（114）"我们在哪里可以找到悉多？（七天的）时限就要到了。看来明天他们就会挖出我们的眼睛。"一只叫普嗇（Phuṣa）的母猴子站起来，（115）她找到一棵树干已空的印果树。在这棵印果树上，（116）高处有一个大乌鸦的巢。大乌鸦都已外出觅食，（117）饥饿的乌鸦雏因为饥饿围着母亲叫嚷不休。她对它们说："好好忍一忍吧！（118）明天就会有热腾腾的猴子的眼睛作为食物。"（119）它们说："你从哪里得到热腾腾的猴子的眼睛呢？"她说："悉多丢失了。悉多被十颈掠走，（120）被带到楞伽城。猴子们都将有罪。（121）他们将扯出他们的眼睛。"当普嗇猴子听见这件事，立即钻出来，得意洋洋地走在大路上。（122）她不停地大声说："猴子普嗇知道一件事，（123）但是她不会讲出来。即使她应该讲出来，也要在国王面前说出。"

另一只猴子听到，立刻跑到她的身边，（124）这样对她说："请你告诉我，你听到了什么，美人啊！"（125）母猴子说："黎明降临在我们身上，我得到了悉多的消息。"他紧紧地用双臂搂住她，她闭上了温柔的眼睛。（126）他对她说："告诉我吧！我要先到达国王那里，（127）将陟升高位。"

他们一起速速地走，来到大河的岸边。母猴子不敢下水，（128）公猴子抓住她的手，（说：）"我带你渡水，（129）你要如实告诉我。"她告诉公猴子。（130）他渡过去，却没有带母猴子过去。当他来到另一条河边，他忘得一干二净。他立刻返回去，（131）对她说："我已熟悉这道水，这样我们两个就不会掉下去。（132）请在上面抓住我的肩膀，现在我带你过这道水。"他带她来到河中央，站在那里他对她说：（133）"你曾告诉过我的那件事情，我已经都忘记了。我最亲爱的娘啊，你为什么保守这个秘密呢？"（134）无论藏着的是什么秘密，她全部告诉了他。（135）当他来到另一条大河旁，他把她扔在那里，走开。当他遇到罗什曼和罗摩，向他们讲述了真实的故事。

（136）兄弟俩一起怒吼起来："我们将率领一支强大的军队，率领狮子和狼等。"（137）他们在瞻部洲下命令道："大家集合起来，（138）所有瞻部洲的猴子们。我们将摧毁整座城市，（139）罗刹的居住地。"他们纠合起一支可怕的军队，浩浩荡荡地出发了。他们来到大海的岸边，（140）停在那里，不能过去。他们高喊着："我们怎样才能渡过大海啊？"

（141）这时猴子南乐说："我小的时候上过课，（142）也曾侍奉过婆罗门，一共有五百名之多。我邀请了一位婆罗门，让他与我同住。（143）因为被支使得翻来覆去，我的心智都沉下去。（144）当师傅得知，这只猴子犯了错误，又疯癫，他诅咒我说：'你将死于水中。'（145）婆罗门中凡是修炼无解脱的，都是残暴的。（146）他残忍地杀死母牛，不敬老师。后来，他泄漏一个秘密：'务必修行四戒律，（147）直到死也不能破除。'

"当一位女士倾心于我时，（148）我变得更加痴迷，痛苦万分。我恐怕死得很惨，便向婆罗门青年乞求：（149）'让我们联合去见老师，让他的思维清楚起来，（150）让他收回对我的诅咒。'婆罗门青年们乞求他：（151）'不要放弃他，送给他一个诅咒。'他重新使我幸福：'不论何种重物，石头、铁、锡、铜，（152）都不会因为你沉入水中。你无论如何不会没入（水中）。'"

他们对他说："现在你就在水上用石头建一座桥吧！"（153）当他建好了桥，整个军队通过。（154）最后，他们全部拆毁，使军队不能退逃。

（155）他们来到外围，邻近楞伽城。他们望见它，这座城仿佛在天空中，在青云之中。（156）他们发出骇人的噪声，敲响圆盘（cakra）和鼓，（157）吹响羊角和螺号。猴子的叫声、人的喊声、狼的咆哮（158）喧嚣巨大，还有象的吼叫、（159）马的嘶鸣；大地被震动，到处山峰断裂，倒塌到地上。

（160）当罗刹们了解到这件事情，愤怒的瞻部洲人来到了，（161）立即报告给十颈——罗刹的国王："罗什曼和罗摩率领军队来到。（162）它滚滚而来，十分吓人，掀起喊声、噪声、烟雾。火焰吞噬着干燥的大地。"

（163）所有的罗刹号啕起来，不知道该往哪里走。（164）两位首要大臣劝说到："王啊，听一听吧，瞻部洲的国王们也曾因为女人而毁灭国家。（165）从前，在瞻部洲的中部有一位国王，是农沙（Nahuṣa）的儿子。（166）这个国王向五通仙人祈求一项恩赐：'让我听懂兽类的语言。'他们满足了他的愿望。（167）他懂得动物的语言。

"国王农沙之子命令道：（168）'我要升到天神那里去。牵来备好马具的、闪闪发光的、强壮的马，准备出发。'这位国王来到花园里（169）娱乐游戏，倚靠在大树下。（170）他看见一个蚂蚁洞，一只蚂蚁忧心忡忡地爬出来。（另）一只蚂蚁来到它面前，问它：'你去哪里？（171）把你的烦心事告诉我吧。'它回答：'我的妻子生育了。（172）我去养育者那里，我得了一个男孩儿，我为什么没有长出喉头？'国王不由得发笑。（173）听到（蚂蚁的）声音，国王大笑起来。王后坐在国王的身旁，（174）她如同双眼一般宝贵。她对他说：'怎么逗笑的人不再传

递笑话、滑稽戏了？既然你看到这么好笑的事情，（175）就讲给我听吧！'

"国王身上有这样一个诅咒，（176）如果他讲出来，会当场死去。他不知此刻该如何是好。他正准备讲，但恰恰是他的犹豫杀死了王后。

"（177）接着，人们为国王端上来肉汤。这时有一只雌蜜蜂对她的丈夫说：（178）'我喜欢吃这肉汤，去取一口来！（179）雄蜜蜂说：'那肉汤很烫，如果我掉进去，会立刻死掉。谁来做你的丈夫？'（180）她对他说：'见你的鬼！去死吧！我只要得到肉汤。'（181）蜜蜂飞过去，掉进肉汤里，死去，好像一个弯腰驼背的老人。（182）国王把蜜蜂拿出来，雌蜜蜂飞到他的身上，和许多蜜蜂一起吃雄蜜蜂身上的肉汤。（183）国王当场目睹了她的无情。

"国王尊驾出发，（184）他看到象舍里的大象吃稻米，马匹吃饲料，骡子同样吃干草料，（185）而驴子却吃青草。一头母驴对公驴说：（186）'去取一些骡子跟前的那些饲料。（187）我简直不能吃下这些草。'公驴对她说：'骡子因其本性邪恶，他们会重重地伤害我，（188）而我会死得不可言状。'她对他说：'见你的鬼！去死吧！（189）我只要得到饲料。'当他被派到骡子们的跟前时，（190）一头骡子踏上他的后背，弄折了他。他死去，倒在地上。那头母驴从他的嘴中抽出饲料吃，（191）并且走到另一头公驴身旁。

"国王目睹之后，朝城里驶去。（192）旁边有一个男人走在马路上，让驴子背负着很多草。（193）马路上还有许多只羊。一只母羊对公羊说：'你去给我扯来一口（194）驴子身上的草！'公羊说：（195）'你没看见那个男人吗？他跟在这些驴子的后面，手中拿着一把锹。他要用这锹打我，会把我的脑浆拍出来。'（196）她对他说：'见你的鬼，让他打你吧！先给我弄来草。（197）如果你死了，见你的鬼！去死吧！我只要得到草。公羊回答：'我不是农沙的儿子，（198）他为了一个女人的缘故正准备丢掉性命。'国王听说，记在心上。

"（199）我们还听说，国王湿舍（Śeṣa）为了女人的缘故而变为蛇，（200）帝释天（Śakra）因为阿荷乐娅（Ahalyā）而长出女人的标记。"

（201）大臣们这样恳求他，援引着一个个神话中的事例。（罗刹王）他却不听，勃然大怒。（202）当他们明白，"我们的正法王不会接受（劝说）"，纷纷倒戈，（203）逃到瞻部洲人一边。

当他得知自己的主要亲信都已逃走，（204）便陟上一座向阳的塔楼，在上面建立起一座巨大的圆形坛场，斋戒七天，仅仅持钵和棍子。（205）（他冥想着：）"帝释天的战车升起来，由婆罗诃马拉车。（206）（这些马头）上面有一个白色的大麤在动。如果我把它拿到手，就能战胜这支可怕的大军。大麤就会停止击打马的耳后。"

（207）瞻部洲的人全部涌入楞伽城，（208）一些人以暴力拆除塔楼内室的柱子，一些人点火烧，另一些人又推又撞。（209）他（罗刹）毫不动气，依然端坐。罗什曼和罗摩说：（210）"他为什么这样做？他为什么不说话？"人们告诉他们："他在斋戒。他已被敌人的军队打败。"

（211）猴子南乐朝着他冲上塔楼，在那里挑逗女人。（212）当十颈罗刹看到他挑逗女人，非常生气，受到强烈的干扰，他的好运也落了空。（213）战车降落，大纛被拿走。他知道自己彻底被战胜了，（214）便飞升到云中，从大海的中央搜出一条毒蛇，若是有人触及到它，众生身上会出现（215）同样的毒。当精通咒语的人得知，（216）便给牛油施加咒语，并涂抹在身上。蛇匆匆逃走。

接着，（217）十颈王投射出飞镖样兵器，它猛然间刺入罗摩的（218）额头，立刻将他打倒在地上。无论猴和人都感到巨大的悲痛，（219）相互对说："罗摩快要死了。（220）现在我们全部陷入罗刹的视野之内。"他们请求医生耆婆："罗摩怎样才能迅速健康痊愈？"（221）他对他们说："耐心等等，我会很快地医治好他。在雪山上，有草药（名叫）'起死回生的甘露'。（222）在下方，有一片巨大的湖（223）在苏毗耶穴国。我将用那里的水合成保命药。用这味药，他很快会康复。"

（224）猴子南乐臂力大，他去完成（这项使命）。他来到雪山，忘记了药名。（225）为了获得草药，他将巨大的山峰折断，（226）立即背着它迅速返回。他们很快调制出起死回生的药，立即送给罗摩，因为飞镖样兵器的（227）毒素，还存留在他身上。罗摩恢复健康。

（228）十颈罗刹腾云飞行在空中，他停下来，怀中抱着悉多。于是罗摩旋转，迅速用箭射中他。但是他没有掉下来，依然立着。（229）他们观察他的星象："哪里是他的致命穴道呢？"他们看见是在右脚的大脚趾上。他们对他说：（230）"你若真是英雄好汉，给我们伸出你的右脚大脚趾。"（231）他伸出脚。（232）罗摩以一支箭射中他，他砰然落地。他们迅速缚住他的脖子，加上两条锁链。（233）他仍然准备逃脱，迅速飞上天。猴子南乐翻筋斗，将他打落在地上。（234）他们准备就地杀死他，这时他求情道："不要杀死我，请接受我的供奉。"他留下来，没有被杀。

（235）而后，罗摩和罗什曼一道为了悉多的真理，（236）要持续死去一百年。罗摩说："我是这样一个英雄。（237）只要我看见一个生命，就忿忿不已。当他在我上面行走，（238）我的整个心都颤抖，犹如香蕉树叶在颤抖。"

罗什曼说："地底下有银子和金子，（239）所有的财富都在我的控制之中。如果有人给我一个牟利，（240）他都显得比我更好。"

悉多说："聚会厅上，（只有）嘲笑和讥讽。我全然不把他们放在眼中。（241）我只看见这样一个人，他对我说吉利的话。你们死去一百年，你们将再生。"人们验证了悉多的智慧。（242）所发生的，如她所说，她即刻沉入地下。（243）他抓住了她的些许头发。

他们率领着军队返回，（244）来到大海的岸边。只要不洁净的、卑贱的人类来到海面上，海中龙王们就愤怒不已。（245）他们马上投入冒着烟的黑药水和芥末。（246）所有的龙王纷纷离开宫殿，逃向四面八方。（247）他们全部回到瞻部洲。

罗摩是胜利者，苦难、死亡、疾病和敌人不能迅速地征服他。（248）安波利沙（Ambarīṣa）和大天（Mahādeva）等，还有许多其他（神），都被他打败。

（249）比丘啊，在你们看来，现在谁曾是那些富有功德、英勇的国王？谁是罗摩和罗什曼？一个现在是弥勒，（250）（另一个）是我，全知的释迦牟尼。罗刹十颈（251）在佛面前稽首鞠躬，向他请求道："（252）请这样待我，兜率天的佛啊，您曾作为罗摩用箭射穿我，现在救渡我吧，好让我知道生的毁灭。"（253）他的寿命长久，活了许多朝代。

（254）你们应体验的是厌世，愿你们下决心成正觉。（255）不要满足于拥有财富、高权势、好福气，这些根本是一场梦。唯有功德行业。

（原载张玉安、陈岗龙主编《东方民间文学比较研究》，北京大学出版社，2003 年，138-157 页，注释从略）

面如满月——浅谈中印审美观的差异

汉语里有不少来自梵文的词汇，有些词是根据梵语字的音写出的，如"佛"、"菩萨"、"夜叉"、"琉璃"、"刹那"等等，不胜枚举。还有一些成语原本也是出自梵语文献，由于这些词不是根据发音写出的，而且已经成为人们耳熟能详的词汇，所以这些词真正的词源鲜为人知。比如"作茧自缚"，这个词原是佛经中用于说教的一种比喻，经喜好佛教的唐代大诗人白居易的诗，不胫而走，成为汉语中常见的成语，并且获得了新意，自然地融于汉语之中。

很多的词，它们的产生往往有其民族文化的背景，当这些词被作为外来语吸收到其他民族的语言当中时，它们未必保留其本来的涵义。反过来说，对这样的词汇进行溯源的研究，往往能发现两种民族文化的差异，给人以新的启示。本文正是根据这样的思路，围绕"面如满月"这个成语展开讨论。

一、差异的提出

《金瓶梅词话》第二十九回中有一段话贴切地表达了这个词在汉语中的意思："神仙端详了一回说，娘子面如满月，家道兴隆，唇若红莲，衣食丰足，必得贵而生子。"被称为"神仙"的这一位，先后为六七个女子相面论短长，其中被描写为"面如满月"的只有身为大娘子的吴月娘一人。这里的"面如满月"显然是指一种"福相"，一种"尊贵相"，而吴月娘是否长得漂亮，仅从这段描写是看不出来的。

清代刘献廷所著《广阳杂记》卷三对明末的皇帝有这样的描写："永历面如满月，须长过脐，日角龙颜，顾盼伟如也。有满洲人见之，以为真天子。"这里"面如满月"是指一种"贵相"。

汉语中"面如满月"这个词以及它的特指"富贵相"的意义，无疑来自佛经，这个词经常出现在汉译佛经之中。

根据佛经的记载，佛有三十二相，八十种好，其中第二十五好是："面圆净如满月。"又如《方广大庄严经》第九卷《降魔品》中，当魔女使用三十二种媚术惑乱佛陀时，佛"身如融金，面如满月；深心寂定如须弥山，安处不动；犹如明珠，无有瑕疵；如日初出，照于天下；犹如莲花，不染淤泥；心无所著，亦无增损"。

在敦煌变文中，这个词汇出现得也比较频繁，例如在《庐山远公话》一文中，远公是"白银相光，额广眉高，面如满月"，表现出一种贵人的样子。

这几个摘自佛经的例句和上文中列举的"面如满月"的意思基本上是吻合的。其实在佛经中，用"面如满月"来形容人长得漂亮，这样的例子也是有的。三国时代的月氏僧人支谦所译《须摩提女经》中有一段对女子的描写："有一女名曰须摩提。此女久殖妙因，天殊奇特……光颜万姿并美，面如白月初圆，目如众星夜朗。"在这个例句中，"面如满月"明显是指人长得漂亮，这里"面如满月"的涵义才是这个词在古典梵语文学作品中普遍可见的涵义。

在梵语文学作品中，在描写妇女的美貌时，用得最多的比喻就是月亮。黄宝生先生所著《印度古典诗学》中列出了二十多个例子，都是用月亮来形容妇女的美貌，但是比喻的手法又各不相同。以月亮来形容人的美，这样的比喻起源于印度文学是十分自然的，它符合人对于自然的审美观——"人一般都是用所有者的眼光去看自然，他觉得大地上美的东西总是与人生的幸福和欢乐相连的"，印度酷热的夏季使生活在那里的人们更喜欢夜晚，代表夜晚的月亮给人们带来凉爽和欢乐，自然是人们喜爱的对象。这样的情绪在梵语散文诗中特别普遍。古典梵语文学家中最著名的诗人迦梨陀娑在《时令集》（Ṛtusaṃhāra）的第一颂里就写有这样的诗句："火热的季节来临了，啊亲爱的人，太阳是残酷的，月亮受到企盼。"读了迦梨陀娑的诗句，我们更容易理解《摩诃婆罗多》中对德摩衍蒂的一段形容："她面如满月，皮肤黑……她好像是爱神的妻子，全世界都渴望的满月的光辉。"

在梵语古典文学作品中，"面如满月"俯拾皆是，主要用来形容人的面貌姣好，凡是漂亮的人一定得是面如满月。在印度著名的两大史诗之一《罗摩衍那》中有这样一段话："美女或者美妇人，只要罗刹能看到，他就抢在云车中……她们发长肢体柔，面如满月美姿容。"两大史诗中出现了诸多美丽的男子和女子，例如《摩诃婆罗多》中的黑公主、那罗和德摩衍蒂，他们都有面如满月的面容。《罗摩衍那》中的女主人公悉多是"齿白唇红，样子像一轮满月"，忠于真理的男主角罗摩，他的面庞也像是一轮满月。

形容一个女子美丽得像月亮一样，在古典梵语文学作品中实际上带有性感的美丽这一层意思。《十王子传》对婆苏摩蒂王后有一段从头到脚的描写，其中说她的脸如同盛开的荷花，好像是性爱之源的月亮。根据印度神话传说，月亮是爱神的一个组成部分，爱神行动，他随身的物品有花做的箭、叶做的弓、黑蜜蜂做的弓弦，月亮则是他的伞盖。月亮被看作性爱的源泉。

在梵语文学作品中，如上面的例子所示，"面如满月"

一词主要是形容人的美貌、纯洁，并带有性感的美，没有直接表现人的福相、富贵相，与汉文文献的大多数例句有明显的差异。在汉文文献中，"面如满月"表达的意思是抽象的，更多的是对人的个性特征的描写。这个词所表现的差异实际上反映出古代的汉民族和印度民族在美的观念上的差异。在古代印度民族的观念中，人的美貌是和吉祥、德行联系在一起的，美即吉祥，有德行的人一定是美的；在古代汉民族的观念中，人的美貌与人的德行是可分的，有德之士、有德之女，未必长得美丽，德与美貌之间没有必然的联系。

二、差异的一方

读梵语文学作品，人们会有这样的印象，作家在对美女进行描写时往往不惜笔墨，往往是从头到脚，描写不厌其烦。在这样的创作中，作者竞显才华，为后人留下许多美好的篇章。梵语文学史中的著名作家昙丁著有《十王子传》，其中对婆苏摩蒂王后的一段描写十分优美，而且很有代表性。昙丁说，似乎是当爱神的形体被湿婆神愤怒的眼光烧成灰烬时，那些爱神的附属物，如花箭、叶弓、月亮伞盖等等，因为害怕而都逃到婆苏摩蒂王后身上并得到庇护："弓弦上的黑蜜蜂化作了她的发辫；爱之源的月亮化作了她的脸，好像盛开的荷花；有妻子相伴的鱼本是爱神胜利的旗帜，化作了她的双眼，来自玛拉雅山的风本是爱神大军的首领，化作了她的呼吸；春天的嫩叶是使过往行人心碎的宝剑，化作了她的下唇；爱神胜利的螺号化作了她的不平而美丽的脖颈；爱神的两只满满的水罐化作了她的乳房，活像一对鸳鸯；无比柔软的荷花颈本是爱神的弓弦，却化作了她的胳膊；那微微开放的荷花苞本是爱神戏要的耳坠，却化作了她的肚脐，仿佛是恒河中的漩涡；爱神的凯旋之车（双轮）能使瑜伽行者的意志转移，化作了她肥厚的臀部；象征美丽的两棵芭蕉树本是爱神的凯旋柱，这可是苦行人的业障，却化作了她的大腿；千瓣的莲花本是爱神的伞盖，化作了她的双脚；那些花儿本是爱神的神箭，却化作了她其他的肢体。"

根据昙丁的描写，这位美人的特点是：头发黑，眼睛大，脖子丰满而有层次，乳房大而丰满，胳膊柔软，肚脐深陷，臀部肥大，大腿圆而粗，脚似莲花。这一类描写曾被耻于谈妇女形体的古代汉民族归纳为"歌言浅秽"、"哀思淫溺"，但是在古代印度的文学作品中，这样的描写是堂而皇之的，这是因为如昙丁笔下女子的特征正是一个吉祥女人的标志。在古代印度，占星术、相面术十分发达而流行。在古代印度民族的观念中，贵人必定有贵人的长相，例如佛教的创始人释迦牟尼就有"三十二相，八十种好"，这"三十二相，八十种好"遍及佛的全身，从毛发到脚趾，都有明确的描述。同样一个吉祥的女人也有她的特征。《罗摩衍那》里面提到悉多有十二个吉祥的标志，其中就包括乳房肥大而紧凑，肚脐深深下陷，"一些妇女的双脚上，如果有莲花的形象；她们会同丈夫一起，被灌顶为女王"。

尤其应指出的是，昙丁在作描写时，用来比喻的物品也都代表吉祥，代表圣洁。比如月亮，根据印度神话传说，月亮产生于乳海。众天神为了获得不死的甘露，用曼陀罗山作搅棍，用龙王婆苏吉作搅绳，去搅动浩瀚的乳海。"随后，大海中生出了月亮，其光线似乎有百千之数，华光熠熠，分外的皎洁，闪烁着凉爽的清辉。"月亮是纯洁的象征。同样鱼、莲花、水罐和象都是吉祥之物。根据印度教的传说，鱼曾是毗湿努神转世的形象，它曾经拯救了人类的祖先。莲花象征吉祥，象征纯洁，在印度教中，它常常伴随许多神灵的形象出现，如印度教的第二大神毗湿奴手中拿着莲花；代表吉祥、美丽和富有的吉祥天女的形象永远是站在或坐在荷花之上，与她相伴的是两头白象，是好运的象征。盛满水的罐子是祭祀用品，是祭祀仪式上不可缺少的吉祥物，用来献给神。车轮象征王权。恒河是生命的象征，根据传说，它是一条天河，恒河的水据说可以洗净前世和今世的一切罪孽。用恒河中的漩涡来形容女主人公的肚脐，用车轮来形容女主人公的臀部等等，这些都是用吉祥物来描写吉祥特征的手法。昙丁的描写代表了古代印度民族的一种审美观念——美和吉祥是并存的，美即吉祥，因此歌颂美，也就是歌颂吉祥。

美还是神圣的，真正的美只有神才能达到。《罗摩衍那》中有对悉多形体的大量描写，悉多被认为是吉祥天女的化身。在《鸠摩罗的诞生》中，古典梵语文学的大师迦梨陀娑用非常优美的诗句对喜马拉雅山的女儿乌玛进行了从头到脚的描写。雪山之女是湿婆神的妻子，是贞洁的化身，她的前世名叫"萨蒂"——印度社会曾流行寡妇殉夫制，将所谓妇女的贞洁歪曲到残酷的地步，那些走向火堆的寡妇就被称为"萨蒂"。在迦梨陀娑的笔下，雪山的女儿拥有最完美的肢体，她的完美特征也正是吉祥的标志。她的脚比莲花美，肢体柔软，步态似鹅行（佛的第二十九好也是行步如鹅王）；她的小腿圆，大象的鼻子因皮的粗糙而无法和她的大腿相比，而芭蕉杆与之相比又太凉；她的臀部美，她的腰细，头发细而软，肚脐深陷，双乳紧凑，连荷花茎都无法插入；她的脖子富有层次；她的脸结合了月亮和荷花的特征，甚至"吉祥天女若是去了月亮那里，就要放弃欣赏荷花的美德，若是去了荷花那里，就得忘记月亮的美貌；只有来到乌玛面前，她才可以并享月和花的美丽"。这似乎就是"花容月貌"的出处。正是因为只有神才是最完美的，所以在梵语文学作品中经常出现用神来形容人的美，比如上文所引对德摩衍蒂的描写，将德摩衍蒂比作爱神的妻子，这就是所谓"貌似天仙"的含义。

古代印度民族在美的观念上还有一个十分明显的特点，即人的貌美和人的德行不可分割。一个德行高尚的人，一定是一个貌美的人，无德的人才是丑陋的。无论是在两大史诗中，还是在迦梨陀娑等人的笔下，那些外形吉祥优美的人都具备贞洁、忠实、温顺等美德。美好的外貌一定是前世的功德所致，《杂宝藏经》卷五以问答的形式讲述了许多天女因功德而生在天上，并生得"光色如莲花"、"面如开敷"；相貌的丑陋则与罪恶相连，是前世的罪过所致。最为典型的是佛经《贤愚经》里记载的一则故事：

释迦牟尼佛在世的时候，有一位国王叫波斯匿，他有一个女儿，"其女面类极为丑恶，肌体粗涩犹如驼皮，头发粗强犹如马尾。王观此女，无一喜心，便敕宫内，勤意守护，勿令外人得见之也"。到了丑女出嫁的时候，国王只得在国内找到一个贫寒的人，给了许多财富，才将女儿嫁了出去。王"为起宫殿，舍宅门阁，令有七重。王敕女夫自捉户钥……勿令外人睹见面状"。后来这个丑女一心念佛，一下子变得"端正奇妙，容貌挺特，人中难有"。波斯匿王问佛，女儿因何前世功德而生长在帝王之家，又缘何罪过而生得如此丑陋。佛向波斯匿叙说了他的女儿前世的功与过，最后说"夫人处世，端正丑陋，皆由宿行罪福之报"。

敦煌变文《佛说阿弥陀经讲经文》有这样一段文字："佛在灵鹫山之日，有一长者婆罗门，向前合掌闻（问）如来，相好端严何日德（得）。佛言长者听吾语，诸佛如来多劫修，未曾故煞一众生，因此面轮如满月。三十二相同金色，八十种好悉圆明，一一相好进修时，先用身心持五戒。"在这个例子中，面如满月也兼有漂亮的意思，佛的这一优美的长相是靠着修行得来的。

在古代印度人的观念中，美是吉祥的，美是神圣的，美是功德的体现，因此诗人们在描写美的对象时可以淋漓尽致，充分发挥想象，生出千般描写手段。人们在歌颂吉祥的时候还有什么好顾忌的呢？但是另一方面，吉祥是有特定标志的，因此在梵文文学作品中，对美丽的描写尽管是丰富多彩的，但是去掉那些修饰的词藻，那些美人们似乎都是从一个模子脱出的，都拥有同样的特征，比如乌玛和婆苏摩蒂王后几乎是一样的，又如在《罗摩衍那》中对悉多进行描写的某些诗句甚至和用来描写德摩衍蒂的一模一样，再如佛的吉祥高贵的特征在两大史诗的男主人公身上也都可以找到。"面如满月"代表着吉祥和美丽，这大概也是所有美貌的人千篇一律的原因所在。

三、简单的比较

在中国古代的文学作品中，确实也有一些形容美貌的词汇，如"倾城倾国"、"绝代佳人"等等，这些词适用于所有貌美的妇女，但是对于妇女形体的美似乎没有统一的要求。比如美女如云的《红楼梦》中，薛宝钗生得肌肤丰泽，"唇不点而红，眉不画而翠，脸若银盆，眼如水杏"，她端庄宽和，被认为是长寿之相，这是一种美；林黛玉是"态生两靥之愁，娇袭一身之病。泪光点点，娇喘微微。闲静时如姣花照水，行动处似弱柳扶风。心较比干多一窍，病如西子胜三分"，病恹恹的，谈不上吉祥，却也是一种美；史湘云换上了男儿的装束，"越显得蜂腰猿背，鹤势螂形"，"原比她打扮女儿更俏丽了些"。民间流传的所谓"环肥燕瘦"也各领风骚数百年。体现在这样多姿多彩的描写之中的是有别于印度梵语文学作品中的审美观，在中国古代的文学作品中，作家们不以吉祥论美丑。

在中国文学作品中，也大量地见到用比喻的方式来形容人的美貌，比如用花来形容人面、用樱桃来形容人口、用杨柳来形容人的腰身、用青丝来形容人的头发，等等，但是这些比喻仅仅停留在形象的比喻之上，没有吉祥、纯洁或者是其他更深刻的涵义。

《世说新语》记载了一则故事：魏晋时阮卫尉的女儿长得奇丑，嫁给了许允为妻。行过大礼之后，许允就不再理睬那个女子。一个叫桓范的人来做客，丑女知道以后说："无忧，桓必劝入。"这个姓桓的果然劝了许允再进去观察，说"阮家既嫁丑女与卿，故当有意，卿宜察之"，许允又回到屋内，"既见妇，即欲出。妇料其此出，无复入理，便捉裾停之。许因问曰：'妇有四德，卿有其几？'妇曰：'新妇所乏唯容尔。然士有百行，君有几？'许云：'皆备。'妇曰：'夫有百行以德为首，君好色不好德，何谓皆备?'允有惭色,遂相敬重。"余嘉锡先生在《世说新语笺疏》中引了《周礼》的一段文字解释妇女的四德为:妇德、妇言、妇容、妇功;还引了郑玄对这段文字的注:"妇德为贞顺,妇言谓辞令,妇容谓婉娩,妇功谓丝枲。"看来中国古代也曾对妇女有很高的要求,除了德行,还得兼有容貌,才能算得上完美。但是到了汉末魏晋时,美与德显然已经分了家。《世说新语》的这一则故事,和上文引自佛典的故事形成了一个鲜明的对比。在《世说新语》的故事中,女子并不以自己丑陋的面容为耻,这里体现的是德至上,人的美丑实与人的德行无关。梵语文学中人的丑陋与罪过有关的认识,在中国的故事中找不到一丝一毫的共鸣。

随着佛教的传入,一些印度古代文学所擅长的要素对中国文学产生了实在的影响,许多学者在这方面已经作了深入的探讨。但是在人的形体美的问题上,汉民族对印度古代的审美观采取了明显的指摘和排斥态度,特别是对于女性的描写被贬责为"艳情"。尽管佛教反对淫欲,是禁欲主义的,但是佛教毕竟是来自古代印度的宗教,事实上,佛经里不乏对女子面容以及身段的描写。佛经翻译带来了古典印度文学作品中特有的艳情因素,它曾经影响了齐梁时代的浮艳文风。蒋述卓先生在《佛经传译与中古文学思潮》一书中已经指出:"齐梁文风最受指摘的就是它的吟咏艳情,尤其是专以女性为描写对象的宫体诗,自隋以来,一直被人说成是轻艳。"排斥恰恰说明了差异的存在。

对女性身段描写的排斥，根本原因还是在于古代中印两个民族在妇女形体美的审美观上存在着差异。我们传统上认为，形体的美与吉祥无关，于事无补，也不能说明人的德行。在我国历代的正史之中，凡是涉及妇女美貌的地方总是一笔带过，没有一段文字是专门描写妇女形貌的，即使是贵为天子的武则天也没有充分的外貌描写。

在古代印度，用梵语创作的戏剧十分流行，许多戏剧是专门写给王公贵族看的。这些戏剧不仅仅是供消遣之用，实际上含有说教的意味。像迦梨陀娑这样的大诗人实际上就是宫廷诗人，他精通《摩奴法典》以及其他印度教的经典，他的创作丝毫没有脱离这些经典的规范。但是梵戏在中国古代曾受到指摘。在《印度古典诗学》一书中，黄宝生先生已经指出，古代印度的戏剧曾在唐代颇为流行，甚至在宫廷的宴会上出现胡人唱胡戏的现象，引起修文馆直学士武平一的抗议。武平一上书谏曰："伏见胡乐施于声律，本备四夷之数，比来日益流宕……始自王公，稍及闾巷，妖伎胡人、街童市子，或言妃主情貌，或列王公名质，咏歌蹈舞，号曰'合生'。"其实梵戏的流传坏就坏在它"或言妃主情貌"之上，它如同南北朝时齐朝衰败时的《行伴侣》、陈朝灭亡时的《玉树后庭花》一样，皆是亡国之音，绝不应登上大殿："况两仪、承庆殿者，陛下受朝听讼之所，比大飨群臣，不容以倡优媟狎亏污邦典。"这体现的是古代中印两国不同的文化背景和不同的审美观念。在印度，言妇女的美貌是赞美她的吉祥，是歌颂神的完美，是歌颂贞操与德行；在中国，言妃主的情貌是"歌言浅秽"，是亡国之兆，根本谈不上吉祥。

基于古代中印在审美观念上的差异，对一些词汇的理解也自然形成差异。比如"貌似天仙"这个词在古代中印的文学作品中都很常见，这个词其实是来自印度的。汉民族概念中的"天仙"，应当如山西太原晋祠圣母殿内那四十三尊彩塑——长裙从颈部起盖到脚面，笑不见齿，身段平平，绝无任何一点曲线。而古代印度文学作品中，"天仙"则具备那些吉祥的特征，女子特有的身段得到了充分的夸张。

综上所述，在涉及人体的审美观上，各个民族有其不同的文化背景，问题在于了解差异的所在，以便正确理解和介绍来自外民族的文化。如果了解了古代印度传统的对女子形体美的详尽描述是赞美她们的吉祥、神圣和德行，大概就不会再把印度古典文学作品中那样的描写统统指责为淫词秽语了吧？

（原载《北京大学学报》（东方文化研究专刊），1996年，25-31页）

印度人的自然观初探

印度的自然景观多姿多彩。她的气候差别很大，当恒河平原的气温可能已经升到50℃的时候，北部山区还在等待积雪的融化。印度的植物种类超过15000种，德干高原即使在冬季也是繁花满树。高大的树木上盛开着各种颜色的花朵，令人眼花缭乱。

多种多样的植物为动物提供了丰富的食物。印度的动物种类也很多，哺乳动物在500种以上，鸟类在2000种以上。天空常见的有鹰类，如猎隼、猫头鹰等，还有各种颜色的美丽的鸟。笔者在浦那见过一种小鸟，只有人的手指那么长，其中尾巴占三分之一强，喙占不到三分之一。这种鸟落在草上可以不压弯草茎，飞起来像是一只大蛾子。尼赫鲁大学的校园里生活着成群的孔雀。印度的爬行动物在500种以上，其中著名而常见的有眼镜蛇、蟒蛇和乌龟。昆虫的种类达3万以上，到处有又大又美的蝴蝶随花飞舞。

印度自然灾害频繁。在古代，印度人曾经因自然变化而放弃了已经高度发展的文明。从卫星提供的资料看，现在的塔尔沙漠在 5000 年前还是河流纵横的沃野。从印度河到这里的广大地区曾经诞生了人类古老的文明——摩亨焦达罗—哈拉巴文化。由于气候变迁，河流消失，印度人逐渐迁徙到恒河平原。

千姿百态、变化万端的自然界使得印度人从古以来就对它多加尊敬。面对自然，印度人较少表现征服者的姿态。在印度人的观念中，自然与人类处于相对平等的地位。印度人的自然观首先体现在宗教观念中。现代印度的主要宗教有印度教、伊斯兰教、锡克教、佛教和耆那教。印度人口的大多数信仰印度教，其次是伊斯兰教。此外，还有不少基督教徒、锡克教徒、佛教徒、耆那教徒。特别值得一提的是，世界上最古老的宗教之一琐罗亚斯德教，尽管在它的诞生地伊朗已经几近灭绝，但是至今在印度仍然香火不断。

一、体现在印度教中的自然观

印度教是古老的宗教，它的起源至少可以追溯到公元前 1000 年。婆罗门教是生活在印度的古代雅利安人的宗教。这种宗教和古代欧洲在接受基督教信仰之前的多种宗教有一定的联系，例如太阳神的形象在古代印度、波斯和希腊罗马几乎一致，都是马拉战车的形象；印度有爱神，古罗马神话中也有司爱情的丘比特神，等等。

印度教没有像基督教的《圣经》、伊斯兰教的《古兰经》那样的经典。属于印度教的文献数量庞大，简单说来包括四部吠陀、大史诗《摩诃婆罗多》和《罗摩衍那》等。我们先看看印度教一些经典所体现的自然观。

1. 创世说。根据印度教的创世说，世界上所有的物质都是神的创造，世上万物，无论动物或不动物，都具有灵性和情感。

《摩奴法论》是大约产生于公元 4—5 世纪的一部印度教经典。这部《法论》对四种姓的行为作了理论上的规范。种姓制度是印度教的特点之一。一个印度教民从出生起就属于某一种姓，终生不变。《法论》开篇就是创世说：

> 这宇宙原是一个暗的本体，不可感觉，没有特征，不可推理，不可认识，一如完全处于昏睡状态。后来，自身不显现而使这宇宙显现的世尊自在出现了，他驱除暗，具有转变诸粗大元素等等的力量。怀着创造种种生物的愿望，他通过禅思，首先从自己的身上创造出水，又把自己的种子投入那水中。那种子变成一枚金卵，像太阳那样光辉灿烂；他自己作为一切世界之祖梵天出生在那金卵中。

这个自身不显现、无始无终，从水中、从自己的种子中诞生的梵天就是印度教的三大神之一。后来，金卵分成两半，变成了天、地和空间。总而言之，无论天神或人，无论语言或情感，无论时间或空间，无论山川、海洋或平地，都是梵天依靠苦行的力量创造出来的。被神创造出来的生物依其出生的方式而分类：牛、鹿、有上下牙的兽类和人都是胎生的；鸟、蛇等是卵生的；咬人及蜇人的虫子被认为是汗生的，因热而生。植物被称为不动物，所有芽生的不动物都是从种子和茎枝生长出来的。不动物种分草类、开花结果的树和不开花结果的树。"这些不动物由行为造成的形形色色的暗所覆蔽；它们具有内在的知觉，有苦有乐。"生物的品性，如有害或无害、温和或凶残、真实或虚妄等，也都是造物主赋予的。

印度教的创世说，从根本上把人和其他生物摆在一个同等的地位上，即它们都源于造物主自身。不论它们是何物种，不论它们是凶残还是温和，都是造物主、最高的神赋予它们的禀性，因此，它们应该存在，应该与人一样受到保护。《摩奴法论》规定，国王应当效法各种自然神，如日、月、火、水、地等神，"大地怎样一视同仁地养育万物，他就应该怎样养育万物，这是地神的做法"。

任何人如果伤害了动物就是犯罪，就要受到法或命运的制裁。印度大史诗《摩诃婆罗多》中的一则故事很能说明问题。故事说有一位婆罗门精通一切正法，坚持真理，坚持苦行，生活在净修林中。有一天，一群强盗把抢来的赃物藏在他的净修林中，被追赶强盗的国王卫兵发现。卫兵不知道他是个法力广大的仙人，就把铁矛刺进他的胸膛。后来国王得知他是个仙人，企图把铁矛拔出来，但是却拔不出来，只好齐根将铁矛截断。以后，仙人就带着一截铁矛到处漫游，修得了别人修炼不得的功果。终于有一天，他进入了正法神的宝殿，见到了坐在宝座上的正法神，于是问道："我不知道自己造下了什么罪业，竟因此得到这样一个结果！你快告诉我真情。"正法神说："你曾经将芦苇刺进小飞虫的尾部，因为这件事，你得到了这个结果。"

从这个故事我们可以看到，一个修苦行的印度教仙人，仅仅因为伤害过一只小飞虫，就受到了命运的惩罚。这里体现出印度教对自然的态度，即自然界的任何生物都是伤害不得的。飞虫和人一样享有生存的权利，并受到神的保护。

印度教严格的种姓制度对婆罗门的行为作了种种规范，规定了婆罗门伤害动物应受的处罚。比如一个婆罗门如果杀死一只青蛙、蜥蜴或者是乌鸦，他就得修赎罪的苦行，克制自己，编起发辫，远离村落，住在树底下；或者向婆罗门布施十头白母牛和一头公牛。同样，伤害了植物也要赎罪。《摩奴法论》11 章 142 条、144 条规定："砍伐了果树、灌木、藤蔓、树枝或者开花的草木植物，应该念诵一百节赞歌。""不必要地损坏种植的或者野生的植物者，必须牧一天母牛，吃牛奶斋。"当然，《摩奴法论》的法规有多少当时社会的现实意义是可以讨论的，但是其中出现了对动、植物实行保护的条文，至少说明在古印度人的观念中，动、植物是不可以任人随意践踏的，体现了印度人对自然的平等观。

2. 神明崇拜中的自然观。印度教诸神的形象也反映出古代印度人对自然的态度。自然万物，不论是动物还是不动物，都具有灵性，都是神圣的。

印度教是古老的宗教。印度教最古老的文献是《梨俱吠陀》。《梨俱吠陀》被认为是世界上最古老的书——美国学者雅可比（H. Jacobi）根据《梨俱吠陀》中记录的星象分析，认为它诞生于公元前 4000 年。19 世纪末的一位印度政治家兼学者，认为《梨俱吠陀》甚至诞生于公元前 5000 年。《梨俱吠陀》反映了古代印度人的宗教信仰，在其中，许多自然现象被神化了。太阳、月亮是神，风、雨、雷电、火是神，山川、河流也是神。随着时代的发展，古代的宗教也发生了变化，一些原在《梨俱吠陀》中占主要地位的神，变得不那么重要了，逐渐形成了对三大神的崇拜。这三大神就是创造之神梵天、护卫之神毗湿奴、毁灭之神湿婆。

梵天不是印度最古的神，在四吠陀中找不到他的形象。他虽然贵为创造之神，但在印度对他的崇拜并不普遍。他拥有的庙宇在三大神中最少。他长着四张带胡子的脸，各朝东、南、西、北。世上万物皆生于他，他赋予了万物种种特性，使得自然从根本上获得与人平等的基础。

在印度教的三大神中，毗湿奴应该是最古老的。在《梨俱吠陀》中，毗湿奴虽然不是主要的神，但毕竟已作为神出现了。当世界平安无事的时候，毗湿奴在大海中修禅。他坐在巨蛇头上，圣河恒河从他的脚趾流出，他的肚脐上开出一朵莲花，一种传说认为梵天神即生于这朵莲花之上。这种传说体现了印度教各个神你中有我、我中有你的精神。当世界不太平的时候，当世界即将毁灭或者是面临危机的时候，毗湿奴神就会出现来拯救世界。

毗湿奴以各种形象出现。根据印度神话，毗湿奴神已经出现过十次。第一次是以鱼为化身。印度古代也有洪水淹没整个大地的传说。这个传说大致如下：照印度教的纪年法，我们现在生活的时代被称为斗争时（kali-yuga），这个时代人类的祖先是第七位摩奴。当他在河边漱口时（这不是一般意义上的漱口，而是印度教规定的洁身活动），发现自己手中有一条小鱼。小鱼对摩奴说道："请你保护我，我也将保护你。"于是摩奴把小鱼养在一个泥罐里。这条鱼长得飞快，他只好不断地更换更大的盆，以至于把它放入池中、湖中，最后只有海洋才可以盛得下这条鱼。摩奴知道了这条鱼是神的化身。当传说中的洪水吞没了整个大地的时候，摩奴根据鱼的指示事先造好了船，他以蛇王作缆绳，将船套在神鱼的头角上，使自己幸免于洪水的灾难。根据这个神话，是鱼拯救了人类。

鱼是毗湿奴显身的第一个形象。毗湿奴的第二个形象是一只乌龟。为了获得甘露，众神曾用曼陀罗山作为搅棍搅动乳海，毗湿奴化作神龟，托着曼陀罗山。毗湿奴的第三个形象是公猪。因为魔鬼的骚扰，大地曾躲入海中，毗湿奴神化作一只公猪，用嘴把大地从海中托出。毗湿奴还曾化作矮人。著名的大史诗《罗摩衍那》中的主人公罗摩传说也是毗湿奴的化身。佛陀是毗湿奴的第十个化身。从毗湿奴的十个化身可以看出，这实际是将民间传说中的英雄和救世主集于一身，而扮演救世主的不仅有人，还有动物，说明了古代印度人对自然的崇敬，对自然界的信任。

湿婆的名字出现得比较晚，不早于公元前3世纪。但是早在摩亨焦达罗—哈拉巴文化时期，就出现了类似湿婆神的形象。在这一文明地区出土的一枚印章上，有一个正在修瑜伽功的苦行者，他被看作是湿婆的形象。在印度教中湿婆是毁灭神，是舞神，还是苦行者。传说湿婆和雪山的女儿结合，生下了一个长得似大象的婴孩，这个孩子生下三天，就战胜了最凶恶的魔鬼。直到今天，象征着智慧与知识的象头神还广泛地享受着人间的供奉。

印度教所崇敬的神总是摆脱不了自然的影子。自然界的生物都可能具有灵性，可以和人类发生交流。巍峨不动的雪山，可以生下如花似玉的女儿，与湿婆神结为夫妻。传说印度中部的温底亚山从前生有翅膀，喜欢到处飞，因陀罗神砍掉了它的翅膀，它才安稳下来。印度人的圣河恒河也是位女神，同样是喜马拉雅山的女儿，与湿婆神的妻子互为姐妹。她曾与人间的君王结合，生下了大史诗《摩诃婆罗多》中主人公之一毗湿摩。神可以是自然界的山川河流，可以是一种动物，反映出印度人对自然的崇敬。

在以上的例子中，尽管雪山、河流等具有灵性，但它们毕竟化成了人形才得以与神结合。在印度教的文献中还有植物直接为人孕育儿女的传说。例如《摩诃婆罗多》讲到一位具有广大法力的苦行仙人，引起了众神之主因陀罗的忧虑，他派出手下的天女去勾引大仙。大仙经不起诱惑，心神不定，高深的苦行法力随之溜走。他的阳元滴落在一根芦苇秆上，芦苇遂为他生出一对儿女。这是个说明植物具有灵性的例子，一根芦苇可以与人共育儿女，当然和人是平等的。

3. 印度教的圣人、仙人善待自然。印度教不同于其他宗教，它没有统一的教堂和教会。印度教的庙宇仅仅是神的居所，其中供着各类神像。每个庙里有几个神职人员，他们的职能是看守庙宇，而不是宗教领袖。印度教的教派特别多，每个教派有自己的"古鲁"——导师。这些导师或被称为仙人，或被称为圣人、善人。他们生活在自己的静修院中。印度教的老百姓认为他们拥有超凡的力量。信任这些圣人、崇拜这些圣人是印度教的重要特点，也是印度教千年不变的传统之一。

对古代净修林的描写在迦梨陀娑的作品中最多，例如《沙恭达罗》剧中国王豆善陀对净修林的一段描写：

> 树底下是从鹦鹉穴中雏儿嘴里掉下来的野稻。
> 别的地方又可以看到磨因拘地种子的光滑石墩。
> 麋鹿在人身旁依依不舍，听到声音并不逃掉。
> 溪旁的小路上印着树皮衣上流下来的成行的水痕。

这些描写是虚是实，今天已无法判断。即使这样的描写不是对诗人所处时期真实生活的再现，也体现出诗人的理想，即印度教的仙人与自然应该是和谐相处的。

以上是反映在印度教中的自然观。

二、反映在文学作品中的自然观

印度人尊重自然，较为平等地看待自然，认为自然界的动物与不动物都和人一样具有感觉，具有灵性。这样的观念给了印度人的文学创作无比广阔的天地。印度自古以来就是一个盛产寓言、童话和故事的国家，著名的寓言集和故事集有《五卷书》、《益世嘉言》、《故事海》等。有些故事后来流传到了全世界。著名的大史诗《摩诃婆罗多》中也穿插了不少动人的故事，《那罗和达摩衍蒂》的爱情故事就是其中之一。在这些故事中，动、植物具有灵性并与人平起平坐被表现得淋漓尽致。

这些故事集中最典型的是《五卷书》。按照印度的传统，《五卷书》是一部 nītiśāstra，"可以译为'正道'或'世故'或'治理国家的智慧'。总之是一部教人世故和学习治国安邦术的教科书"。这本书实际上是根据一定的主题把一些寓言故事串联起来，讲一些处世的道理。这本书在公元六世纪时就已通过巴列维语传到了阿拉伯国家和欧洲。在亚洲、非洲和欧洲流传的民间故事中，不难找到从《五卷书》中借来的故事。中国民间故事也有许多来自印度，来自《五卷书》，比如黔驴技穷等。这涉及中印比较文学，这方面许多学者已写了不少文章。

在《五卷书》中，自然界的各种动物纷纷扮演故事中的主人公，如狮子、老虎、大象、猴子、兔子、老鼠、蛇、猫、驴、乌龟、蜜蜂、苍蝇、蛤蟆、麻雀等，还有太阳、云、风等自然现象也被派上了角色。故事中的动物和自然界现象纷纷开口说话，或表现以智斗勇，或表现以小胜大、以弱胜强，似人与人之间的故事，又不是人与人之间的故事。

《五卷书》的故事还有一个特点，即人和动物共同出现在一个故事中时，人往往代表阴暗面。比如老虎和人的故事：一只老虎已经年迈，无力捕捉其他动物。它拿出一个金镯子装出行善的样子诱人上钩，一个过路人受贪欲驱使，最终落入虎口。还有和动物相比，人不如动物的故事，比如有一个故事讲的是一个婆罗门从枯井中救出了一只老虎、一只猴子、一条蛇和一个人，结果两只野兽和一条蛇都报了恩，而人却恩将仇报。

这些故事起源于印度，大概不仅仅是想象力的问题。古代印度人平等地看待自然，认为自然界的动物与不动物都有灵性，显然也是重要原因。与自然平等的自然观无疑为印度人的故事创作、文学创作打开了广阔的视角。中国的汉族是一个较少有神话的民族。嫦娥奔月是一则神话，笔者怀疑这个神话与印度关于月亮的传说有一定的联系。

自然不仅为印度的寓言创作提供了丰富的天地，使得印度在古代成为盛产故事的国家，而且也为印度的古典诗歌、戏剧提供了美丽的素材。在古典梵文的诗歌作品中，对自然的描写占有很大的比重，这一点在迦梨陀娑的作品里表现得特别明显。目前他的作品翻译过来的有《云使》、《沙恭达罗》和《优哩婆湿》。迦梨陀娑喜欢描写春天，描写花。下面内容引自《罗怙世系》长篇艺术诗中对春天的描写：

　　先是花生出来了，然后是嫩叶，继而是蜜蜂和杜鹃的鸣叫；春天下凡到树木茂密的林间，依次显露出自己的形体。

　　不仅仅是无忧树（红棉树）当春而发的花朵惹得爱侣调情，连新发的嫩叶也能点燃爱情的火焰，它是情人的耳饰，令人心迷。

缀满了花苞的芒果树，被来自喜马拉雅山的风摇曳着树叶，它好像在努力模仿各种手势，让那些已战胜了爱与恨的人也如痴如狂。

森林边上的藤蔓仿佛在低吟着动听的歌曲，花儿是它们细小而洁白的牙，那是蜜蜂的吟唱；风吹动了藤蔓的嫩条，好像是舞女们变幻的手臂。

新茉莉藤好像是树的妩媚的情人，她以甜蜜的笑使人心醉；花就是她的笑面，娇嫩的新叶就是她的唇，那笑容带着蜜香和酒香。

这些诗纯粹是对大自然的描写，没有对人类社会的影射，是无我之境的描写。像这样的纯粹对自然的描写在汉民族古诗中是不多见的，正如王国维在《人间词话》中所指出的："古人为词，写有我之境者为多。"但是在印度古诗中，对自然的描写非常之多、非常之美，没有对自然的欣赏，没有对自然的尊重，是不可能有这样的创作的。在迦梨陀娑的笔下，植物往往是有灵性、懂感情的，最典型的是《沙恭达罗》。由于我们习惯读有意境的诗、表达人生志向的诗——也就是有我之境的诗，因此往往欣赏不了古印度纯粹以写景为主的诗。这大概是古印度作品不大为中国读者欣赏的一个原因。

综上所述，印度人对自然的友善态度反映在印度人的宗教观念中，反映在印度人的文学作品中，是经过几千年而形成的一种传统。这样的观念直到今天依然影响着印度人的生活。从民族到个人，当人面对自然的时候，面对自然界的生物的时候，总是自觉不自觉地受到他的自然观的影响而采取行动。今天，在中国乃至全世界，人类掠夺性地开发利用大自然，使自己面临空前严重的生态危机。要解决我们面临的环境危机，拯救我们赖以生存的自然，不但应该有经济的、法律的、行政的政策与措施来规范人们的行为，而且应该加强人们对自然、对生物的道德意识。因此，借鉴和吸收其他民族对自然亲善的观念，就显得格外重要。

（原载《南亚研究》1998 年第 1 期，51-56 页，注释从略）

探径于《长部》

　　本书呈现给读者的《长部》经文，全部译自巴利语，以巴利圣典协会（Pali Text Society）出品、经过泰国法身寺法胜大学依据泰国巴利藏写本校订的巴利语《长部》为底本。我国巴利语藏经的专家郭良鋆先生曾指出："在现存各种语言的佛典中，巴利语佛典最为古老，对于研究原始佛教和上座部佛教也最有参考价值。"从巴利语藏经直接译出汉文本，以令中文读者领略原始佛教的概貌，是巴利语藏经翻译者由衷的愿望。

　　巴利语藏经以《律藏》为始。其顺序反映的应是原始佛教文献进行结集的顺序。首先结集者，是《律藏》。然而，我们选择以《长部》为先译，或许是受到广泛流传的所谓《大正藏》汉译大藏经排序的影响。但究其根本原因，我们至少在潜意识中认为，还是《经部》最能体现佛教的教义以及原始佛教的思想体系。

《长部》在巴利语三藏的经藏中排列首位，由三品34篇长短不一的独立经文组合而成。大部分经文可在汉译的《长阿含》找到相应译本，一些篇章经过多次译出，例如第一篇《梵网经》，有后秦弘始年间（399—416年）译出的《长阿含·梵动经》，还有于三世纪中期译出的《梵网六十二见经》。

　　《长部》集为三品：戒蕴品、大品、波梨品。这些品的划分，内容上有关联，尤其是第一品的各篇。但更多的，应是注重形式的分类法。汉译佛经有相应的记载，如《四分律》："彼即集一切长经。"《长部》的大部分经文，相对于《中部》的，篇幅较长。印度古代思维，形式与内容并重。又例如大品，"大"字起始的经文是多数，有全书篇幅最长的《大般涅槃经》。

　　虽然《长部》的集成，多半以篇幅的长短为收文的准则。但整体读来，似仍有贯穿于整部的脉络。《长部》之于佛教，更多是破的过程，是原始初创的佛教思想、伦理、逻辑以及修行方式，与其他思想流派、宗教门派的对峙。大抵上，佛陀生活的那个年代印度社会思想领域的形形色色，均在《长部》登场，并遭到佛教创始人的逐一驳斥。

长部·戒蕴品

关于《梵网经》

　　第一篇《梵网经》，按内容可大抵分为两个层次，先细述佛倡导的戒，进而由戒转入说定。佛教戒行，不杀生，不偷盗，不淫行，不妄语，不两舌，不绮语，不伤害草木，不异时食，不接受金银，不使用暴力。佛的弟子拒绝世间的种种享乐，不迷于赌博、享乐、谈论名利，不以算命、看相、掐算吉时为业。诸如赌博、算命、看相等类，被佛称为傍生术，真正的佛僧，不以傍生术为生。然而，《梵网经》所罗列的纷繁细密的佛教戒行，虽然赢得普通信众广泛的赞誉，但如此周全的操行，在佛看来，仍然是些琐碎的、微不足道的戒行。佛真正的殊胜在于独树一帜的修行方式，以此有别于古代印度的众多思潮、派别。佛认为其他外道如婆罗门的修行方式不可取，非正确的修行，仅会导致诸多邪见，例如无因生论、〔我〕恒常在论、世间无边无际、现法涅槃等等。这些持有邪见的沙门、婆罗门，只有无知、无见的感受，只有沉溺于渴爱的焦虑与纠结，犹如被渔人之网所束缚。唯独佛的修行，通过对苦集灭道的领悟，可达到现世应验的沙门果。整部经，初读以为是杂陈，实际上有清晰的线索贯串整部经，即以戒为先导，再进行禅定观想的修行，以实现智见。

关于六师

第二篇《沙门果经》是《长部》阐述佛教体系十分重要的一部经。摩揭陀国王阿阇世·韦提希子欲知当沙门的现世果报，遍访当时著名的六师，而引出六派外道的基本理论。国王的问题是：出家做沙门，可否得到现世应验的果报？什么是现世应验的作为沙门的果报呢？六师的回答概略如下：

六师之一的富楼那·迦叶，认为自己遍知。他告诉国王，即使抢劫偷盗、杀人如麻，这世上也没有罪恶；即使做再多的施舍、再多的供养，这世上也没有福报。富楼那·迦叶，是道德否定论者。

末伽梨·瞿舍利，曾经是耆那教创始人大雄的弟子，向大雄学习预测，后被师父逐出师门，而独创了自己的学派。他告诉国王，众生的一切，都是不可控制的，烦恼无因，净化无缘，轮回有限量，苦乐皆有量，因此，所谓通过修行而获得业的成熟，是不可能的。正如一个线团被扔出去后会滚动直到完全松开，如此这般，愚者和智者流转转生后即灭尽苦。此师之说，是命定论。

阿耆多·翅舍钦婆罗是印度古代唯物主义理论，即著名的顺世论的代表。他告诉前来讨教的国王，人由四大组成，当死去时，地回归地体，水回归水体，火回归火体，风回归风体，感官归于虚空。所谓布施，是傻瓜想出来的。无论愚者还是智者，身坏之后皆毁灭、消失，死后不复存在。

婆浮陀·伽旃延认为，地、水、火、风、乐、苦、灵魂，是人的七要素。它们非造，无造作者，非幻化，非得助幻化，如同山顶和石柱般屹立。它们不移动，不变化，不互相阻碍，不能使彼此或乐或苦或苦乐。

尼乾陀·若提子，耆那教的创始人。在佛陀的时代，耆那教特以苦行著称。他告诉前来讨教的国王，答非所问地向国王宣说他的戒律。耆那教弟子，受四重律仪的禁锢，不喝冷水，一切戒律森严。

散若夷·毗罗梨沸，曾经是佛的两个著名大弟子舍利子和目犍连的老师。他是不可知论者。关于是否有善恶业的果报，他说有，但不说何谓果报、如何果报、怎样果报。

以上这些回答，未能令国王满意。唯独佛陀，层层递进，令国王茅塞顿开。佛依次讲述了为奴、为匠、为家主等各阶层的人出家做沙门后获得的尊重，再说依此修行能达到的境界。佛教的修行者，可以感受没有过失的安乐，心如湖水般清澈，了知苦、苦的集起、苦灭，以及苦灭之道，最终达到心解脱，超脱苦海的轮回，"生已灭尽，梵行已立，所作已办，不受后有"。这便是殊胜美妙的现世应验的沙门果。

佛陀生活的年代，是印度的列国时代。十六国中，摩揭陀最为强盛。阿阇世王的父亲频毗娑罗王，曾是佛教的扶持者，为佛施与了第一座伽蓝，即位于王舍城北门外的竹林迦兰哆园，以供僧团坐雨安居时使用。后来阿阇世王急于登上王位，趁夜闯入父王的卧室行刺。行刺未果，但厌倦了权力阴谋的父王却主动把王位让给了他。阿阇世王不但不感激，反而把父亲活生生地饿死。所以，在本篇的末尾处，佛说："若国王不杀害自己的父亲，即那位合法的法王，他本应在这个座位上生起无垢无尘的法眼。"

关于婆罗门教

戒蕴品的其他几篇，《阿摩昼经》、《种德经》、《三明经》，皆是针对婆罗门教展开不同的宣说。

婆罗门教的特点之一，是信奉吠陀，吠陀至上。三吠陀中的咒语，据说是早期婆罗门仙人所创作。《三明经》、《种德经》给出了这些创造了吠陀咒语的大仙的名字。真正的婆罗门，必须精通这些吠陀，精通这些咒语。信奉吠陀的婆罗门认为，通过唱诵古代集结的咒语诗句，便得与梵天为伴，通往解脱。佛说婆罗门的三明，是三明荒漠、三明丛林、三明灾难，因为连那些缔造了三明咒语的人，也未曾见过梵天，不知梵天在何方，不识通往梵天之道。后世的诵读者，如何能知路在何方？

婆罗门教的特点之二，是认为人有种姓之分，婆罗门最为尊贵。尊贵者，要上溯七代，血统纯正，而且要生得貌美，白皙。《阿摩昼经》里，梵童阿摩昼自恃出身高贵，在世尊面前显出不恭敬，认为"秃头沙门何等卑微黝黑，生于梵天的足部，如何堪与精通三明的婆罗门交谈"。佛以自己高贵的出身，比过阿摩昼，又以三十二贵人相，令婆罗门折服。

《种德经》展开了大婆罗门种德与佛的对话。婆罗门认为，具备五种特质，即血统纯正、精通吠陀、相貌俊美、庄严持戒、执掌祭勺，方可称得上是婆罗门。佛以反问的方式，逐一破解这五种品质。婆罗门种德自己也说，如果一个婆罗门，杀生、偷窃、邪淫、妄语、饮酒，纵然颜貌端正、精通咒语、出身高贵，又有何为？

在佛看来，婆罗门的特质，不能使人尊贵。唯有拥有戒定慧者，才是世界最殊胜的人："犹如以手洗手，或以足涤足。慧由戒而清净，戒由慧而清净。有戒则有慧，有慧则有戒。凡德高者有慧，有慧者则有戒。拥有戒和智慧的人于此世间当为最殊胜。"

婆罗门教的特点之三，是认为祭祀万能。婆罗门应是会举行祭祀的人。然而，《究罗檀头经》却是准备施行大祭祀的婆罗门究罗檀陀向佛请教真正的祭祀。他听说沙门乔达摩通晓包括十六辅助条件在内的三分祭祀圆满之功。佛揭晓，祭祀以无杀牲的为最好。所谓三分，即祭祀所需三个最基本的条件：一是完美的国王，他必须血统纯正、身形端正、广有钱财、力量强大、慷慨大方、博学全知，能知晓过去今世未来之意义；二是完美的主祭司，他必须血统纯正，精通三吠陀，戒德全面，是精通祭祀仪轨的智者；三是藩王、大臣、广有财富的婆罗门、家主的参与。如此，经过精心的准备，才能举行祭祀。如此圆满的祭祀之后，作为主祭司者，确实可以转生善趣，转生天堂。佛说，他曾经就是那个主祭司，主持完成了那场完美的祭祀，所以他知道这一切。有学者认为,《究罗檀头经》体现了佛教理想的道德伦理规范。

然而,佛说,另有功德,比这纷繁的祭祀节俭,少麻烦,却得大果报。这便是皈依佛、法、僧,断杀生,离偷盗,不纵欲邪淫,不欺骗,不饮酒,远离令人懈怠的麻醉品,实行禅修,获得正觉。

通过《长部》的经文,其实可以看到,佛对待婆罗门教,虽持否定的看法,然而并非站在完全对立的立场进行批驳。多数时候,佛以更胜一筹的姿态,先使对方折服,继而宣说自己的理论。佛的超越,在于亲验、亲历,并且胜出。

关于苦修

在佛陀生活的时代,印度社会活跃着沙门思潮。所谓沙门思潮,以出家、四处游走、乞讨为特征。一些沙门,甚至极端苦行,思索着如何升上天堂,获得善趣,与奉行祭祀万能的婆罗门教相左。佛教、耆那教,实际上产生于活跃的沙门思潮之下。除了佛教,一些出家游走的沙门,尤其是耆那教的教徒,采取极端苦行作为修身的方式。众所周知,释迦牟尼在成佛之前,曾经拜师修习苦行。严酷的苦行,没有帮助他达到正觉。成佛之后,他对外道的苦行,多有批判。在《长部》之中,多篇经文反映了佛对外道修行方式的批判。

《大狮子吼经》裸形外道迦叶列举了种种苦修的方

式，吃穿住皆有严酷的修法，例如修一日一食、两日一食、七日一食乃至半月一食。传说富楼那·迦叶正是修此种苦行长达十多年，将自己活活饿死。衣着也是极其破烂，穿墓地中间捡的破烂衣、粪扫衣、马鬃衣、枭羽衣等等，睡卧在荆棘、木板、泥垢中，皆是不可思议的苦行方式。外道认为，这些皆是至难完成的苦行，如此修行者，才是沙门婆罗门。

然而在佛看来，这些苦行，普通百姓甚至女奴都能做到，并非难以施行。一个舍离杀生、拒绝杀生、放下棍棒、放下刀枪、有惭愧心、怀有怜悯、始终利益、同情一切众生的比丘，才是真正意义上的修行者，真正意义上的沙门。唯有修习得无恚心、无害心、慈悲心，才是真正的修行，以达到灭尽诸漏，于现世体验心解脱、慧解脱，唯达到此境界的人，才是沙门，才能获得沙门果。

关于"我"

人的本质，是古代印度哲学探讨的核心问题。婆罗门教认为，"我"，即"灵魂"，是存在的。正是因为"灵魂"的存在，人才在轮回中死而复生，无穷无尽。佛教也相信轮回的存在。但是，佛教认为没有灵魂，没有婆罗门教探讨的"我"。面对婆罗门教的强势，佛不可能避开对"我"以及"灵魂"的追问。《长部》的一些经文，反映了佛对印度宗教核心问题的见解，例如《布吒波陀经》。

《布吒波陀经》显示，佛陀的时代，印度思想界百家齐鸣，各家各派修习各自的沙门行。佛可自由访问外道沙门。一段时期，佛住在位于舍卫城城外的著名的祇树给孤独园。舍卫城是印度列国时代最强盛的国家之一乔萨罗的首都。那时候，统治乔萨罗国的，是国王波斯匿，他的王后是摩利迦夫人。国王与王后，皆乐善好施，崇尚哲学。摩利迦王后曾捐赠园林供游方的婆罗门教沙门居住。

一天佛进入舍卫城乞食，感觉时间尚早，于是来到摩利迦王后捐给外道的异学园，与那里的外道沙门展开了关于"想灭"、"我"、"灵魂"的讨论。

关于"想灭"，婆罗门沙门认为，"想"的产生无因无缘，"想"即人的自我，由天神决定它的来去。这些婆罗门沙门知道佛陀擅长"想灭"，向佛求教。佛说，想因学而生，一些想因学而灭。若要修得想灭的圆满，首先需持戒德，进而修禅，经过层层修禅，便可实现逐次灭除妄想。

针对什么是"自我"，婆罗门沙门纷纷提出自己的见解，或认为"自我"由四大元素组成，以固体为食；或认为"自我"是意所成，由想所成。佛则坦然援引婆罗门沙门的自说，一一破解他们的观点。最后，有人问，"想"是人的自我吗？或者，"想"与自我不同吗？佛对此没有给出"是"或"否"的答复。继而针对世界是否永恒、灵魂是否与身不同、死后是否仍有如来等问题，佛皆没有给予正面的回答，而是采用了否定的方式，否定了所有问题。

之所以运用否定，是因为在佛看来，这里使用的，皆是世间概念、世间词源、世间言语，并非真谛。讨论这样的问题，没有意义，不能使人离贪，不能帮人证知，不能助人实现觉悟，不能达成脱离轮回。佛只说苦，苦的起源，苦的灭止，以及达到苦灭的途径。

《戒蕴品》的其余各篇，也各有侧重。《坚固经》阐说了佛对神变的态度。《摩诃梨经》宣说佛教的修行之道，消灭贪、嗔、痴而成为一来者。《露遮经》宣说唯有佛拥有正确的为师之道。如果身为师者持有邪见并以之传道，将落得堕入地狱的业报。尽管各篇经文所处理的中心议题不同，然其揆一也，有一致的思想贯穿始终。阿难所说《须婆经》指示出贯穿正品经文的一致思想，这便是佛所教诲的，走戒、定、慧的正确修行之路。

以上是对《戒蕴品》十三篇经文进行的初步梳理。纵观《长部·戒蕴品》，内容丰富，各篇经文各有侧重，从原始佛教的视角出发，将印度古代社会的种种思潮保留下来。《长部》既是佛教的重要文献，也是重现印度古代历史、思想史的原始文献。

长部·大品

《长部·大品》，顾名思义，每篇经文的篇幅较长。如果说，《戒蕴品》重在突出印度古代其他教派、思潮与佛教的不同，重在宣说佛教的殊胜，那么《大品》的经文，讲述的是原始佛教的教义、伦理、信仰以及佛的故事。

菩提树是佛教的标识，因为佛在此树下悟道。《大本经》宣说七佛的故事，七佛，即毗婆尸、尸弃、毗舍婆、拘楼孙、拘那含、迦叶以及释迦牟尼，并为七佛编纂了家族出身。一切事迹皆是众所熟知的，众佛的人世轨迹也一模一样。每个佛悟道时，都拥有坐在其下冥想的树。菩提树、榕树等，皆成为成佛悟道的标识。每位佛都有最中意的弟子。释迦牟尼佛的众弟子中，舍利子与目犍连最为贤善。温特尼兹（Winternitz）认为这部经是《长部》的晚出作品。

《大缘经》，讲述佛教的缘起说。这是佛教逻辑理论体系的基础，即所谓十二因缘。凡是讲授佛教的书籍，均有详细的介绍。

无论从历史的、文学的，还是从伦理道德的视角看，《大般涅槃经》应是《长部》之冠。这是一部经过了千古传诵的纪实文学作品。

《大般涅槃经》的文章风格与内容，与《长部》其他篇章属于不同的类型。《长部》各篇，或采取对话模式：有人问，佛来答；或直接是佛的说教。《涅槃经》不是说教，而是记述。这部经的一些段落，无疑在传诵过程中经过添加，但它的主干，当属最古老的佛教文献。纵览巴利语大藏经，没有专述佛一生的传记作品。律部、经部，或有对佛一生片段的描述。而佛最后的时光，却牢牢地印记在他的弟子的脑中。他们忠实地传诵，饱含深情。毫无疑问，佛教文献中佛传类文献，就起源于这对佛最后时光的记忆。

汉译本中，以《涅槃经》(《泥洹经》)为题的佛经不在少数。其中尤以法显所译《大般涅槃经》与巴利语本较为接近，属于小乘一脉。另有大乘的《大般涅槃经》三种：一、东晋法显、佛大跋陀、宝云等合译《大般泥洹经》六卷；二、北凉昙无谶译《大般涅槃经》四十卷，经录中有时又作三十六卷，也称作"北本"；三、刘宋慧严、慧观、谢灵运等依以上两种译本为基础，合本对照修治而成的《大般涅槃经》三十六卷，也称作"南本"。除了汉译本外，还有藏译本、零星的粟特文本，以及在新疆发现的大乘《大般涅槃经》的梵文本。

《长部》中的神话传说

译过《长部》，知道其中多篇经文包含印度神话的内容。这些印度神话，多集中在《大品》的经文之中。

第17部《大善见王经》，反映了印度古代对转轮王的理想概念。印度古代的君王，犹如中国古代的君王，也有大统一的理想。印度古代君王的统一大业，叫转轮王业。若要实现转轮王业，君王需具足七宝及四神通：一是轮宝。轮宝是天象，轮出现在何方，王的军队便到达何方。二是象宝，三是马宝，皆为坐骑，迅疾如光速。四是珠宝，宝光遍照一由旬地。五是女宝，贤德美丽。六是居士宝，能识地下所有宝藏。七是将军宝。转轮王还有四种神通：一是身形伟岸，颜貌端正。二是长寿。三是具备完善的消化功能。四是受到婆罗门及家主爱戴。

梵天是印度神话中三大神之一，也是最大的神。梵天的法术如何？梵天修何法？除了《摩诃婆罗多》、《罗摩衍那》等文学作品之外，佛教文献实际上也是了解印度神话以及民间传说的重要来源。

《人中牛王经》、《大典尊经》两部经描述了梵天的特征：此天神显身时光明巨大，而且可以一体多变。开口说话时，声音美妙雄厚。这两部经的共同之处是，以众天神之口，以梵天之口，盛赞佛的神通。由此，将佛的地位托升到众天神之上，为历史的佛转变为神性的佛作了铺垫。甚至梵天所修习者，无外乎佛的神通。通过精勤不懈、专念不忘、摒弃俗世的贪欲和忧戚，通过正见、正思惟、正语、正业、正命、正精进、正念的逐渐递进，由正念而有正定，由正定而有正智，由正智达到正解脱。《大典尊经》结尾处，众人追随佛的前身大典尊婆罗门出家。《大会经》是印度神话各路天神的大会，有各路天神对佛的赞誉。若要了解印度的神灵有多少种，《大会经》乃必读之作。

《帝释所问经》是一部优美的篇章。我们在敦煌的洞窟中，往往能看到手持乐器的飞天，那些生动的壁画仿佛传达了他们的歌声。但是，他们在唱什么呢？《帝释所问经》记录一名飞天，即乾闼婆，以他的歌声向佛预告因陀罗前来造访。

古代译名所谓"帝释"，是意译加音译的处理结果。"帝"者，众天神之帝王。"释"者，是这位天神之帝的简称。他真正的名字叫 Sakka，梵文 Śakra，音译"释伽"，简称"释"。这里遵从自古沿用的名称，把身份和名字缩写在一处，于是有了"帝释"。

《帝释所问经》写的是帝释前来造访佛。乾闼婆手持琉璃宝装箜篌，放喉而歌。印度神话中，乾闼婆是恋爱的高手，擅长唱情歌。这部经文中的巴利语偈颂，保留了印度古代民间浓郁的情歌之味，唱美女，唱爱欲，同时把佛教的语汇、追求穿插其中。虽然生硬，却恰好反映了佛教和印度神话融合的痕迹。

那乾闼婆唱道：

> 若我于此大地轮，
> 造得些许之福德，
> 愿以此得善果报，
> 获汝美肢娇娘伴。
> ……
> 牟尼寻求涅槃界，
> 我只欲求日光女。
> 譬如最上正等觉，

牟尼若得欣悦喜。

如是身肢善好女，

与汝结合我欢喜。

琴声与歌声，获得如来的称赞，这也是如来问候天神的方式。帝释得见佛，向佛询问嫉妒、悭吝、爱憎、种种戏论、想的缘起，佛告知帝释正确的修行方式，着重喜、忧、舍、身规范、语规范等的修行，着重眼、耳、鼻、舌、身、意的修行。

佛的话，令天神之主满足。天神说：与阿修罗交战，天神胜利，但在获得欢喜的同时，却背负着刀杖、兵器。通过佛法所获得的欢喜，无刀杖、兵器的负担，是唯一导向神通、正觉、涅槃的理论。因此，佛法比天神高明，佛应受到人天共尊。于这部优美的作品中，佛教信仰者提升佛教地位的思辨过程，也清晰可见。

关于《大念住经》

这是佛在俱卢国坐雨安居时为弟子及信众所说的教诫。据说俱卢国的人，强健挺拔，文明修养高，所以佛选择为俱卢国人宣讲此高级禅修。如果尚未持戒，还不能进入这样的禅修。佛于此时教授的"四念处"，针对的是已经持戒、道德高尚的人。持戒的人，按照佛教授的禅修方法，经过四念处的次第渐进禅修，长此以往，可达到一定的境界。

观想时，首先需要选择无人之处，结跏趺坐，身体正直，置念面前，有意识地开始调息。观身要从身的集起、必然消亡而观。应意识到，"有身"之念想，仅限于认知范畴。应无所依，于世间无一执取。佛说了正知具念的实例，例如比丘行走时，了知"我在行走"；伫立时，了知"我立着"；坐下时，了知"我坐着"；睡眠时，了知"我在睡眠"。无论他的身体如何安住，他都了知。

观身，或可观身的污秽，从脚底自头顶，皮肤包藏着种种污秽。或可在念想中把自己的身体分别观察为界："在这身体中，有地界，水界，火界，风界。"还有著名的白骨观，看到白骨累累，骨质腐坏，碎成粉末，于是联想到这身体也将如此，等等。

观身之外，还有观受、观心、观法。如何观，佛都给了详细的说明。观受时，例如比丘正感受乐受时，了知"我感受乐受"；正感受苦受时，了知"我感受苦受"。观心时，例如心有贪时，了知"心有贪"；心无贪时，了知"心无贪"。如此逐步升级。

四念处中，观法的内容最为丰富，针对五盖、五取蕴、内外六处、七觉支、四圣谛的内容而思索苦、集、灭、道。在这一节中，佛阐说了什么是佛教意义的正见、正思惟、正语、正业、正命、正精进、正念、正定。

此经脉络清晰，中心明确，且有具体说明，涵盖了原始佛教如何修行的内容。

关于《弊宿经》

《弊宿经》非佛亲说，记载的是他的弟子鸠摩罗迦叶对持异见的弊宿的指教。鸠摩罗迦叶，在古代译出的经文中又称童子迦叶。佛教僧团中，叫迦叶的不止一人。传说佛让把一枚果子送给迦叶，有人问哪个迦叶，佛说童子迦叶。此名遂成。此童子迦叶，其母在怀孕时出家，生在比丘尼的僧团中，八岁出家为道，成就阿罗汉。在佛的弟子中，他以"善解美语而能谈论"著称。这个年幼的小和尚，曾因游泳嬉水而惹怒波斯匿王，由此缘故佛制定了专门的戒律。

此篇《弊宿经》似可证明童子迦叶的"善解美语而能谈论"。童子迦叶擅长讲故事，擅长以譬喻来说明道理。纵观《长部》，有趣的故事和民间传说并不多见，《弊宿经》是唯一一部讲述了多则譬喻的经文。吹螺人、商队遗孤、千乘商队、养猪人、吞骰子、背麻包的朋友等，都是佛经保留下来的印度古代民间故事。尤其是商队遗孤之故事，似基于真实事件。于阗故地发现有一件公元七世纪的契约，记载的便是商队托孤的事情。过路的商队，把诞生在路途中的孩子，送给于阗人收养。而于阗故地，有所谓"结发拜火外道"的存在。这"结发拜火外道"很像是对伊朗语族流行的火祆教的描述。

长部·波梨品

佛教在诞生之初，即在佛陀生活的年代，只是众多思潮之一，佛尚未得到如神般的礼遇。一方面，行走八方，地域不同，为此需要不断地完善戒律，以扩大僧团。另一方面，佛经常面对向自己的学说发出挑衅的人，既有来自僧团内部的，也有外部的。《长部》最多的篇章是针对挑衅的，尤其是《戒蕴品》，并因此保留了印度古代社会的各种代表性思潮。《波梨品》则对一些典型思潮、修行理念，有更为详细的描述。

《优昙钵狮吼经》中，针对耆那教的苦行，佛与外道展开辩论。佛战胜外道的方式，一如《戒蕴品》所示，以比对方更加深入的对其自家教义和修行方式的理解而胜出。《优昙钵狮吼经》形象具体地描述了古代耆那教徒的苦行方式，包括吃、穿、住、行方面的戒律。针对耆那教的极端苦行，佛清晰地阐明了自己的主张，即先施行戒德，以不杀生、不偷盗、不妄语、不欲求感官享受为主要内容。在此基础上，修行者离群索居，令心净除贪、净除嗔恚、净除昏眠、净除掉举恶作、净除疑惑，以慈心充满世界，继而逐级禅定。这一思想在《长部》的各篇章中，是一致的。

《转轮圣王狮吼经》的大部分篇幅，与《大品·大善见王经》一致。能够实现转轮王业的国王，必备七宝，其中轮宝是天象。此篇阐述了古代印度理想的治国理念。尤其应提及的是，此篇提到了未来佛弥勒世尊的降生。弥勒佛将获得佛的十个名号，即如来、阿罗汉、等正觉、明行足、善逝、世间解、无上丈夫调御士、天人师、佛、世尊。

《知源经》最著名的部分，是佛教的创世说。对于世界如何形成、众生如何因为贪欲而堕落、如何分出种类等问题，皆有说明。关于大地可吃的地衣、不用耕种而自生的稻谷的故事，皆在这一章中。

《净信经》《清净经》皆有佛亲自对教理的概括总结：四念处，四正勤，四神足，四禅，五根，五力，七觉支，八支圣道。

《清净经》描述的背景，耆那教的创始人尼乾陀·若提子过世，他所创立的教派发生了分裂。此时佛也已经到了老年，行将寿尽，这引发了周那和阿难对佛教僧团的担忧。佛对自己所创立的学说，对自己所建立的僧团，坚信不疑。他认为，无论在比丘僧团、比丘尼僧团，还是在居士之中，皆建立了老、中、青的传法梯队。老者博闻强识，能同等宣说正法，有异论起能以法往灭，能教示含神通法在内的正法。佛嘱咐他们在佛去世后汇集、整理佛的教理，嘱咐比丘应团结，犹如水乳合一。正是在这部经中，我们读到了佛留给僧团的意味深长的一席话。佛说：

周那，我教授你们法，并非仅仅是为了遏制现世漏。周那，我教授你们法，也不仅仅是为了根除来世漏。周那，我教授你们法，乃是为了既遏制现世漏，又根除来世漏。因此，周那，我所允许的袈裟，足以让你们抵御严寒，抵御酷暑，防御蚊蚊、风热以及爬虫类的接触，并能遮羞蔽体。周那，我所允许的钵食，足以让你们延续、维系身体，去除损害，饶益梵行……我所允许的住所，足以让你们抵御严寒，抵御酷暑，防御蚊蚊、风热以及爬虫类的叮咬，消除季节的隐患，适宜宴坐。我所允许的疗病医药和资具，足以让你们消除已生伤病的苦痛，最大程度地保持健康。

《清净经》所教示的修行方法，与《大品·大念住经》是一致的，教授的对象是已经获得戒德的僧团比丘。

《三十二相经》以散文和偈颂两种形式，描述佛周身的福相，以及拥有这些福相的前生因缘和所预示的功德。

关于《教授尸迦罗越经》

宗教哲学，必然涉及伦理的层面。《长部》众多篇幅所展现的佛教，主旨是针对僧团的修行。而《教授尸迦罗越经》是《长部》中唯一一篇专门针对非出家人的伦理说教，体现了印度古代的家庭伦理道德。说教的方式以偈颂体和散文体交织进行。

此篇之始，形象地描绘了一位家主对天礼拜之状。每日清晨，这位家主沐浴，然后双手合十，礼拜东西南北上下六方。佛教没有这样的礼拜仪式。佛对六方的礼拜，有特殊的理解。按照佛的理解，六方之中，东方是父母，南方是师长，西方是妻儿，北方是朋友同事，下方是仆从劳力，上方是沙门婆罗门。

礼敬者与受敬者之间，彼此都有责任。这十分符合印度古代祭祀的真正意图。地上的人祭祀，是向天上的神求福报，天上的神则定然回报地上的人。这在《大般涅槃经》中也曾提到，例如"若是天神得供养，受得礼敬还报人"句。照此逻辑，作为儿子承担责任，侍奉父母，父母对儿子也负有责任。礼敬和回礼，都是责任。

儿子对于父母：

儿子应以五事侍奉东方之父母：（1）我是他们所养育，我当赡养他们。（2）我当为他们做事。（3）我当维持家族世系。（4）合法继承财产。（5）我将给已经去世的祖先祭祀供奉。

父母对于儿子：

作为被侍奉者，东方之父母应以五事体恤儿子：（1）令他舍弃罪恶。（2）令他行善。（3）令他学艺。（4）令他娶门当户对的妻子。（5）适时交出财产。

北方代表朋友同事，对待朋友同事：

应以五事侍奉北方之朋友同事：（1）布施。（2）爱语。（3）利行。（4）同事。（5）诚实无欺。

朋友同事的回报：

作为被侍奉者，北方之朋友同事应以五事体恤善男子：（1）放逸时守护。（2）守护放逸者的财产。（3）是恐怖者的归依处。（4）患难时不离不弃。（5）关照他的后代。

还有丈夫对妻子、主人对仆人等，义务责任均是双向的。这是佛教世俗伦理的特点之一。

佛教追求的最高理想是涅槃。佛宣说四谛，宣说的是离欲之道，出世之道。然而从《教授尸迦罗越经》分析，佛教也有入世的一面，不但告诫在家人应避免造恶业的四种状态（贪欲、嗔、痴、畏惧），也为在家从事经营的大众指出衰败的六种起因：（1）沉迷放逸于米酒、甜酒等酒。（2）不分时游逛于街区。（3）享乐于大戏演出。（4）沉迷放逸于赌博。（5）结交恶友。（6）习于懒惰。佛为在家人规定了最基本的道德标准：不杀生，不偷盗，不说虚假语，不偷情他人妻。

佛对真假朋友也有明确的区分。此《教授尸迦罗越经》集合了印度古代的伦理道德观。

关于《阿咤那智经》的汉译者那提

《阿咤那智经》是巴利语大藏经中少见的护经类文字。在汉语相应《阿含部》的各个文献中，均无与此经相应的汉译存世，唯独《开元释教录》记载了一篇经文的题名，但无汉译本存。在新疆丝路北道发现的梵文残写卷中，有一张残破的梵文《阿咤那智经》幸存下来，然而此梵文本，与巴利语本的差异较大。

此经更多反映的应是佛教的后期发展，大概不属于原始佛教范畴。这里吸引笔者注意的，反倒是《续高僧传》的一段记载。

《续高僧传》，道宣所撰。依据道宣，可知此《阿咤那智经》是外来高僧那提于龙朔三年在慈恩寺译出。《续高僧传》关于那提僧一条，紧随对玄奘法师的记述，又有道宣的感言，遂令千年之前的一段译经历史，鲜活在眼前，颇有戏剧性色彩。

那提，唐曰福生。依据霍林勒（Hoernle）的构拟，此人应字 Puṇya-vardhana。而依照林藜光的分析，那提的梵文名应是 Puṇyodaya。唐音译作"布如乌代邪"。无论以音译还是意译为参照，笔者更倾向认同林藜光的构拟。依据道宣的记载，那提来华之前，"曾往执师子国，又东南上楞伽山，南海诸国随缘达化"。道宣对这位来华僧人给予了很多同情。从字里行间可以读出，那提在华期间，颇不得志。

那提来华之际，正是玄奘法师译经的鼎盛时代，恰逢玄奘"当途翻译，声华腾蔚，无有克彰"。那提没有另立译场，而是充当了玄奘译经团队的"给使"。那提在唐朝，似未能享受到合乎他学识的礼遇。显庆元年（656年），他被派往"昆仑诸国采取异药"。这里的昆仑当指南海某国。那提"既至南海，诸王归敬，为别立寺，度人授法，弘化之广，又倍于前"。据此可知，那提是故地重游。

但是，那提于龙朔三年（663年）还是回到了长安，又住进了慈恩寺。此时玄奘已经住在玉华寺，专注翻译《大般若经》。回到长安的那提，希望开始译经，但是发现原收藏在慈恩寺的梵文本，已经悉数随玄奘的迁出而被挪走。于是，他只完成三部经的翻译，其中之一便是《阿吒那智经》。

《续高僧传》继续写道："南海真腊国为那提素所化者，奉敬无已，思见其人。合国宗师假途远请，乃云：'国有好药，唯提识之，请自采取。'"于是，那提又被发落到真腊国去。这里"为那提素所化者"揭示，上文所说那提被派往"昆仑诸国采取异药"之昆仑，显然是包含真腊国在内的南海诸国。

《续高僧传》的作者，唐代著名的道宣，著有多部传世的著作。他曾经两度加入玄奘的译场。玄奘回国，初住慈恩寺。公元658年，西明寺建成，道宣任住持，同年迎玄奘入寺。然而不久，玄奘便遵旨迁往玉华寺，并在那里完成了《大般若经》的翻译。

道宣在自己的著作中，颇为那提鸣不平，认为那提本是深解实相善达方便的高僧，无论是对于小乘五部，还是对于毗尼以及外道四韦陀论，莫不洞达源底，但他却不能躬亲翻译事业，非常可惜。其中的原委在于，那提是龙树的门人，"所解无相，与奘颇返"。这些语句，隐含着道宣对玄奘的不满。另一方面，《续高僧传》的记述也反映了唐代时，中国与东南亚保持着频繁的往来。

关于《合诵经》、《十上经》

《合诵经》、《十上经》皆是舍利子代替佛所说。这两篇经文的特点相似，皆以数字开头，以简略的形式，将佛法教义概念、术语，分门别类，一网打尽，汇集在一篇之中，以利于背诵。这两篇经文，被认为与对法（阿毗达磨）关系最为密切。舍利子说的都是短语、关键词，为了充分阐释这些短语、术语的意义，而必然有对法。"对法"是个直译词，意思是关于法，对佛教的基本概念进行翔实的阐说。

《合诵经》给出了时间地点，那时佛在末罗国游行、修行，住在铁匠子纯陀的芒果树林。末罗国人新建了一座会堂，请佛先用。佛接受了邀请，在会堂中为末罗国人说法，直到深夜。末罗国人去后不久，佛唤来舍利子，说：

"舍利子，请你为比丘众说法。我背部疼痛，想要舒展一下。"

按照经文给出的时间，舍利子替佛宣讲此篇经文时，发生在耆那教的创始人尼乾陀·若提子过世之后。此经记述的时间是否真实，暂且不论，然而，此篇经文的目的是明确的，即为了方便共同唱诵，令纯正的佛法不致产生龃龉，以使梵行久驻长存。

有些道理很浅显，却是佛法的核心内容。例如："何谓一法？一切众生，依食而活。一切众生，依行而生。"这里，佛教相信业道轮回的理念也在其中。二法包含了有层次的同义术语，例如无明与有爱、无惭与无愧、惭与愧等等，达三十三条之多。

三法、四法，直到九法、十法，基本上是历数佛所说的以不同的数为一组的概念。例如三善行：身善行，语善行，意善行。三时：过去时，未来时，现在时。四念处：于身观身，于受观受，于心观心，于法观法，精勤正知具念，摒弃俗世贪欲忧戚。五蕴：色蕴，受蕴，想蕴，行蕴，识蕴。

《合诵经》也有部分术语附有实例加以解释，例如有比丘生了小病，便如是思忖："我生了小病，宜卧床休息。因此我躺下吧。"于是他晏卧将息，这被视为第七种懈怠事。又如九种对治嗔恚法："他曾对我行不义。〔嗔恚〕能有何所得？"以此念想对治嗔恚。"他正对我行不义，〔嗔恚〕可有何所得?"以此念想调伏嗔恚。"他将对我行不义,〔嗔恚〕可有何所得?"以此念想调伏嗔恚。"他曾对我所中意喜爱者行不义,〔嗔恚〕可有何所得?"以此念想调伏嗔恚。"正在行不义……将行不义,〔嗔恚〕可有何所得?"以此念想调伏嗔恚。"他曾对我不喜爱者行饶益(……)正行饶益(……)将行饶益,〔嗔恚〕可有何所得?"以此念想调伏嗔恚。

舍利子所说《十上经》,是佛籍中最著名也应是最早集合而成的文献。弥沙塞部的《五分律》以及法护部的《四分律》,皆描述了佛涅槃之后五百僧人在大迦叶的主持下所进行的第一次结集。

《弥沙塞部和酰五分律》涉及《长部》的结集如下:"迦叶即问阿难言:佛在何处说增一经?在何处说增十经、大因缘经、僧祇陀经、沙门果经、梵动经?何等经因比丘说?何等经因比丘尼优婆塞优婆夷诸天子天女说?阿难皆随佛说而答。"

又比如《四分律》:"大迦叶即问阿难言:梵动经在何处说?增一在何处说?增十在何处说?世界成败经在何处说?僧祇陀经在何处说?大因缘经在何处说?天帝释问经在何处说?阿难皆答。"

以上两段引文的"增十经"、"增十",正是巴利语《长部》的第34篇经文,译作《十上经》者。

《十上经》是最早进入中原的佛籍之一。有记载的最早的华夏译经人，是安息人安世高。他译出的经文中，便有《十上经》的一个版本，叫《长阿含十报法经》。二十世纪初，德国探险队从吐鲁番运走大量梵文佛经残纸，其中便有梵文版的《十上经》。德国学者对这批梵文本进行了细致的研读，并与安世高的汉译本进行了比对，得出的结论是二者差异不大。因此，国际学者一致认为，安世高的译本，依据的是说一切有部的佛典。

关于《十上经》的性质，左冠明（Stefano Zacchetti）认为：这部经，实际上是印度佛教术语的辞书。笔者赞同。

结语

综上所述，《长部》是佛教经类文献的第一部集成，有佛的教诲，有民间传说，有故事，有僧人的纪实文学作品。各篇虽各有侧重，但其中绵延不断的主脉清晰可见。《长部》主旨在于破，以破来凸显佛教与其他思潮、教派的不同。原始佛教自创立起，已经构成完整的体系。编入《长部》的佛教术语类经文，完整地体现了佛教的体系。《长部》多讲"戒、定、慧"，这三个字的内涵，作为主脉，贯串于整部经。

以上感想，权作引玉之砖，以期抱麟之士，善言广说。

（原载段晴等译《汉译巴利三藏·经藏·长部》，中西书局，2012年，6–30页，略有删节）

波斯帝国的历史传说

大家好。今天给大家讲座的题目是"波斯帝国的历史传说"。我平日是教死语言的教师，学生很少，很少有机会给这么大规模的听众讲课。今天猛然来给大家讲座，还有点紧张。另外，我对这个题目也不是很熟悉，虽然我早年是中古伊朗专业毕业，拿的博士学位是中古伊朗领域的，但那也是很久以前了，是 1986 年的事。所以，如果今天讲座有什么不妥当的地方，请大家谅解。今天就跟大家聊一聊波斯帝国的历史传说。

这个题目可讲的东西非常多，虽然波斯古代的历史材料从总体上看，并没有那么丰富，但是涉及面非常的广。我想把话题集中在一个主要的概念、一个中心，这就是古波斯帝国的政治理念。古波斯帝国是人类历史上第一个真正意义上的世界帝国，存在了 200 多年，即从公元前 550 年到公元前 330 年。虽然它与我们的现代生活距离非常遥远，似乎与我们没有任何关系，但是作为第一个大帝国，它对世界的影响，我认为存在了很长时间，至少持续了一千多年——直到公元后的 1000 年，依然可以见到它的影响。所以我想以帝国的观念为主体，给大家作一些介绍。

首先我想讲一些基本的概念，再讲波斯帝国，围绕帝国的建立讲一些故事，主要的中心是帝国的政治理念。基本概念方面，先讲一讲什么叫伊朗。现在的伊朗，是一个政治概念。从政治概念而言，伊朗是所谓伊朗伊斯兰共和国，是一个主权国家。此外还有语言、文化方面的定义，这就比较广泛。大家都知道有印欧语系，实际上印欧语系这个概念是 19 世纪中期才产生的。印欧语系，又分东支和西支。东支是以梵语的"百"（śatam）命名，西支则以拉丁语的"百"（centum）命名。属于 centum 系列的就是西支，属于 śatam 系列的就是东支。

东支又主要分两大分支、两大脉络，一个就是印度语系列，如梵语、巴利语等，还有印度西北方言，如我们俗称的犍陀罗语，使用佉卢文字。这是印度的一支。另一支就是伊朗语支。伊朗语，又分东和西，古波斯语属于伊朗语的西支，今天的波斯语就是和古波斯语一脉相承的。东边又有所谓的塞语，塞语又分两支，即于阗语和粟特语。

可见，"伊朗"这个概念在语言和文化意义上非常广泛。伊朗，操伊朗语族的人民，在历史上与中国的关系非常密切。可以说，曾经在伊朗文化圈流行的宗教在中国都有痕迹。大家都知道佛教起源于印度，但真正把佛教传到中国的并不是印度人，而是伊朗人。第一个开始佛经汉译的人叫安世高，他就是安息国的王太子。还有基督教、摩尼教、伊斯兰教等等，把它们带到中国来的也是伊朗人。总之，从文化上看，古代伊朗和中国有着最直接的联系。

"印度"作为一个大一统的名词，也出自古波斯。我们知道，佛陀在世的年代，印度是分裂的，北方是十六国，有摩揭陀国、俱卢国等。我们可以遍查巴利语的文献，其中没有一次提到印度这个统一的概念。那么这个统一的印度概念是谁赋予的呢？是波斯帝国人。在波斯波利斯，即波斯帝国的王城，王城的雕像上就有印度人的形象。波斯人在文献里也提到印度人。实际上印度人这个概念，在印度本土是不存在的。那个时候，由于波斯帝国本身特别大，所以波斯人习惯设计大一统的观念。他们认为，那边大致就是印度。

图1　波斯波利斯雕塑上的印度人

当时印度人是如何表述国家的呢？印度是以民族称国家，习惯以民族名称的复数作为国家的称呼。比如摩揭陀国怎么说呢？正是用摩揭陀人的复数来表示国家。所以我们在翻译巴利语大藏经的时候，遇到民族名称的复数，便习惯把它翻成某某国，比如末罗人，复数时译作"末罗国"。这是梵文表达的一个习惯，而且这条规则出现在梵文最规整的语法里。所以称国家为 sthāna，不是梵语的传统，而是伊朗语的说法。比如现在说巴基斯坦、乌兹别克斯坦等等，所谓斯坦正是 sthāna，是伊朗人对国家的习惯称呼。sthāna 在梵文里实际上有别的意思，当"处"来讲，比如我们说《阿毗达摩俱舍论》中的一处，就用 sthāna 表达，这个 sthāna 在梵文里很少指地域。

大家都知道"震旦"，这里我还想告诉大家，其实在唐代的时候，中国又被称为镇国。"镇国"是基督教徒的译法。把"大唐"翻译成"镇国"，"镇"大家可能以为是意译，其实不是，而是对 Cina 的音译；"国"才是意译，译 sthāna 为"国"。比如太平公主叫镇国太平公主，就是中国太平公主。"镇国"就是现在所谓 Chinese、China。而"镇国"、"震旦"这样的异域人对中国的称呼，就起源于伊朗。这里的"伊朗"，不是狭义的伊朗，而是泛指伊朗语文化区。

简单说一下波斯帝国。波斯帝国是世界历史上第一个版图地跨亚洲、非洲、欧洲三大洲的大帝国。它是公元前

550 年由居鲁士创建，到了公元前 330 年，大流士三世的时候，毁于亚历山大的战火。公元前 330 年，波斯帝国的末代皇帝大流士三世在逃亡路上被亲信杀死。后来亚历山大还是把他安葬在了帝王谷。

那么，我们可以通过哪些资料来恢复波斯帝国的历史呢？可以帮助恢复波斯历史的原始资料，主要是来源于希腊人的记述。在公元前 6 世纪到公元前 3 世纪，希腊人的生活和波斯帝国息息相关，记载波斯帝国历史的正是希腊人。大家都知道"历史学之父"希罗多德，他写的《历史》实际上讲的也是波斯史，整部书大量的篇幅都是有关希波战争的。公元前 480 年，大流士的儿子薛西斯对希腊开战，雅典和斯巴达联合起来成功地抵御了波斯，从此波斯帝国撤退，与希腊相安无事，《历史》主要是记载这么一次大战。当然书中也记载了整个波斯帝国的历史，写下了他所听到的各种传说。另有一本书叫《亚历山大远征记》，这本书很好看。据说亚历山大东征的时候，带了很多写手，但是他们的作品基本没有传下来，唯独一个叫阿里安的人所写的《亚历山大远征记》流传了下来。

还有一个很有名的叫泰西亚的人。这个人原来是波斯帝国亚达薛西斯二世（公元前 405—前 359 年在位）的御医，据说亚达薛西斯的母亲非常信任他。他的著作非常宏富，写了二十三卷的波斯历史，而且第一次记载了印度，但是很遗憾他的著作没有传下来。在罗马帝国的时代，那时候的人还能见到泰西亚的著作，所以他的文字就在罗马时代的著作中保留下来一些。希罗多德只记述了波斯帝国的辉煌，只记述到薛西斯的时代，也就是大流士的儿子的时代，没有再往下写。而罗马帝国时代的作者，写到了波斯帝国的灭亡。

以上是说，如果希望依据原始资料恢复波斯帝国的历史，主要需靠希腊人和罗马人的记述。

当然，最重要的证据来自考古发掘。考古发掘主要是集中在三个地方：一个是帕萨尔加德（Pasargadae），这个地方是居鲁士建立的第一个都城；一个集中在苏萨（Susa）；还有一个就是波斯波利斯。

图2　苏萨出土的持矛武士像

苏萨是历史名城。这个地方原来是埃兰人的地盘。波斯人实际上原来靠北，后来才逐渐南征。埃兰人一开始和古波斯人联合起来，对付巴比伦人、亚述人。苏萨曾受到巴比伦王国的入侵，其后更受到亚述帝国的洗劫。

从1885年开始，法国人就一直在苏萨发掘，发现了大量文物，比如矛（图2）的实物。希罗多德的《历史》里讲到，波斯人拿着带金苹果的枪。所谓金苹果，就是在枪的末端有一个圆形的东西。在苏萨发现的实物可以证实希罗多德的记载。直到现在法国人还持续在苏萨发掘。这就是苏萨的王城（图3）。

图3　苏萨王城遗址

更多的考古发掘还是在帕萨尔加德。这是居鲁士建的王都，居鲁士也埋在这里。这就是居鲁士的墓（图4）。我们那天去晚了，遗址公园关了门，因此没有拍摄到更多的图片。那个地方有很多很漂亮的宫殿遗址，可以看到宏伟的柱子、恢弘的浮雕。这一幅图是在那里发现的火坛（图5）。大家都知道波斯人信仰拜火教，但是古波斯帝国时代，波斯人没有像后来的萨珊波斯人那样对火那么崇拜。萨珊王朝有为三坛火专门建立的特别恢弘的宫殿，然而在古波斯的时候火坛实际上没那么壮观，也看不出上面有盖什么的。

图4　居鲁士墓

图5　火坛

帕萨尔加德的浮雕，很能体现波斯帝国的风格（图6）。人形长翅膀，这个形象在亚述地区、巴比伦地区特别常见。人的头上顶三个冠，这种风格实际上来自埃及，是典型埃及式的阿泰芙冠（Atef），服饰却又是埃兰人的。从这个雕像可以品出波斯帝国的气息，它已经融合了各地方的特色，表现出一种帝国的理念。

图6　帕萨尔加德的浮雕

最主要的考古集中在波斯波利斯（图7），实际上西方人对波斯波利斯的关注始终没有间断过，总有人在那里发掘。真正大规模的发掘，是从20世纪30年代开始的，由美国芝加哥大学的教授主持。有一个著名的教授叫施密特（Schmidt），原是德国犹太人，第二次世界大战的前期，他被大学辞退，后来到瑞士任教，再后来又跟美国芝加哥大学的教授一起，在波斯波利斯进行发掘。至今，波斯波利斯的发掘也没有停止，现在主要是伊朗的考古学家在那里进行工作。在伊朗学习考古、历史、艺术的学生，必须要在那里住一段时间，参加考古研究工作，然后才可以毕业。

图7　波斯波利斯

通过考古，发现了很大一部分公文，可以帮助我们重建波斯帝国的历史。从波斯波利斯出土了大量的公文，有用埃兰语、古波斯语、新巴比伦语记载的。这些语言使用楔形文字。公文的内容多是账务，如有一份说当年有两千多个工匠在这里工作，建造庞大的帝国宫殿，公文记载了所需的白银支出。

此外还有一些大家熟悉的原始资料。如《旧约》中有一卷叫《以斯拉记》，其中提到"波斯王古列元年"，所谓"古列"就是居鲁士。《以斯拉记》记载说，居鲁士已经是万国之帝，他支持犹太人在耶路撒冷建立信仰耶和华的庙宇。《尼希米记》也提到波斯帝国，讲到亚达薛西斯二世。古波斯帝国的帝王，有些是犹太教的支持者。这些都是重建波斯帝国历史的重要原始文献。

下面我们讲一讲波斯帝国发展的历史。伊朗语分很多的伊朗语族，伊朗语族人分很多的部族，其中最早兴盛的一个部族是米底人。米底人实际上是在现在伊朗靠北的地域，在里海周边，中心在现在的哈马丹。米底人也建过一个非常辉煌的都城，但是没有办法发掘，因为它整个处于现在的哈马丹之下。实际上米底人很看不上波斯族人。在整个操伊朗语的族群中，波斯人并不是那么高贵。后来波斯族就一直往南走，波斯人有一个趋向海洋的倾向。再往后说，萨珊波斯的创始人阿尔达希尔，也是一直往海边走。他们有一直奔赴向海的这么一种情结。

离波斯波利斯50公里的地方有一个非常重要的城市叫安山，那个地方原来也是埃兰人的地盘。埃兰族后来消亡了，它的语言也消亡了，但是有大量的楔形文字保存了下来。埃兰语不是印欧语系的语言，到现在为止还有许多没有破解的问题。

巴比伦的文献中有大量有关埃兰人的记载。埃兰人老是向亚述帝国挑衅，因为巴比伦人富有，埃兰人总是过去抢人家的财宝。后来埃兰人联合波斯人，两拨人一块儿打亚述，分它的财产。大量的波斯人后来就驻留在苏萨、安山这一带。波斯帝国的缔造者是居鲁士，居鲁士这个名字据说是埃兰语，是太阳的意思。他死后，他的儿子用马匹来祭祀他。为什么呢？因为太阳神的形象是驾驶战车的，战车由马来拉。波斯帝国扩张得很快，30年之内就有了非常庞大的版图，包括埃及、爱琴海沿岸等地，以至于中亚，成为真正的世界帝国。

图 8　油画《阿斯提格斯之死》

这幅画上的人叫阿斯提格斯（图 8），是米底人的首领。他的祖先把亚述帝国灭掉了，吞并了巴比伦。亚述帝国存在了很久，但是败在了米底人的手下。后来米底人到了阿斯提格斯的时代，他梦见他的女儿很不吉祥，帝国好像被他女儿的尿淹没了。他很害怕，就把公主下嫁给了一个波斯人——这是根据希罗多德的说法。后来，这个公主生了孩子，就是居鲁士。国王又做了一个非常不吉利的梦，于是他就派管家哈尔帕哥斯去杀死居鲁士。但是哈尔帕哥斯没有忍心把居鲁士杀掉，而是给了一个牧羊人。这个牧羊人正好死了孩子，一看居鲁士这么可爱的一个孩子，就把他养了下来，把自己死掉孩子的尸体还了回去。后来，村里的几个小孩玩游戏，居鲁士扮演王，让贵族的孩子当他的手下。贵族的孩子不听指挥，他就狠狠地用鞭子抽他们。有个孩子回去跟自己的父亲告状，说一个牧羊人的孩子欺负我，于是告到了阿斯提格斯处。阿斯提格斯把这个孩子叫来，发现他很不一般，问他是谁，居鲁士就一五一十地告诉他。阿斯提格斯十分气愤，把管家哈尔帕哥斯叫来，问他怎么回事。哈尔帕哥斯说："我没有杀死他。"阿斯提格斯很阴险，对哈尔帕哥斯说："我很感谢你，你没有杀死一个这么漂亮的孩子。你回去吧，把你的孩子叫来。"哈尔帕哥斯有个十三岁的独生子，哈尔帕哥斯回家后便让这个孩子去宫廷里。阿斯提格斯接着把这孩子给杀了，做成了饭，然后请哈尔帕哥斯来吃，并问他："饭怎么样？"哈尔帕哥斯说："饭很香。"阿斯提格斯说："很遗憾，你吃的是自己的儿子。"然后把他孩子的手脚还有一些随身东西给了哈尔帕哥斯。哈尔帕哥斯什么也没说，拿着这些东西就走了。

后来居鲁士来攻打阿斯提格斯的王宫，阿斯提格斯竟然派哈尔帕哥斯作为将领去迎战。哈尔帕哥斯率军倒戈，投到居鲁士一方，把阿斯提格斯抓住。传说阿斯提格斯在死之前，把妻妾还有仆人等等都叫到一起。他躺在床上，床底下是木头，一把火烧毁了整个王宫，自己葬身火海。

刚才我讲的这个故事是希罗多德的记载。还有一种传说：居鲁士从前是一个仆人，父亲是强盗，母亲是放羊的。阿斯提格斯时代，米底人有收食客的习俗，穷人投靠有势力的人。居鲁士最早在阿斯提格斯的宫殿当工人。他很勤奋，原来负责在宫殿外面洒扫，后来逐渐负责洒扫宫殿的内部，后来又可以执灯，之后又升为执杯者。什么叫执杯呢？那时候的贵族喝酒，自己不拿杯子，而是由他最贴近的一个仆人拿；他想喝的时候，仆人把杯子递上去。后来米底的大管家哈尔帕哥斯的父亲看到他长得很漂亮、魁梧，把他认作义子。这个人死后，给居鲁士留下了一大笔财产。居鲁士就变成了一个有地位的波斯贵族。关于居鲁士的传说是不一样的。

不论历史真相如何，反正结果是以阿斯提格斯为王的米底人失败，居鲁士带领波斯族获得统治权。然后居鲁士开始征战，于公元前547年打败吕底人的国王，前539年又占领了巴比伦。两河流域最富庶的地方归了波斯帝国所有，奠定了波斯帝国的基础。前530年，好战的居鲁士向东北进发，为了征服斯基泰人，直达阿姆河流域。居鲁士杀了一个斯基泰女王的儿子。斯基泰女王为报仇，攻打居鲁士。居鲁士死在了斯基泰女王的剑下。

居鲁士死后，冈比斯继位。希罗多德在《历史》中说冈比斯实际上是一个有疯病的人，说他得了圣疾，喜怒无常，经常因一点事就暴怒，然后就杀人。传说居鲁士生前希望打下埃及，冈比斯为了实现他的愿望，前去征战。在出征前，冈比斯想到要离开王宫很久，所以先把他的弟弟杀了——居鲁士只有两个儿子，一个是冈比斯，另一个是巴尔狄亚。冈比斯杀了巴尔狄亚，随后成功地打下了埃及。他在返回老家的路上听说，当时有个米底的马库斯，是宫廷的巫师，他趁冈比斯长期不在，装扮成巴尔狄亚篡了位。冈比斯听到这个消息，便急忙往回赶，可惜死在了回家的路上。

这时候，大流士开始登场了。传说是大流士等七人发现，登上皇位的巴尔狄亚是个冒牌货。他们发现他从来不接见亲密的大臣，开始有所察觉。有一个贵族最早开始怀疑，于是他把自己的女儿嫁给所谓的冈比斯的弟弟。假巴尔狄亚在和妻妾睡觉的时候，不让点灯，这样没人能识别真假。那个贵族对自己女儿说：如果有人篡位，那一定是高墨塔。他曾被冈比斯虐待过，冈比斯把他的耳朵给削了。你趁他睡熟了去摸，如果他有耳朵，那他可能是真的巴尔狄亚；如果他没有耳朵，一定是那个巫师。

那个女孩子晚上一摸，还真没有耳朵。这样贵族就知道了，这个人真是篡位者。于是大流士和另外六个波斯贵族，从水道进入王宫——古代波斯的王宫拥有发达的进水、排水系统，那时正好又是夏天水涨的时候，利于通行。大流士等把那个假国王杀了。但是在此之前，已经有很多帝国的省份忠于这个国王，他们认为大流士才是篡位者，于是纷纷起来造反，包括巴比伦人、斯基泰人等。后来大流士登位之后，平息了这些叛乱。

图 9　贝希斯敦铭文

接着我们来看著名的贝希斯敦（Behistun）铭文（图9）。贝希斯敦铭文在哈马丹附近的一个山谷里，用三种语言雕刻在高高的岩壁上。这里我一定要给大家看一下楔形文字，这就是楔形文字（图 10）。贝希斯敦铭文有三种语言的版本：古波斯语、埃兰语、亚述语（巴比伦语）。欧洲人很早便尝试破解这些文字，先是有个人把波斯波利斯的铭文中"王中王"的内容破解了；后来有个人叫罗林森（Rawlinson），他太伟大了，把古波斯语破解了。古波斯语一破解，其他两门语言后来也跟着被破解。在巴比伦后来发现了大量的阿卡德语泥版，都是楔形文字的泥版，那时候没人知道写的是什么，但是因为古波斯语的破解，其他使用楔形文字的语言逐渐得到破解，学者才逐渐了解它们的内容。

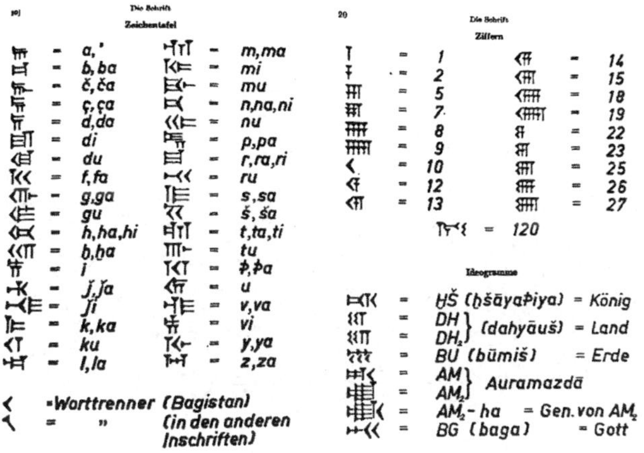

图 10　楔形文字

　　埃兰语比较复杂，大概使用了几百个符号，古波斯楔形文字使用的符号没这么多。埃兰语是消亡的古代语言，它是如何被破解出来的？实际上也归功于希罗多德的《历史》。因为贝希斯敦铭文上记载的故事，希罗多德也写到，内容几乎一致。关于大流士怎么篡位、怎么把冒充冈比斯弟弟的巫师杀掉、怎么平乱，希罗多德有很详细的记载，对于破解相应内容的语言居功至伟。

　　这是贝希斯敦大流士浮雕的简单平面线描图（图

11），这中间已经体现了十足的帝王威仪。我们现在看到的好像是一种艺术的描述，但实际上在当时这是真正的纪实，因为古波斯人在这之前是没有文字的。那么之前靠什么记载事件？靠画画、制作浮雕。这浮雕上的人都有名字。

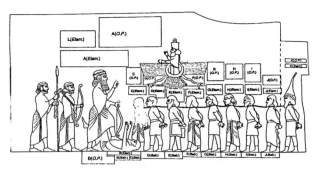

图11　波斯波利斯大流士浮雕线描图

图上方的这个形象是有争议的，过去都认为这是阿胡拉马兹达（Ahuramazda），因为大流士在铭文里讲了，我受到阿胡拉马兹达的庇护，拥有了这么多的国家，所以人们认为这个头戴王冠、长有翅膀的形象就是阿胡拉马兹达。但现在很多学者认为这不是阿胡拉马兹达，到底是什么，众说纷纭。

下面这幅图是一个居鲁士用的印章（图12），上面文字是埃兰语，表现了居鲁士是一个能征善战的将军。他自称皇帝，他的大一统，是中央集权制的大一统。再看一下印度，印度到了阿育王的时代，就是亚历山大东征之后，也实现了大部分的统一。阿育王推广佛教，根据佛教的观念，这个大一统的王叫什么呢？转轮王。什么样的人是转轮王？他必须拥有七宝：金轮宝，象征他的权势。白象宝，绀马宝，要有大象和马。神珠宝，带给人光明。玉女宝，相貌端正，言语温柔，举止安详。主藏宝，他须知道宝藏在哪儿，比如说船开到恒河上，他说"停，下面有宝"，那么一捞就捞出来了。将军宝，要有勇猛的掌兵大将。转轮王拥有这样的七宝，这个理念比较强调超自然，富于神话色彩。

图12 滚印所表现的居鲁士

对比之下，大家能看出波斯帝国的政治理念，是不同于中国以及印度的政治理念的，这一点对于我们了解历史很重要。古波斯的政治理念影响深远，影响到了贵霜王朝——贵霜王朝的政治理念也是突出王中王。甚至古代于阗那个地方的小王国，它只要一摆脱周边突厥、吐蕃等的统治，便开始称自己是王中王。这些都是波斯帝国政治理念的影响。

为什么会称王中王呢？这个概念，不仅仅是疆域和土地的概念，而更强调这个疆域之内有各种各样的民族。有意思的是佉卢文文献中也有自称王中王的，而且这个王有好多称号，用了天子，用了王中王，还用了中国的侍中。他既然称侍中，说明疆域内有汉人存在。所谓王中王，就是说他的身份是各族都认可的。由此可以看出波斯帝国独特的政治理念。

下面说一说这个政治理念如何在帝国的都城波斯波利斯体现出来。理念必然体现在艺术中。刚才我们说居鲁士在帕萨尔加德建都，但是到了大流士，他真正要按照自己的理念建立一个帝都，这个帝都就选址在波斯波利斯。波斯波利斯实际上是希腊语，波利斯是城的意思。

这是著名的德国考古学家克雷夫特（Krefter）（图13）。1933 年 9 月 18 日和 20 日，他在波斯波利斯的一个石函中找到了大流士宫殿的奠基铭文，有两块，一金一银。铭文说：我是大流士，王中王，我是民族和国家的王。上述几代，我最早的祖先是阿契美尼德。我们的王朝叫阿契美尼德王朝，从大流士开始，有阿胡拉马兹达神的佑护，我是 23 个民族和国家的王。铭文详细记载了冈比斯如何把他的弟弟杀了以及巫师假扮王登基的事情，还记载了大流士平定埃兰人、巴比伦人、亚美尼亚人、米底人、塞人等的功业。

图13　在波斯波利斯工作的德国考古学家

"王中王"、"民族和国家的王"，这就是古波斯帝国的政治理念。与秦始皇相比，秦始皇实行郡县制，废除分封制，把与他平齐的王都杀了，灭了国。"王中王"的理念就不一样了。所谓"王中王"，就是我承认你，在你的辖域、你的民族之内我承认你为王，但是你必须服从于我，向我朝贡。

这就是波斯波利斯（图14）。这是公元前500多年的建筑，整体依山而建，又没有建在山上，而是在平地起了15米高的一个台基。在台基的中心处建了觐见厅，这是最主要的建筑。在台基之上还有万国门（图15）等等，非常的雄伟。门两侧的雕塑，是长了翅膀的牛身人面像，这个形象实际上是从巴比伦借来的。

图14　波斯波利斯

图15　万国门

我给大家看一个恢复出来的样子，万国门的一侧应如此（图16）。经过万国门，然后向西拐。这应该是东门（图17），东门非常高。门壁上的浮雕一共5排，浮雕上的人像很高。王在最上面，下面是他亲近的民族，按照关系一层层往下排，最远的来自非洲。两面浮雕一共100人，一面都是半身的形象，另一面全是卫兵的形象。东门高60米，宽25米，有12根柱子支撑，要通过这样的一个门，才能进入大厅等候国王的接见。这个大厅就是我们说的觐见厅，这是人们根据考古发现绘制出来的图像（图18）。

图16　万国门复原图

图17　波斯波利斯东门

　　觐见厅的大殿有4重台阶。台阶的两侧都是浮雕，中间部位原来有一幅巨型浮雕。大厅由柱子支撑，柱子非常高大，考古学家认为仅柱基就有8米高。柱头由四种动物的形象构成，狮子、牛、马、鹰。柱头之间有木横梁。这是考古学家绘制出来的（图19）。在横梁之上还有屋檐，连屋顶上都有非常精美的图画。伊朗人特别爱用一种叫阿拉巴斯达的石材。这种石材透光，如果用它来做屋顶，那么从下面能看到透过来的月光。大殿的整个地面都是这种石头铺的。在大殿里据说也发现了家具的痕迹。大殿的主体都是用木料建造的，后来亚历山大一把火就把它焚毁了，什么都不剩。在大殿里据说也发现了家具的痕迹。打造家具需要钉子，那么是用什么做钉子呢？考古学家发现，当时波斯王宫是用金子来制作钉子的。

图18　觐见厅复原图

我们今天主要讲浮雕，因为这些浮雕最能够体现帝王的理念。这件浮雕中间是大流士，他的身后是薛西斯——王子的形象。王子在王的身后。头部用布包裹的形象是朝廷的总管，他身后是卫兵（图20）。

图19　觐见大厅柱头复原图

图20　觐见大厅四个楼梯中央处的浮雕，后来移到宝库处

这件浮雕上的人都有名字，都曾是真实的存在。其中一个人叫范纳格，他是当时侍卫队的队长。他向国王来报，哪个国家的使者来向您献礼了。浮雕上，他用手遮住自己的嘴，以免自己口中的气味污染了帝王。在帝王和侍卫队长之间还有两个香炉。后面是侍卫。

大家先感受一下这组浮雕的巨大，共三层（图21）。可以看台基右侧的浮雕，描绘的是波斯贵族和米底贵族，他们在互相交谈。为什么有这么多的贵族呢？原来都是帝王派到各地去的贵族。帝王主要靠派贵族去各地统治，派的兵很少，所以亚历山大当年一路如摧枯拉朽。据说亚历山大先攻埃及，埃及的波斯总督不战而降，把埃及让给了亚历山大。浮雕上的贵族正是大流士派往各地的，他们友好交谈，有的手拉手，显示帝国统治阶层的和谐。

图21　觐见大厅楼梯处的浮雕

中心位置原来是大流士以及侍卫队长等人的浮雕。两边是分了三层的浮雕。最上一层离大流士最近的是米底人

（图22），然后是埃兰人（图23）、帕提亚人。一个米底人
手中拿着一个金瓶，另一个拿着两个罐子，一个装水，一
个装土，水和土都表示臣服。米底人还拿着金环，表示富
足。后面的人捧着衣服，那时候的纺织品还是很珍贵的。
埃兰人带着狮子和弓箭。这是一头母狮子和两头小狮子，
舐犊之情似乎从浮雕中流露出来，依然活灵活现。埃兰人
的使团之后是帕提亚人的队伍（图24）。帕提亚人也是伊
朗的一支，后来建立了安息王朝。他们带来了自己地方的
特产——双峰骆驼。帕提亚人也拿着两个罐子，一个装水，
一个装土，但他们明显没有米底人那么富足，没有金环，
也没带衣物。最后的这个帕提亚人披的据说是献给国王的
狮子皮。

图 22　米底人

图 23　埃兰人

图 24 帕提亚人

　　最上面一层，跟在帕提亚人之后是阿里尔人（图25）。阿里尔人居住在今阿富汗境内赫拉特一带，也是操伊朗语的一个民族。他们这种包裹头巾的方式是伊朗骑兵原有的装束。跟在阿里尔人之后，在浮雕破损严重的地方出现的应是埃及人（图26）。这是根据其他地方的排列，例如帝王谷各民族的排列推断出来的。埃及人之后是巴克特里亚人（图27）。巴克特里亚人就是后来汉籍史书中的大夏人。他们也用碗盛了水和土表示臣服。使团只牵来一只骆驼，可以看出这个民族在当时好像不是很富足。巴克特里亚人之后，是叫萨迦提（Sagartier）的使团（图28），他们也是伊朗民族的一支，与帕提亚人结盟。他们献上马和服装。这是第一层的基本内容。

图 25 阿里尔人

图 26 埃及人

图 27 巴克特里亚人

图 28 萨迦提使团

　　第二层，最接近中心位置的是亚美尼亚人。跟在后面的是巴比伦人，在巴比伦人的下方，也就是在第三层，是吕底亚人（图29）。巴比伦人显得比较富足，但最富有的应该是吕底亚人。巴比伦人带来了单峰牛，这个物种已经灭绝，但显然在公元前6世纪至前5世纪时，两河流域地区还有这种牛。每个代表团之前都有引导人，领着使团去拜见大流士。这些引导者也有排列的规矩，按照一个米底人、一个波斯人的方式。如果这一队是波斯人作为引导者，那么下一队就由米底人引导。波斯人和米底人的装束不同，他们是整个伊朗语民族中最尊贵的两族。吕底亚人是小亚细亚最主要的民众。他们的富有可以从装扮、带的礼物看出来。凡是拿着金环、套着马车来的，都是比较富有的民族。

图 29　巴比伦人与吕底亚人

跟在巴比伦人之后出场的，是叙利亚人（图 30）。叙利亚人显然不属于伊朗民族，他们没有用头巾裹头的习惯。他们送的是羊皮，赶来了羊群，没有拿金环，拿了两只碗，表示臣服。

图 30　叙利亚人

跟在叙利亚人之后的，是头顶尖帽子的斯基泰人（图31），也是汉文史料中的塞种人。塞种人是马背上的民族，所以使团牵来马匹献给国王。从浮雕可以看出，马的身上系着铃铛，马的尾巴束了起来。塞种人使团拿着双环——双环也表示臣服，环有达成契约的意思，据说戒指即起源于这一层意义。比较有意思的是图上排在最后的这个人，他手里捧着裤子。裤子是骑马民族对人类文明的贡献，是他们的发明。这个人手里捧着的裤子还带袜子，就是一连裤袜。但这连裤袜是用什么材料做的？现在无法知道了。

图31　斯基泰人

还有一组人是犍陀罗人（Sattagydier & Gandharer）（图32），他们曾经生活在今阿富汗东部和巴基斯坦西北部。他们带了单峰的牛。跟在这些人之后的是著名的粟特人（图33），来自花剌子模。粟特产金器，所以他们拿了金瓶、金环。他们手持双斧——双斧是他们的主要武器之一。粟特也是马背上的民族，所以牵来了一匹马。

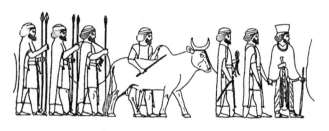

图 32　犍陀罗人

图 33　粟特人

　　第三层最前面的是吕底亚人（图 34）。跟在吕底亚后面的是卡巴人，他们居住在今土耳其的安纳托利亚高原。他们之后，可以从服饰看出，有些是希腊人（图 35）。希腊人那时候在波斯人面前很自卑，显得很穷。希罗多德描述说，在宫廷里穿戴华丽的就是波斯人，穿着穷酸的就是希腊人。这一组希腊人拿着土杯子，带来了布料。

图 34　吕底亚人

图 35　希腊人

　　下面这一组人据说来自今阿富汗的南部，也带来了双峰骆驼，一看便知是来自干旱的、多沙漠的地区。这一组人的名字不好念，叫 Drangianer & Arachosier（图 36）。

图 36　Drangianer & Arachosier

　　下面一组很重要，他们是印度人（图 37），有一条扁担两个筐。考古学家猜想说，来自印度使团的筐里装了两个瓶，瓶里装的一定是好东西，可能是印度河里的金沙。印度人还带了头毛驴。那时候波斯人没有见过驴，据说后来打仗的时候驴成了他们的一件秘密武器——驴一叫对方的马就惊了。印度人从炎热的地方来，所以他们都是短衣短裤。

图 37　印度人

除了在台基东侧规整的地方可以看到三排浮雕，在台基逐渐有倾斜度的地方，也雕刻有距离帝国比较远的地方的人物（图38），比如最下层靠边的是埃塞俄比亚人。斜坡上是阿拉伯人，他们带来单峰的骆驼——刚才看的来自中亚的使团带的都是双峰骆驼。阿拉伯人的下方是利比亚人，他们赶着马车而来，带着羊群。阿拉伯人的前面是特拉克人（Thraker），他们来自希腊的北部，牵着马，拿着长矛和盾牌。利比亚人的前面、特拉克人的下方是卡尔人，他们来自今土耳其西南靠海的地方，带来了牛，手中持枪、盾牌以及弓箭。

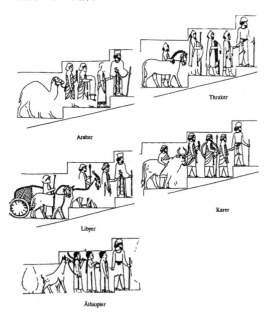

图 38 斜坡浮雕

再给大家看这样一张图（图39），中间这个抠掉的地方，原来有浮雕，雕刻着大流士、王子、大总管等，即我们刚才看到的那幅浮雕，还有侍卫队长用手遮口的那一幅。以此为中心，可以看到离大流士最近的是米底人，然后是埃兰人、帕提亚人，大多是伊朗语族。觐见大殿台基的浮雕上出现的使团次序，经过了调整。除了考虑使团之国实际的远近、亲疏关系，这些浮雕也照顾到视觉效果。比方说一些使团如塞种人、粟特人，他们都是牵着马来的，所以艺术家在二者之间插入了犍陀罗人，因为他们带来的是牛。如此安排，使画面更多变化，也更加生动。这样的排列，与在帝王谷发现的铭文基本一致。那件铭文说大流士统治着多少民族，铭文的数字与浮雕所体现的民族相吻合。这说明觐见厅台基的浮雕不完全是一件艺术品，它也是公文性质的纪实作品。

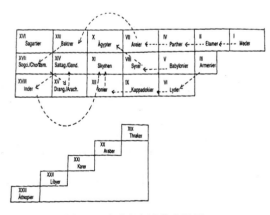

图39　浮雕上各民族位置图

这幅图片展示的是王宫中巨大的宝库（图40）。这个宝库是真正的存宝之处，并非我们今天意义上的库房。历史上亚历山大最终夺下波斯波利斯。据说亚历山大攻下这座王城以后，动用了3000匹骆驼和骡子，运走了相当于3600吨白银的财宝。对宝库的发掘开始于1930年，来自美国的施密特教授发掘出很多烧得变了形的金银器。

图40　王宫宝库遗址

这幅图是王城，后面是山，山上有四个坟包（图41）。据说大流士的父母都葬在这里。大流士即位的时候，他的父亲还健在。后来大流士在这个地方给他的父母修好了坟。据希腊人泰西亚斯记载，大流士的父母亲自去参观自己的坟墓，有个巫师用绳子把他们拉上去，但是拉到一半时巫师受了惊，手一下子松开了绳子，大流士的父母当场毙命在自己的坟墓之下。

图41 墓葬

这张图里的断壁残垣（图42）是大流士的宫殿，整体建在15米高的台基之上。

图42 官殿遗址

在结束之际，我想再多说几句话。在开始时，我着重介绍了原始资料，主要是希腊人写的；然后又介绍了考古发现，重点推出了法国人和德国人的发掘。我不知道大家有没有这样的感受：接触到这个题目后，发现对于古波斯的研究，全部属于西方人的知识领域范畴。然而在历史上，操伊朗语的各民族与中国的联系是非常密切的，但我们对伊朗的关注几乎没有，我们甚至没有伊朗语专业——当然我们有波斯语专业，但波斯不是伊朗，波斯学不是伊朗学。这里想告诉大家，北京大学从20世纪末开始已经在做这样的努力，即试图在中国建立伊朗学，因为伊朗和我们中国古代的关系密切，甚至影响到现代的我们。曾经生活在丝路上的伊朗语族对我们的文化影响，直到现在还有留痕。这是我想和大家分享的一个感受，希望引起更多的人对伊朗的关注。

（原载《中国典籍与文化》第8辑，国家图书馆出版社，2013年，101-137页，略有删节调整）

西方鬼的故事：晚皮尔的传说

世界各民族的文学特别是民间传说中，都有鬼怪的故事。中国古代流传的鬼怪故事尤为丰富，蒲松龄的《聊斋志异》就是集大成者。欧洲也有鬼怪故事，不仅古代有，近现代仍在流传。其中最著名的鬼怪形象要数晚皮尔了。

晚皮尔（Vampire）一词来自斯拉夫语，是音译，意译作"吸血鬼"。作普通名词时是大蝙蝠的意思。这种蝙蝠主要生活在热带及亚热带地区，长有尖利的牙齿，常在傍晚出没，袭击睡觉的牛、马、猪等牲畜，吸吮它们的血。

晚皮尔的故事最早出现在南斯拉夫、罗马尼亚以及希腊人的民间传说中。晚皮尔晚间从坟墓中走出来，吸活人的血。在德国，晚皮尔一词出现在中世纪以后。1720 年，德国伟大的宗教改革者路德第一次给晚皮尔这个词下了定义："吸血鬼。"

鬼故事的产生源于古代科学不发达。那时人们对自然界和自然现象，以至对人自身的认识，还处在极为幼稚的阶段。人们以为人死后还以某种方式继续活着。在早期欧洲民间传说中，晚皮尔并不具备现代艺术加工之后的形象。它是单纯的鬼，是死而不僵的人，住在坟墓中。这种鬼怪形象在《聊斋志异》的篇章中也可以找到，比如《尸变》。这类传说来自民间，反映出人们对死亡的恐惧以及战胜死亡的渴望。

　　到了18世纪末期，晚皮尔的形象逐渐出现在诗歌、散文、小说、戏剧等多种文学体裁中。1797年，歌德发表了长篇叙事诗《考林特的新娘》。在这篇叙事诗中，女主人公就是一个晚皮尔。她为了爱情、为了不背叛自己的宗教信仰而死，是新兴的宗教即基督教的牺牲品。它的内容是这样的：

　　两个男人客寓他乡，他们是古希腊多神教的信徒。两人将自己年幼的儿子、女儿许配为婚。男孩长大以后去父亲的朋友家，寻找自己的未婚妻。这时，这位男青年及其家人仍然是多神教信徒，而他的未婚妻一家已经信奉了基督教。男青年来到未婚妻家，受到热情款待，却不知道自己的未婚妻其实已经死去。

　　到了晚上，男青年正准备睡觉，一个美丽的姑娘悄悄走进来，额头上系着一条金黑色的带子。男青年从姑娘的叙述中得知，站在眼前的她正是自己日夜思念的未婚妻。

一对情人互相交换了信物，姑娘交给男青年一串金项链，男青年送给她一条银色的围巾。姑娘还向男青年索取了一缕卷发。午夜之后，姑娘变得异常活跃，她贪婪地喝着血一样红的葡萄酒，却根本不碰男青年殷勤献上的面包。男青年用压抑不住的爱情之火温暖着姑娘雪一般白、冰一般冷的身躯，尽管他已经发现这个躯体里没有心脏跳动。正当他们信誓旦旦、难舍难分之时，姑娘的母亲闯进房中。姑娘告诉母亲，她虽已死去，但黄土无法使爱情冷却。姑娘指责母亲："当维纳斯的神庙还在这里耸立的时候，你们曾经许下诺言，要把我嫁给他，你们毁掉了我的姻缘，只因新的宗教把你们束缚。"这篇叙事诗以姑娘的自白结束，凄惨而悲壮：

> 我从坟墓中走出来，
> 来寻找我失去的财富，
> 寻找我失去的爱，
> 并要吸干爱人心中的血。
> 现在一切都已实现。
> 英俊的少年，
> 你不会再活在世上，
> 你会很快变得白发苍苍。
> ……
> 母亲啊，请记住女儿最后的请求，

请搭起一座柴堆，

打开禁锢我的樊笼，

让一对恋人在烈火中安息吧！

当火星四溅，

当灰炭发红，

正是我们飞向传统的众神之时。

　　叙事诗中女主人的父母虽然有约在前，但因改变了宗教信仰而毁约，从而断送了女儿的爱情和生命。但爱情不受宗教的束缚，甚至死亡对爱情也无可奈何，土地掩埋不住炽热的爱。爱使姑娘丧生，又使姑娘再现。当爱人来到她家，她又在爱的驱使下走出狭窄的木棺。结尾处，男女主人公一起走向死亡，爱情再次否定死亡，得到升华。在这篇叙事诗中，歌德用浪漫主义的手法讴歌爱情、讴歌青春，批判了宗教的虚伪残酷。歌德认为，在基督教取代古希腊、罗马多神教的时代，宗教索取的祭品不是牛、羊，而是活生生的人。叙事诗中的女主人公正是这样的牺牲品。

　　与《考林特的新娘》主题相似的作品，在中国古代文学史中可谓俯拾即是。首先使人联想的是汤显祖的《牡丹亭》。《牡丹亭》完成于 1598 年，比《考林特的新娘》早200 年。在《牡丹亭》中，杜丽娘受封建礼教束约，为情而死，死后三载为鬼；当她找到自己的爱人后，又为情复生。《聊斋》中的几篇杰作与《考林特的新娘》亦系同一主题，例如《连城》。连城以死殉情，乔生也不欲生，后来二人死而复生，终成眷属。

上述这些作品中，不论在西方还是在东方，鬼已不单纯是迷信的产物，不是愚昧无知的人们想象中的魑魅魍魉，而成为经过文学家加工的艺术形象。它们在诗人的笔下得到升华，成为浪漫主义作家的一种艺术表现手段。诗人借它来痛斥不合理的社会现象，反抗宗教和封建礼教的压迫与束缚。在这里，鬼神形象的应用，使作品富有浓厚的传奇色彩，进而使作品散发出永久的魅力。

歌德笔下的晚皮尔依然保留了欧洲古老民间传说中的一些特点。根据歌德的描写，晚皮尔有以下几个特征：在晚间行动，鸡鸣时回到坟墓中；皮肤雪白，躯体冰冷，没有心脏跳动；额头上有金黑色的带子；喝血色的葡萄酒，但不吃面包；吸人的血（但怎样吸却不清楚）；消灭它的办法是用火烧掉遗体。

自歌德以后，在西方许多大文学家的笔下，都出现过晚皮尔的形象，如梅里美、果戈理、托尔斯泰、屠格涅夫、海涅等都描写过晚皮尔。但真正使晚皮尔形象定型并使这一题材成为小说的一个类别的，是爱尔兰小说家斯托克（Stocker）。斯托克生活于十九世纪末期，善于写恐怖小说。1897年，他创作了小说《德古拉》，为晚皮尔题材类的小说奠定了基础。在后来的文学作品中，"德古拉"

竟成了晚皮尔的首领甚至代名词。

在斯托克笔下，晚皮尔是一群阴险毒辣的恶鬼，是威胁人类生存的敌人。《德古拉》的故事情节大致如下：

年轻的律师乔纳森来到德古拉伯爵的古堡，他感到很奇怪：伯爵只在每天晚上出现，有一张异常苍白的脸和看上去十分锋利的牙齿。他还发现伯爵在镜子里竟然没有影子，并且十分害怕十字架。到了夜里，古堡里还有几位十分美貌的女郎出没。乔纳森终于明白了，他是和一群晚皮尔住在一起。

在一片浓雾中，一艘轮船在英国海岸靠了岸，人们发现这艘船上的水手全都不明不白地死去了。船上有几十只大木箱，上面注明了收件人的地址、姓名。这些箱子正是属于晚皮尔德古拉的。原来德古拉就这样躺在一个大木箱里，漂洋渡海，从欧洲大陆来到了英国。

在英国，德古拉袭击的第一个对象是漂亮的露西。露西是乔纳森的未婚妻明娜的好友，晚上趁露西睡觉的时候，德古拉咬破她的脖子，一次又一次地吸她的血。露西的好友只见露西日益衰弱，好像失去了很多血，还发现她的脖子上有两处溃烂的伤口，却不知道露西衰竭的原因。钟情于露西的青年医生西沃德从荷兰请来名医封·赫尔欣教授，教授察觉出是晚皮尔在作祟，采取了一些措施，但未能挽救露西的生命。露西死后，变成了新的晚皮尔，半夜出来袭击睡熟的孩子。教授终于向露西的未婚夫西沃德医生证明露西已变成了晚皮尔,并指挥亚瑟把一个木楔钉入了露西的心脏。他们未能挽救她的生命,却挽救了她的灵魂。

乔纳森的女友明娜也受到德古拉的袭击。为了拯救明娜,教授率领几个年轻人追踪德古拉,来到他的古堡。几番周折,他们终于把一个木楔钉入了德古拉的心脏。小说结尾处,德古拉变成了一堆灰,随风飘散,再也不会威胁活着的人了。

1913 年,小说《德古拉》首次被改编成电影。在当时欧洲,看过电影的人远比看过小说的人多。借助于电影,德古拉成为晚皮尔的代名词。在后来拍摄的以晚皮尔为题材的影片中,德古拉成了晚皮尔的首领。由此可见斯托克的小说影响之深远,斯托克确实是这类题材小说的创始人。

自从晚皮尔走上银幕,这个形象更加具体化、典型化了,和歌德笔下的晚皮尔相比,又多了一些特征:有男有女,身披黑袍,会像蝙蝠那样在黑暗中飞来飞去;吸血时常咬住人的脖子,被咬之人脖子上有两个破口,被反复吸血的人会死去,死后变成晚皮尔,受大晚皮尔德古拉的指挥;对晚皮尔来说,最重要的东西是棺材,它们白天睡在棺材里,晚上出来活动,即便被迫迁徙,也一定要带着棺材;没有镜影儿;除了讨厌面包,还讨厌大蒜、阳光,十分惧怕十字架;消灭晚皮尔的办法只有一个,就是趁其睡觉的时候,把一根木楔钉入其心脏;大晚皮尔德古拉一消失，其他晚皮尔也随之销声匿迹。

斯托克的《德古拉》属于哥特式恐怖小说的晚期作品。在小说中，作者娴熟地运用了哥特式恐怖小说的一些场景：阴森可怕的古堡、森林、旷地、狼群、大雾等，令人毛骨悚然。但不论场景渲染得如何可怖，书中的人物除德古拉以外，都是现实中会有的人。这里还要指出，医术高明的教授来自荷兰，这是作者有意安排的。因为荷兰的医学在近代曾居世界领先地位，日本的西医学早期主要就是从荷兰传入的。以荷兰教授为首的一方代表着科学、进步和正义，而晚皮尔德古拉则代表着迷信、腐朽和邪恶。正义的一方尽管受到许多挫折，最终还是战胜了邪恶。这就是小说《德古拉》给人留下的最初印象。

与斯托克的这部小说主题相似的，可以援引《聊斋》中的故事《画皮》。但《画皮》所描写的是神鬼斗争，而《德古拉》一书则不同，赫尔辛教授战胜晚皮尔，完全是一场人与鬼的较量。其间差异，与科学的发展和时代的进步分不开。斯托克生活与创作的时代是资本主义发展的黄金时代，也是科学开始起步的时代，与《画皮》产生的时代已不可同日而语。虽然如此，《德古拉》一书也反映出人们在某种程度上仍没有摆脱迷信，人们对于迷信本身的荒诞还认识不足。

到了 20 世纪 60 年代，科学迅猛发展，新学科、新领域不断涌现，人们的视野也更加开阔。这时出现的晚皮尔故事就带有这个时代的鲜明印迹。1966 年上映的电影《晚皮尔的舞会》是一出以晚皮尔为题材的喜剧片。一个外貌滑稽的教授带着一个笨手笨脚的青年学生去乡下调查晚皮尔的行踪，闹出了许多笑话。在这部影片里，教授象征着科学权威人物，但他的形象却是滑稽可笑的。一个接受了现代教育的美貌女子回到自己的家乡，她追求都市化的生活，表现得十分开放，被大晚皮尔德古拉带走。教授和他的学生来到晚皮尔的古堡中，舞厅里正在举行盛大的晚会，教授和学生也混入其中。正当他们跳到开心处，一面大镜子暴露了他们的身份，因为镜子里面只有他俩及那个年轻女子有身影，其他在场的众多晚皮尔都没有镜影。三个人只好仓皇逃走。在逃跑的路上，男学生禁不住已变成晚皮尔的女子的诱惑，两人搂搂抱抱，男学生被咬，也变成了晚皮尔，长出了一对长牙，教授对此则茫然不知。

这部影片完全是一场闹剧。影片中尽管出现了狼群、古堡、旷野、棺材等晚皮尔题材作品所固有的那些传统的场景，但不仅丝毫没有恐怖的效果，反而令人忍俊不禁。科学发展到今天，人类对世界的认识虽然远未达到极致，但已逐步摆脱了迷信的束缚。这部影片表现的是荒诞的主题，其表现手法也是荒诞的。例如，客店老板的女儿是个都市化的乡下妞儿，因爱慕虚荣而落入德古拉的怀抱。客店老板想和漂亮的女佣人调情，却又畏惧自己凶悍的胖老婆，变成晚皮尔之后才达到目的。他使女佣人变成晚皮尔，而让自己的老婆留在人世。他想要钻进德古拉精美的棺材里度过白天，却被赶了出来，只能呆在一个简陋的棺材里。这一切都是荒诞而滑稽的，但在滑稽的背后充满了对现实生活的嘲笑和讽刺。这部影片一反那种人鬼斗争的传统的、严肃的模式，从主题到形式都是荒诞可笑的，在西方拥有为数不少的观众。

直到今天，晚皮尔题材的小说、电影不但没有销声匿迹，反而还在繁衍变化，不断推出新的版本。20世纪80年代末出版的儿童文学读物《小晚皮尔》，就是一套富有时代气息的优秀作品。整套书写得生动活泼又扣人心弦，读起来令人爱不释手。它用童话的形式反映了现代西方人保护自然、保护动物、人与自然共存的意识。在这个故事里，晚皮尔经过艺术再创造，已不是迷信传说中的鬼怪，不再可怕，而成为文学作品中活生生的人。

综上所述，我们可以看出，历史上，无论是东方还是西方，作家都曾运用鬼神这类形象为创作要素，借以抨击现实社会的不合理现象，挪揄统治阶级，发泄不平之慨。在现代的西方，虽然科学技术已十分发达，但是以晚皮尔为题材的文学作品、影片仍层出不穷。它们随着时代的发展而不断翻新，获得新的内容、新的解释，作为民族文化的一部分在不断繁衍滋长，给人以娱乐的享受。

（原载《国外文学》1992年第3期，82-90页）

岁月随笔

迎接挑战

　　我生于 1953 年，如今，已进入不惑之年。与我同龄的女性，大概是这个世界上最繁忙的人。我也不例外。每天穿梭在教学、科研、家庭和第二职业之间，一天到晚，有做不完的事。很少有时间回想自己走过的路，但只要回首往事，最愿意回味的，要算是在北京大学度过的那些年。

　　与我同龄的人，或多或少都有一些坎坷的经历。我们上中学时，陷入了那场铺天盖地的灾难之中。我是同龄人中的幸运儿，当我到该接受高等教育的年龄时，就十分幸运地跨入了北京大学的校门。但当时的我不知道何谓知识、何谓科学，简直就是个"白丁"。那时候，工、军宣队还在北大，一名军官派我和其他十几个人去学德语，我那时竟然不知道共产主义理论的奠基人伟大的马克思就是德国人。那个时代，正是"学而无用论"统治的时代。我的同学们来自内蒙古、黑龙江两大生产建设兵团，我们虽然都是科学的"白丁"，却负有"上、管、改"的使命。教我们的老师刚刚从农场劳动改造归来，一个个还心有余悸。记得我第一次接触一位赫赫有名的德语教授时，他这样介绍自己："'文革'前我执行了修正主义的教育路线，是资产阶级的教授。"我被名教授的自我贬低惊得说不出话。当时我们在校园内挖防空壕，把那漫山遍野的秀色挖得遍体鳞伤。那时候，北京大学图书馆尽管藏书万卷，却处于封存状态，其中特别是西方文学作品，被视为洪水猛兽，不对学生开放。学生是"白丁"，老师不敢教，图书不开放，现在回想起来，在那样的环境中上大学，就好像在大海边的荒滩上漫步，有可能发现大海，也有可能一直在荒滩上漫游下去，什么也找不到。

那时很用功，虽然不知道学好一门外语有什么窍门，但可以用最笨的办法——背课文。一早我就爬起来背课文，新的课文还没有教，我就已经会背诵了。课文背完，就背德语的毛选"老三篇"。背完毛选，又去背《共产党宣言》，至今还记得其中的几段。我对教我的老师怀着深深的感激之情。他们虽然对社会的风浪心有余悸，虽然和我们这群"白丁"极少有沟通的基础，但他们面对好学的学生有极强的传授知识的责任感。有的老师知道课堂上的教授满足不了我的需求，就暗地里把私人藏书借给我，有时还风趣地加上一句："你要批判地阅读哦！"当图书可以凭借老师的条子外借时，教我的老师不怕承担责任，开条子给我。后来，在反击右倾翻案风时，我被指责为走白专道路，一些老师也因此受到指责。用功读书，何罪之有？尽管如此，我终于还是发现了大海。那知识的海洋中有那么多人类智慧的瑰宝，它们震撼着我的心灵、我的思想，强烈地吸引着我。从那时起，我开始喜欢读书。

大学时代结束后，我被分配到一家出版社工作，任编辑。在这个时期，不论是下工厂实习，还是去农村锻炼，我都没有间断过学习。我自学英文、法文、古代汉语，广泛阅读中国历史、文学作品。功夫不负有心人，在全国高校恢复研究生招生的第一年即1978年，我通过了硕士研究生考试，再一次跨入北京大学的校门，并且非常幸运地做了季羡林先生的弟子。

研究生时期，是我一生中最为怀念的时候。在那时，我结识了一些性格开朗、才华横溢的同学，他们至今仍是我的好朋友。我们那时都还处在青春妙龄，虽然也春心萌动，也渴望花前月下，但大家更加珍惜学习的时光。我们这些"文革"后的第一批研究生，如久旱的大地逢上甘露，终于可以正大光明地读书了。那时候，研究生阅览室座无虚席。我们每天的课外时间都是在那儿度过的。

在那个时候我也有新的困惑：什么是科学？怎样才能走上科学研究的道路呢？人文科学不同于理科，人文科学更多地受到"文革"的冲击。"文革"结束后的一个时期，文科中浮夸之风甚盛。

我在这个时期偏爱学习语言，因为我感到语言是实实在在的。我学习了梵文。梵文是一门比较难的语言，与拉丁文一样已不是流行语言。梵文词的变化很复杂，名词有单、双、复数，有八格，动词的变化比孙悟空的变化还多。掌握一门语言对我来说没有什么窍门，只能下功夫。我利用清晨、傍晚背变格、变位表，平时多读梵文原著。我还学习了俄语，前后不到一年时间，就通过了研究生俄语免修考试。有的同学劝我别学那么多语言，说语言只是工具，还是应该多读些理论书籍。说实话，理论书籍我也没少读，凡是图书馆借得到的印度历史、文学方面的书籍，我都读过，但这些理论书籍并没有为我指出科学研究的道路。

我是幸运的，因为我有名师指导。现在想来，研究生时期打下的两项基本功使我终身受益。一是自学的基本功。季羡林先生指导学生有一个原则，他认为学习如同学习游泳，办法是把学生推到池子里去，绝大多数学生过一个时期就学会了，学不会的是少数。季先生总是鼓励我自学，自己去找科学的途径。二是实事求是的治学态度。季先生对学术上的浮夸之风深恶痛绝。记得我的硕士论文第一稿交到季先生手中后，他把我论文中一切与论述本身无关的词藻统统删去。他告诉我，写论文不比写散文、小说，要实事求是，用最简洁的语言排列论据，不要说废话。还有，引文一定要注明出处，从他人处借鉴的观点要注明，等等。这些都是人文科学研究的基本功。

研究生一毕业，我就得到西德诺曼基金会的资助，只身去德国留学了。我选择了汉堡大学，原因有二：一是我对古代语言有浓厚的兴趣，也学习过梵文。二是我国新疆地区曾经通行过几种语言，比如于阗文、粟特文、吐火罗文等，至今还有文物出土，但国内能释读这些文字的人绝无仅有。我当时立志要攻下一门死掉的语言，掌握释读的技巧。汉堡大学的埃墨利克教授是研究于阗语的第一人，我就慕名去了汉堡大学。

我的导师埃墨利克教授是位非常严格的老师。他十八岁时前往英国剑桥大学三一学院攻读博士学位，用三年时间读完博士课程，各门成绩都是一等（First class），并写出非常出色的博士论文。他的导师贝利先生是语言学界的大师，因学术成果卓著而被授予爵士称号。埃墨利克教授很骄傲，他看不起没有才华的学生。

在埃墨利克教授身旁读书可不是一件轻松的事。第一次和教授谈话，他问我："你是准备读博士学位呢，还只是想要一般的进修？"我根本不知道这学问的深浅，就斩钉截铁地回答："我要读博士。""那么好！"埃墨利克教授说，"你既然要成为伊朗语言方面的博士，就必须了解它的整个体系，同时必须掌握至少一门伊朗古代语言，阿维斯塔文就是必修课。于阗语是一门中古伊朗语，除了这门语言外，你还必须掌握另外一门中古伊朗语，比如巴列维语。粟特语也应该了解一些。你是伊朗语言博士，波斯语当然必学，否则以后别人会笑话你。除波斯语，奥塞梯语也是你的专修课。以上是你主科的必修课目。按照德国大学的规定，你还必须修两门副科，你可以随便选。但从专业角度考虑，你应该选印度学和藏学。当然，如果你认为太吃力，可以选中文作副科。你是中国人，那样可能对你更容易些。"

不知深浅的我天生又喜欢迎接挑战，面对挑战我感到十分兴奋。我按照埃墨利克教授的要求选择了我的主科课程：①于阗语，②阿维斯塔语，③巴列维语，④现代波斯语，⑤奥塞梯语。我选择的副科是藏学和印度学。第一个学期是学习藏文，并跟维茨勒教授读梵文古典诗《鸠摩罗出世》。

埃墨利克的教学方式和我在国内遇到的大相径庭。我的几门课都是埃墨利克教授亲自教的，如奥塞梯语。这是一门比较难学的现代语言，名词有九个格的变化，以俄语字母作文字。第一堂课，埃墨利克教授不讲字母、不讲发音、不讲语法，上来就要求我们翻译一篇奥塞梯语的短篇小说。我和一名德国姑娘一起上课，那姑娘被认为是尖子生，是多年不遇的天才学生。我只翻译出了第一句，剩下的文章都是由那姑娘完成的。于阗语课的情况也是这样，德国姑娘独领风骚，她可以就一些释读方法和埃墨利克教授交换意见，而我只能坐在一旁听。那种滋味真不好受。

埃墨利克教授偶尔看我两眼，那眼光似乎是鄙视的。

我不服气。想想自己在大学时、在研究生时，成绩一向是好的，难道我这个中国高等学府的高材生，不如外国人吗？不服气也没有别的好办法，还得靠用功。我发誓要让埃墨利克教授教授承认，我也是一名优秀的学生。研究生时期培养出来的自学习惯这时有了用场，我逐渐发现，德国大学的教学方式反而非常对我的胃口。从前在国内困扰我的问题，即什么是科学、怎样开始科学研究等等，很快就迎刃而解了。这是因为在人文科学方面，西方学者经过上百年不间断的努力，已经形成了科学的研究体系，而这一体系本身就是不断推陈出新的。教授把本学科发展的最新动态、本学科要解决的最新问题带到课堂上，使学生一开始就了解最新的科研成果。尽管埃墨利克教授十分严格、一丝不苟，但他给我的感觉是他也是人，他也会出错。他启发我大胆地去解决问题，当我真的在他面前解决了一个他没想到的问题时，他由衷地为我高兴，同时也使我懂得这世上不存在权威。

留学的第一个学期末，我已改变了课堂上由那个德国姑娘一言堂的局面。等到我以优秀的成绩通过了各门考试之后，真感到非常高兴。埃墨利克教授说，我是他教过的最好的学生之一。最使我自豪的是自己的博士论文。之所以自豪，并非因为这篇论文是用德文撰写、以优秀的成绩通过考核、在德国出版，而是因为它实实在在地解决了问题。我在论文中解决了于阗语研究中的一些遗留问题。这些问题剑桥大学的贝利教授曾试图解决，但他没有做到。我吸收了贝利教授、埃墨利克教授的研究成果，以东方人的长处解决了他们没有解决的问题。更使我感到欣慰的是，我终于知道了什么是科学、怎样从事科学研究。我认为，博士学位的获得不是终点，而恰恰是科学研究的起点。它只能说明你具备了解决问题的能力，而科学研究之路漫漫。

除了读书，我还有许多爱好，喜欢游泳、跳舞、拉手风琴，也喜欢时装。我有一个家，家里有一个非常聪明可爱的儿子。我比较喜欢挑战，教书时不喜欢教自己学过的东西。在当前的经济大潮面前，我虽没有去弄潮，但也偶尔试试身手。有时朋友们相聚，说到世界上什么事情最有趣，有人说是谈恋爱，有人说是赚钱，我认为都不是，这两件事不过是世上最容易的事。最有趣的是从事科学研究，因为科学是老老实实的，你下多少功夫，它对你就有多少回报；功夫不到，你就见不到成果。科学永远不负忠实于它的人，因此，我爱科学。

（原载魏国英主编《她们拥抱太阳：北大女学者的足迹》，北京大学出版社，1995年，362—369页）

素材是人文科学的基础——从一件叙利亚语文书谈起

一、关于素材

素材是人文科学的基础，这个题目引出两方面的内容：（一）素材是科研的基础，没有素材，谈不上科学研究。（二）素材仅仅是基础，如果没有提炼的过程，素材也不能成为科研成果。以下，我就这两方面谈谈自己的看法。

我以为人文科学和自然科学一样，自然科学研究要从最基本的科学试验入手，文科也一样，要从分析最基本的素材入手。我主要从事古代语言文化的研究，研究古代语言所受到的局限要比研究现代语言大得多，首先就受到基础素材的制约。从学科的角度看，大量新素材的发现，可以推动学科的发展，甚至导致一个新的学科领域的诞生。

比如景教，这是基督教的一支，中国史书中对景教只有零星的记载。三百多年前在西安附近发现了景教碑，曾在学术界引起轰动。三百多年来，以这块碑为素材的研究已经多得数不胜数。又比如在 19 世纪，欧洲学者发现了古老的梵语语法体系，通过对这一古老素材的发掘，欧洲的语言学研究获得了新视角，印欧语系比较语言学的发展于 19 世纪取得了辉煌的成绩。20 世纪初期，我国新疆出土了大量梵语以及其他语言的文献，沿古丝绸之路共发现了 24 种语言、17 种文字。这些发现有利于印度学领域对佛教的研究，使得伊朗语言学科更加完善，为古文化研究在相当广泛的领域内注入了新的活力。敦煌藏经洞的发现甚至催生了一门新的学科，即敦煌学。从个人的角度看，一般来说，谁占有第一手的独特素材，谁就有可能在某一学科领域取得突破。因此，搞历史和古代语言文化研究的人对考古的新发现一般比较敏感。

素材也有价值高低的区别，对从事学术研究的人来说，文物所含的信息量越大，也就越有价值。

比如说这份古叙利亚语文书，它出土于敦煌莫高窟北区。即使不懂这门语言的人，只要具备一些背景知识，都能强烈地感受到它具有重要的信息。比如文书的纸型，敦煌出土的其他文字的文献用纸一般或是长卷型，或是贝叶型，而这份文书的纸型是折页式，非常罕见。纸的质地也和同时出土的其他文字的文书有很大的差别，说明文书来自外域。

　　还有一点十分重要，即此文书所含的信息是完整的。其实这件文书不是敦煌发现的首例古叙利亚语文书。1991年初，德国学者得到一件据说出自敦煌的古叙利亚语文书的照片。1994年，两位德国学者将其研究成果发表出来。1995年，另一位德国学者发表文章，纠正了前一篇文章的错误。一件文书，引出两篇文章，但国外学者的报告是不完整的，他们讲不清与这件文书相关的发掘情况。考古学界流传这样的说法：一件文物如果脱离了它的出土背景，它的价值就失去了一半。因为根据出土的情况，可以发掘出更多的信息。

　　那是1999年的夏天，当荣新江教授把这件古叙利亚语文书交给我的时候，他异常兴奋。他是一个十分优秀的历史学家，感到文书可能带来重要的历史信息。我当时也很高兴，但同时也发傻，因为那上面的文字，我根本不认得。但我还是把释读的活儿接了过来。凭我的直觉，我相信这是一份不可多得的素材。如果能准确地释读出上面的文字，一定能带来学术上的突破，它也很可能将我带入一个未知而充满乐趣的领域。此外还有一个重要的原因促使我接受这个工作：我曾经作为一个穷学生在德国留学，很了解外国学者对从事西域研究的中国学者的评价。他们认为，中国人文科学的学科领域并不健全，中国学者没有能力释读西域古代的语言。我决定释读这件文书，多少也有赌气的因素。

但是素材毕竟是素材，如果不加以提炼，它不可能转化为学术成果。下面就谈一谈素材的升华。

素材的升华，有时不排除灵机一动的结果。我曾经解决过于阗语研究领域的一道难题：有一段文字，其中出现了虫子、头发、束缚、思想。外国学者，包括剑桥大学的贝利教授和我的导师埃墨利克教授，都想不出这样几个字怎么可能出现在一个情节之中。我看了之后，发现这里面说的其实是作茧自缚：虫就是蚕，头发是丝，束缚就是茧。几个词合起来的意思是人用思想之丝将自己束缚住，如蚕作茧自缚。于是发表了两篇文章，这是灵机一动的结果。但如果没有长期的学术积累，再多的灵机一动也是无用的。

如果说素材的发现有时要依靠运气，那么使素材得到升华、把它变为科学研究的成果，就得靠多年的学术积累、多年的苦读、多年的默默无闻、多年的不被人理解，只有求学者备尝其中酸甜苦辣。我释读出敦煌出土的古叙利亚语文书，在国内和国际学界都引起比较强烈的反响。2000年8月初，敦煌举行了藏经洞发现一百周年的纪念大会，会上我的研究成果得到了一致的赞扬。同年8月10日的《南方周末》报道了古叙利亚语文书的发现。2001年3月10日的《参考消息》也提到了这件事。2001年年底，美国一家杂志为此专门派人来采访我。其实我以前并没有接触过古叙利亚语。我接触更多的是印欧语系的语言，而古叙利亚语属于闪米特语系，与阿拉伯语、希伯来语等是一家。在听说了这等新鲜事后，一些好奇的青年教师问我是如何释读出这份文书的。面对这样的问题，我一般回答：我受过训练。

所谓训练，实际上指自学的能力。可以说，我很早就养成了自学语言的习惯，开始是环境所迫。我读大学的年代还是"文革"后期，那时我是西语系德语专业的学生，在学德语的同时也想学英语。但那个年代和现在大不相同，不像现在满大街都是英语培训班。那时我想学英语，但找不到地方教，只能自学。学的方法是读小说，一本接一本地读。1978 年以后我跟季羡林先生念研究生，主要学习梵语，并选修俄语作第二外语。因为习惯自学，再加上听课，我两个学期就通过了俄语的研究生免修考试，读了《舞会之后》、《俄罗斯人的性格》等文学作品。后来到了德国，自学的本事越发得到了历练。

在德国我学习了奥塞梯语、巴列维语、于阗语、阿维斯塔语、粟特语、梵语、藏语。学习这些语言时，全没有经过语法讲解、练习发音的阶段。第十堂课便跟着其他学生一起做文学作品的翻译练习。大家都经过认真的准备，而我尤其下功夫。因为害怕在课堂上出丑，害怕自己显得比外国学生笨，所以格外用功。

大家都知道学好一门外语不容易，而且如果不用，就

素材是人文科学的基础——从一件叙利亚语文书谈起　　**327**

可能忘记。我确实学过以上所说的各种语言，通过了各门考试并取得了优等成绩。但因多年不用，我几乎忘光了其中一些语言。可是有一种本事却留了下来，就是自学的本事。经过高强度的自学多种语言的训练，遇到任何一门新的语言，我都不再发怵。说白了，不就是字母吗？不就是寻找它自身的语法规律吗？

二、关于叙利亚语文书的释读过程

以下向大家简单汇报释读叙利亚语文书的过程：

第一步，拿到文书后，先从文字进行判断。语言的差异，一定会反映在文字上，比如阿拉伯语和波斯语，尽管文字大体相同，但细看还是有差异的。判断文字可以查工具书。

第二步，了解这门语言已知的程度，找相关的资料，看看有没有可以帮助释读的书籍，例如文法书、辞书等。我在东语系资料室找到一本德语写的古叙利亚语文法书和一本古叙利亚语—英语的辞书，至此，基本上心里就有了底。通读三遍语法之后开始翻译。同时读相关的资料，在了解了古叙利亚语是东方基督教教会的用语之后，大致可以判断出文书的内容可能与《圣经》有关。

第三步，就是博览群书的时候。我面临一个崭新的课题，国内在这方面的资料奇缺，得向国外借书。第一批书单开出之后，我惊动了许多人，一些在国外的朋友纷纷伸出援助之手。其实素材的提炼过程也是一个学习的过程。以素材为基础，抓住一个课题进行研究，能够带来的最大收获就是博览相关专题的研究成果。结合课题读书记得最牢，而且也实用，可以利用个人有限的资源，集中研究，以解决问题、取得突破。以这份文书为基本素材，我已经完成了三篇论文，其中一篇发表在德国著名杂志《东方基督教》之上。目前我主要解决的问题是说明了文书的性质和来源，它属于shuray-i类的《诗篇》节选，是古叙利亚语《前后书》的一部分。但这份文书的深厚文化背景还远远不止这些，有待进一步研究。

　　以上是我如何从事科研的一个简短的汇报。我想以一个故事来结束这一部分的发言。1937年秋，日本学者佐伯好郎完成了一本厚厚的著作，书名叫《中国の景教》。翻开这本书，可以发现这位日本学者研究的素材全部来自中国，所使用的是20世纪初期到1945年左右在中国发现的资料。从甲午战争到抗日战争，这期间来自中国的素材没少为日本的学术研究奠定基础。其中有一件古叙利亚语文书发现于故宫午门之上，这件文书曾经被送到北大，收藏在明清史料整理会。当时北大无人能释读，一个所谓学术代表团就把这件文书的照片带到了日本，日本学者完成了文书的释读工作。这是在1929年。70年之后，第二件古叙利亚语文书再度光临北大，我庆幸自己成功地释读出了这份文书，没有让一件珍贵的文物再次作为原材料溜出国门，我自以为没有枉为北大人。

三、关于梵巴语专业的建设

大家不要看北大的大学者出自东语系梵巴专业的还挺多，前有季羡林先生、金克木先生，后有王邦维等。季羡林先生晚年写成的两本书——《吐火罗文〈弥勒会见记〉译释》和《吐火罗文研究》，是真正的世界一流水平的著作。最近，我们培养的一名博士生还获得了教育部的优秀博士论文奖，使我们专业显得更加红火。但实际上，我们专业与国际上一流大学相比，差距很大。并非我们不争气，而是因为学术研究需要长期的积累，所谓站在巨人的肩膀上才能看得更远。即如欧洲的印度学已有两百多年的历史，而我们的起步只能从东语系创办开始算起，其间还经历了许多波折。若要与国外相同的学术领域论短长，比的不是几篇论文，比的是整个基础，基础中就包括基础素材、基础文献的积累。到目前为止，我们没有编写出一部辞书，没有做过原始资料的整理工作。仅就此而言，我们在国际梵巴领域便是落后的。

我在这里揭自己专业的短，不是为了羞辱自己，而是为了寻求帮助。我希望院里在制定政策的时候不要采取一刀切的做法，能够酌情有所倾斜。我知道每个专业都要发展，但是如果说其他有困难的专业是弱不禁风的话，那么我们专业就是苟延残喘。目前全国仅有我们专业的三名教师可以像模像样地在高等院校教授梵语。我在这里不是想论证梵语多么重要，但有一点我想是谁也不能否认的，即世界上任何一所一流的综合大学都应有梵语教学。如果没有我们专业的存在，北大即便成为一流，仍然会有缺憾。

（原载《语言学研究》2002 年第 1 辑，北京大学出版社，181–185 页）

大秦寺的守望者

　　偶然闯入景教研究的领域，是因为敦煌北区发现的一篇景教的佚文。随后经过从书本到书本的搜寻过程，从电脑到纸张的写作过程，一个课题方告结束。容不得眷恋和遐想，带着遗憾和兴奋，又匆忙地进入一个新的领域。这大约便是现代学者的所谓充实，其实也是无奈。一部厚厚的书稿，寄来的时候还蒙着一层淡淡的却真实的黄土高原的尘埃，让人重又忆起那些似乎已经淡去的故事。

　　三秦大地上，盛开的油菜花虽不是一眼望不到边，但一两畦绿叶黄花点缀在高原的黄土地上，也为过往旅人增添了不少旷怡之情。与好友惠京朋、詹秦、杨磊相约，我们驱车前往大秦寺。车停在离寺不远的山坡上，一所乡村小学旁。刚好赶上孩子们放学，三五成群的山村子弟正准备翻山越岭回家。平缓的山坡上，不见牛羊散满田，只见还未成熟的麦子在依然强烈的斜阳之下展示着它那盎然的绿。沿着缓缓的山路，望着古塔前行，便来到现在的陕西西安周至大秦寺文物管理所。

所谓文物管理所，不过是巍峨雄伟的古塔旁三间低矮的平房，加上塔下不大的一块空地。绕过塔去，是残砖破瓦构成的厚厚的文化堆积层。朋友笑着说，只要随便踹上一脚，掉下来的不是唐代的瓦，也是明代的砖。这一片兴许是始于唐代的文化堆积层实际上构成了一家农户的后墙，更准确地说是他家猪圈的后墙。这一家农户，有宽敞的三间土房，前后门大敞着，农妇坐在门前的小板凳上织着一件细线毛衣。也许是习惯了偶然来访的人群，女主人只是友善地看看来人，接着又去忙她手中的活儿。山、塔、农家、麦地，构成了关英所长工作生活的氛围。

三间低矮的平房之中，飘着淡淡的茶香，茶是用塔旁一个泉眼里涌出的清水所沏成。攀谈间，得知关所长是西安美术学院的毕业生，在此守望这传奇的宝塔已达十年之久。当然，他也曾应邀去北京参加最高规格的国际学术会议、发表论文。面对眼前这位一袭旧蓝布装的关所长，想到他需要克服种种不便，从这穷乡僻壤前往繁华的大都市，再从都市回到乡间，安守在这寂静的天地，大家不禁肃然起敬。

翻开沉甸甸的书稿，读到夹在书稿中的一封信，信中写道："由于大秦寺地处高山，偏僻荒凉，交通不便，打印文章要步行，上山下山往返十多里路程，一部书下来要跑无数次，白天打印，晚上挑灯修改（山上无电），总之，本人在极为艰苦的条件下完成这本书稿。"读到此处，一面感到阵阵心酸，一面不由得生出疑惑。因为，我原以为，类似景教研究这样的题目，若不是以大城市最壮丽的图书馆中丰富的藏书为依托，是不可碰的——历史上汉文献中关于景教的记载真是少得可怜，而国外的著述颇丰。山上塔旁，晚上连电都没有，更何谈电脑、何谈互联网？如何能够把握国际最新的成果呢？

带着满心的疑惑，翻开书稿，映入眼帘的是那些曾经熟悉的名词，如聂斯脱里、景教、十字架以及苏轼等诗人留下的美丽诗篇等。然而，我对书中大部分内容又是陌生的。作者亹亹而谈，犹如一个久别重逢的家乡人，向我绘声绘色地描述着故土的变化、故人的新事。跟随着作者的道白，我才知道那座神圣的山原来唤作丘木山，山上终年吐着清凉泉水的井，竟然是唐太宗所开凿。生动的叙述，令人不忍释手，一口气读下去，心中的疑惑也涣然冰释。

正如作者在前言中所述，作为文物管理所的负责人，他曾接待过上百位中外著名学者和宗教界人士，曾和他们在古塔前交流、切磋。借出门参加学术会议的机会，也曾用微薄的薪水购买景教研究的名著。通过书本，关所长建立起知识性的构架，而日日夜夜与古迹相守，以他艺术的慧眼便能够发现新的问题，于寂静之中提出大胆的论证。

《景教与大秦寺》书影（三秦出版社 2005 年版）

对古寺的庙会文化、民间传说的记述，是这部书最为鲜明的特点，这是象牙塔内的学者们无法做到的。只有常年守在这古塔身旁的人，才有可能亲历庙会时那少有的热闹场面，才能写出《古刹庙会纪盛》那样的文字，将民间文化活灵活现地再现于纸上。《拯救大秦寺塔记》记载了现代人为拯救文物而作的贡献，纪实性的文字成为这部书中的一篇佳作。《陈立文捐资刻名碑》篇令人感动，不但捐资者的胸怀跃然纸上，字里行间更见西北人待人的热忱以及关所长对这古塔倾注的心血。

景教是基督教最早延伸到中国的一脉。据说耶稣当年曾要求他的弟子们，把基督教的福音传遍全世界。实际上，基督教在亚洲传布的历史，要早于在西方。今天伊拉克、土耳其以及伊朗的部分地区，曾经是信仰基督教的地区。传说在耶稣生活的时代，伊得萨地区，即现在土耳其的乌尔法（Urfa）地区，有个国王患上麻风病，听说耶稣会治病，便派遣使者前往耶路撒冷，邀请耶稣来为他治病，并将基督的福音传播到他的王国。这当然是传说，不足以为凭，但是，已经有充分的证据表明，这座坐落在幼发拉底河西岸的古城最迟于公元二世纪时已有基督教传播，到了公元三世纪初期，大部分居民都皈依了基督教。三世纪时，伊得萨的神学院已成为基督教的学术中心。随着历史的发展，在波斯帝国和罗马帝国政治较量的背景之下，活跃在这一地区的基督教会分化出种种派别，另竖旗帜。

五世纪时，以君士坦丁堡为核心的基督教会发生内部纷争，大主教聂斯脱里于公元431年遭到排斥，但是他仍然不缺少支持者。公元489年，支持聂斯脱里观点的基督教学者被逐出伊得萨的神学院，他们进入萨珊波斯帝国的版图，并得到波斯帝国当权者的庇护。这一派人自称为聂斯脱里派，成立了独立的教会，分六个教区，覆盖地域基本包括了古巴比伦尼亚和亚述人的疆域。萨珊波斯帝国的大好江山，为聂斯脱里派基督教会提供了独立发展的空间，它因而发展出独特的风格，比如教会使用叙利亚语，而书写的字体与其他叙利亚教会不同，因此又素有东叙利亚教会之称。

正是这一派基督教会于唐代把基督教的福音传播到中国，并在大唐的境内成立了一个教区，教区的主教由总部直接派出。从第一任主教阿罗本到大秦景教碑建立（782年）的时候，共有四任主教先后来到大唐。主教来到教区后，终身不得离开。试想当年，一个又一个的外域人，为了自己的信念而远离故土，奋不顾身地翻山越岭，穿越流沙，最终将自己的身躯永远地埋在千万里之外的异邦。若不是这一块《大秦景教流行中国碑》，谁又能记得起这些基督的忠魂呢？

《大秦景教流行中国碑》虽文字不多，但可以从中抽绎出丰富的历史信息。从这一切实可靠的史料出发，学者几乎得出一致的结论：景教更多的是在生活于唐的波斯人、西域胡人中传播、维系。

碑中记载一个名叫文贞的僧人，姓李，又名李素，是个曾在唐朝为官的波斯人。景教碑的大施主伊斯是位西域胡人。《新唐书》《旧唐书》中星星点点的记载反映出，生活在唐的波斯人、西域胡人为数众多。安史之乱时，仅在扬州城死于非命的胡商波斯人就达数千。肃宗时，曾发生大食、波斯兵袭广州的事件。西域胡人聚集的地方很多，渔阳城中也有胡商邸肆。民风民俗也受到胡人的影响，常见法胡房之俗的情形。

除了安禄山这样著名的胡人，王世充、李元谅等也都是名见正史的胡人、波斯人。史学家考证出，粟特人的行踪曾绵延数千里，上起安国，下逮营州。萨珊波斯解体之后，随卑路斯王入朝的波斯人可能不止他一家人。李白的《幽州胡马客歌》、《上云乐》也确实反映了胡人的存在。根据景教碑，从已发现的粟特语基督教文献判断，这些生活在唐朝的波斯人以及西域胡人，确实可能是景教传教的主要对象。

但是，并不是所有的胡人都信仰景教。萨珊波斯帝国的国教是琐罗亚斯德教。操伊朗语的胡人如粟特人大多是拜火教的追随者，而很大一部分来自西域的胡人如于阗人、龟兹人等，则是佛教的信仰者。七世纪上半叶后，萨珊王朝灭亡，波斯帝国沦为阿拉伯帝国的一个省份，从那时起，大部分波斯人改信了伊斯兰教。而来到大唐的波斯人中也应不乏伊斯兰教的信仰者。从景教碑所用的词藻可以看出，景教在唐代并没有发展出很大的势力，如在碑文中，教堂、教会称为"寺"，神职人员以及普通信教者统称为"僧"等，这些借自佛家的用语，说明景教没有发展出自己独用的词汇，也证明景教并没有形成大气候以至于为后人留下更多的印痕。

凡基督教不论派别，皆以教堂为中心，教堂是凝聚信教者的核心。这在东叙利亚教会也不例外。但是，在萨珊波斯的时代，琐罗亚斯德教为国教，基督教会始终受到程度不同的迫害。为了避人耳目，聂斯脱里派基督教会习惯建造规模很小的教堂，他们认为："不是因为我们懒惰，不是因为我们疏于建造。大规模的建筑会引起异教的忌恨，基督信仰者一族会因此而遭难，因为我们时刻面临受到迫害的危险。"有碑为证，在唐代，景教的教堂称为"寺"，这又体现了景教的另一特征，即教堂与修道院制度相伴相随，因为有僧住的地方才能称寺。而东叙利亚教会布道的成功，也要归功于它的修道院制度。

修道院制度是聂斯脱里派教会的一个特点。修道院同时是学校，教授基督教理论，举办礼拜仪式，进行诵经祷告。为了便于修行，修道院往往建在山上或其他僻静的地方。由此而论，说现在的大秦寺遗址曾经是景教的修道院，应不为过。

但是，塔绝对不是基督教的产物。塔为佛家的原创，连"塔"字都是音译的词汇，最初不属于中土文化，也不属于基督教文化。因此，笔者不认为丘木山上的镇仙宝塔是景教的遗迹。根据北京大学考古文博学院李崇峰教授从建筑、雕塑和文献三个方面对这座古塔进行的分析来看，塔的建制既有唐、五代佛塔之因素，又有宋代流行的成分，如八角形平面和逐层交错辟门，塔的修建年代应在五代末至宋初。塔中曾有水月观音的塑像，更是佛教的题材。尽管我们愿望是良好的，希望看到景教创造的更多奇迹，但还是应该实事求是，把佛塔的文化归于佛家。

一座《大秦景教流行中国碑》，已足以昭示唐代景教的成功。景教的僧人曾为大唐立下汗马之功，由于他们的存在，大唐的明皇曾聆听过叙利亚语唱出的《圣经》的《诗篇》。

各方面显示，景教教会的僧人和信徒是十分有文化的，他们严格秉承本部的传统，虽远在中国，教会却依然使用叙利亚语。教会中有专职教师，位于石碑右侧第一组第三位名为玄览的僧人，正是其中之一。碑左侧有僧名文贞，这位李文贞在天文历算方面有着特殊的才能，曾任大唐司天台的官职。从阿罗本出任景教第一任主教起，景教教会已创建出适合在中国运作的人事制度，这便是碑中所言"式封法主"制。当这座丰碑树立起来的时候，景净正任"镇国大法主"之职，碑文便是他拟定的。从碑文看，这位"镇国大法主"对基督教的历史、文献、礼仪等十分熟悉，而且熟知景教在中国的发展历史。由此可见景教僧人与信仰者的文化素养。

不论是何原因，景教最终还是在华夏消亡了。人们甚至不知道那些外域的英灵身葬何处。在中西文化交流的历史长河中，他们曾是西方文化的载体。中西文化的碰撞，必然产生更为辉煌的结晶。当人们抬头仰望关所长日夜厮守的那座孤塔时，更多欣赏的是中华匠人的艺术创造。景教与中原文化碰撞后，产生了或者影响到什么文化呢？这大概永远是个谜了。

但是，历史无独有偶。站在大秦寺的镇仙宝塔之下，可以看到耸立在山下塔峪村的一座颇为壮观的天主教堂。那里的神父所忙碌的怕是与当年景净们的作为相埒。年复一年，他们凭着自己的信仰为教民服务。尽管派别不同，景净们一定会因他们的存在而魂魄得安。更何况，有关英所长这般大秦寺文化研究的开拓者，当年景教的忠魂已是名垂千古，必定还将万古流芳。

（原载《书城》2005 年第 11 期，70-73 页）

桑

不知是天地灵秀，还是神差鬼使，这一生中一个缘分竟然是与桑结下的。

儿时，我的兄长养蚕，不知他从什么地方要来的蚕卵，黑黑的，小小的，还没有黑芝麻的颗粒大。这小小的"黑芝麻"变成可以蠕动的小虫，兄长用软软的毛笔刷头，小心翼翼地把小黑虫，从原先的纸板带入一个纸盒子中。于是，我们得到任务，要去采摘桑叶，而且要特别嫩的那一种。

那时，我家住在四合院中，虽然院内绿树成荫，院外的大榆树、大槐树也把枝头探入，却没有桑树。这北京城中，哪里有桑树呢？采桑，成了非常重大而艰巨的任务。接下来便是四处打探、跋山涉水，最后好像是从人家院落的树上摘得桑叶。从那时起，便认识且记住了桑的模样。

20 世纪 90 年代初，托老公的福，我们全家终于定居在亚运村附近。刚搬来时，记得一天带着儿子去小花园中玩儿，竟然在小路旁边发现了一株幼小的桑树。那桑还谈不上是树，分成两叉，还没有我四岁的儿子高。我告诉儿子，这是桑树。当时便在心中暗暗记下了这株桑，想看看它日后是否可以长大成材。

日复一日，儿子也从幼儿园进入小学、中学。一年大约有那么两三次吧，我会去看看那株桑。关注这株桑的，大约还有其他邻居。不知什么时候，不知什么人，把这株桑从小路的东边，移到小路的西边，让它临近花园。那株桑可真是顽强，依然是两支叉。大约在第三年的时候，已经长得远比儿子高了，细溜溜的。

我家的后阳台刚好对着园子，可以听到园子里发生的事。这期间有一个插曲。小区搞园林美化，要把种了草的绿地圈起来，而这株桑长在绿地的边缘，正好在铁栅栏经过的地方，园林工人要砍掉它。这时听见外面传来一位妇女的声音，她说，孩子们养蚕，需要这株桑。她和工人僵持了一阵，最后大概由于工人也是喜爱植物的，于是把铁栅栏向里挪了挪。这株桑被放在规划好的园子外面，得以存活下来。

儿子中考，练习写作文，却不知该写些什么，"哪有素材啊？"于是我把这株桑介绍给了儿子。那天，正好下雨，风挺大。站在我家后阳台，刚好可以观察到这株桑。此时，我发现，这桑树太美了。满树都是十分规则的大大的桑叶，形成的树冠犹如硕大的裙摆，在风中摇曳着、舞动着。一株野桑，终于这样在不经意间长大了，以满眼绿色报答着关注它的人。儿子也被它感动了，写了篇作文。

北大园中有桑，还比较多。最著名的，要数西校门眼镜湖畔的那棵古桑，据说至少有三百年的树龄，见证过和珅家的兴衰、燕大建校等历史。多少风华才子曾在树下流连，多少娇艳佳人曾在树下瞻仰。大概得益于那一泓湖水，这古桑至今依旧枝繁叶茂。另一株古桑长在四院旁，虽也是树冠婆娑，却没有西门的那一棵年代久远。北大园内随处可见幼桑苗。从校医院往静园走，一路上左一瞥、右一望，便可在灌木围栏边上、在墙脚下，发现桑的幼苗。这些幼苗，大约都是那些古桑的后代。只可惜它们长不成连荫之树，因为勤劳的园丁肯定要除掉这些幼苗。

这些幼桑苗，还帮助我破解了一个词汇。

国关大楼北侧，草丛中种着稀有的树种。有一片大约是珍珠梅，开出的花如珍珠一般洁白，一束束，煞是好看。但是这物种生长缓慢，怎能与桑相比？

有一天心中琢磨着于阗语的"桑"字，竟然在这珍珠梅旁发现了手指粗细的两株桑。上面的桑叶颇多，这样的桑已经能养活不少蚕虫了吧？经过一个夏天，桑树越发生长迅速，在手指粗细的枝干上又抽出三条嫩枝，已经长得比我高了。谁把它的种子带到这里的？它能在珍珠梅旁生长几个春秋？

西门的古桑守在外院的楼旁，想来出入这里的才子佳人，自然可以用各种语言为各国来宾介绍这株桑。而这世界上识出于阗语之"桑"者，我还是第一个。这大概就是多年识桑的缘分吧？

（2008 年 8 月 20 日博客）

秀与秀不得

秀，示也。最早听说"秀"是经营（show-business），还真不理解。那是 20 世纪 90 年代初。

大约是到了全民"秀"的时代，眼下世间闻名者，皆以能"秀"之故。

家有学医者，闲聊时，发现口中他所钦佩的人，都是现世无名类。例如，某医院大医擅长肝移植，手术水平现世一流。然而这大医在学界内没有名气，因为他不发文章。而多发文章的人，都没有他手术做得好。不发文章，导致级别、收入、名气皆不与其手术的能力、水平成正比。此间多少不平。当然，这位大医从不放在心上，只是日复一日做他的手术，救人的性命。无论什么节假日，他的第一件事情是驱车去医院，探视他的病人，然后才回去与家人团聚。

为什么不写文章呢？为什么不"秀"呢？答曰：一

台手术几个小时，哪里还有时间和精力再去写东西？先救人。

丝绸无疑是中国最早的专利。古代丝绸的绚丽，非今人可以想象。有一种技术，是从千年的古墓中，从逝去的人身上揭下古老的丝绸。听参加马王堆汉墓发掘的人说，一些两千多年前的棺材被揭开时，往往有掩不住的臭气弥漫空中，尤其在南方，古墓还往往浸泡在水中。然而穿裹在逝者身上的丝绸，鲜亮得好像刚刚织出一般。这样的鲜亮，会瞬间消失。专门从事丝绸考古的人，需要从腐臭的环境中，将丝绸提炼出来——恐怕只能用提炼来形容这个工作，因为见了风、变干燥之后，丝绸会立刻化成粉末，那艳丽会瞬间消失得无影无踪。为了这专门的提炼，考古学家发明了单根丝织网的技术——单根丝织出的网，是透明的，不掩原丝绸的颜色和纹饰。考古工作者需要在腐臭之中，慢慢从人骨上剥离丝绸，再附上单根丝网，方能将丝绸打捞出来。

这还仅仅是第一步，接下来还有上百遍的对古丝的专门清洗、拼接。沈从文曾说，如果将中国古墓所出丝织品按样复制出来，展出的便是真正的中国服装史。为此，还要花上数年时间描绘图案、培养绣娘，才能复制古墓中的霞帔锦衣。

从事这伟大工作的人，都是默默无闻者。考古所的王亚蓉，已经是 70 岁的人，她的一双玉手曾令多少古代的绚烂重归人间。但她不是"秀"者。她的工作非"秀"可以完成。

怎么不写文章呢？答曰：修复、整理的活儿干不完，还是以抢救为主吧。

曾经收到一件名片夹，初看，根本不知道其中的微妙。那是一块蓝色锦，一面用满绣的方式绣出图案。送我的人说，它连人工锁边的针脚都有讲究，这件东西已经绝版，因为曾经的绣娘眼都花了，无人再肯花功夫绣这样的东西。这一件，需要珍藏，也快"秀"不得了。

（2013 年 9 月 2 日博客）

老、真正的朋友

一、老

开始关注养老的新闻，或许我真的老了？

那是什么部门的，开口回答养老金问题。涉及养老，人们最担心没有钱。于是有关部门说有钱，老人们便放心了。

其实养老，是一个哲学问题，而哲学是由多门分支构成。换句话说，养老是复杂的，钱并不是唯一解决的途径。中国人好养生，养生似乎集中在吃。不管雾霾多大，还是吃最重要。以如此养生来养老，多少钱也不够。

养老属于道德范畴，有人说要"养儿防老"。那是旧社会，好吧？记得读过一个年轻学子的文章，文章中把父亲喻作弓、儿子比作箭，说父亲养育他，不是为了让他守在身旁，伺候屎尿，而是像一把弓，把箭远远地投射出去。这文章深印在我脑海中，每次想起，总是感动。养育儿子，是为了让他认识新的天地，活出自己的精彩。我想，那位著文的北大学子后来一定非常出息，也许已经是科学家、教育家，或是富于创造的企业家？总之，他一定是个幸福的人。那位父亲，也一定活出了自己的精彩，此时此刻，或许在侍弄菜园，或许在周游世界。总之，他一定是个独立而幸福的老人。

养老属于教育范畴，必须对老人和即将老去的人进行教育。谁说接受教育仅仅是年轻人的事情？老人也必须树立正确的养老观念。人到什么时候都应好学，努力独立自主，不给他人增加麻烦。最起码，要讲公共道德，遵纪守法。

当然，最终养老属于社会范畴，政府必须承担养老。

多大是老啊？只要还能进取，还能学会之前不会的，那就不算老。

本来想夸奖年轻一代学者的，怎么就乱写了上面的话？在年轻学子身上，真看到了实力，他们是超过我们的一代。好在我仍在努力学习。我原来蝶泳只能扑腾十几米，现在可以完成 200 米，65 岁之前完成 400 米吧！之后就没时间了，因为要帮忙带孙辈了。好像负担是越来越重了，自由自在的好时光，真的要过去了。

二、真正的朋友

朋友似乎有不同类型，印度古代著作中区分四种名词，都可以译作朋友。

一生一世，慢慢体会下来，才知道什么是朋友。

有闺蜜，发小时代就成为朋友，互相之间没有合作，但是过年过节，总是会问候一声平安。

也有同学时代一起走过来的朋友，志趣相投，报喜也报忧。有了成就，先通知他们，得到的回馈好像是他们自己有什么好事似的。

还有一起合作的，其中也有真正的朋友。俗话说学海无涯，无涯到往往令人绝望。在其中泛槎，那些总是说教、似乎高你一等的，可以是老师，但绝不是朋友。学界交友，一定要注意，他们或许批评你，指出你的错误所在，但他们一定是更多提供机会，鼓励、发掘你的强项，帮助你出成绩。这样的朋友非常难得，因为首先他们自己必须是行业的高手。

人一生如果能够拥有各种各样的朋友，才是真正的幸运。

（2017年10月23日、4月23日博客）

亲情

一、新生命的成长

有了微信朋友圈，来这里的时间少了。发现 2019 年才发了一篇博客。其实有些感悟，还是写在这里方便。

2018 年，对于我似乎不曾存在一样。倏忽间，2019 年的春节到了。如果不是小孙女提醒我，我真以为我的人生没有 2018 年。有人说，人老了，会感觉一年一年，时间过得很快。大约是我们的动作慢了，所以显得时间快了？

小孙女的诞生，让我又开始重新观察新生命的成长。有件事说来奇怪。细想起来，在楼房里住了大约 20 多年了，早已经忘记了蝙蝠的模样。在孙女诞生的前两天，晚上突然发现我家客厅，有一个不大不小的物体在飞翔盘旋。说是鸟儿吧，却比鸟儿小，而且不似鸟儿会边飞边鸣叫；说是蛾子吧，绝对大于蛾子。那飞翔物在我家客厅展翅飞啊飞，突然不知钻到哪里去了。第二天早上问起，丈夫说，那物体飞入他的房间，后来他打开窗户，可能飞出去了吧。飞翔物确实不见了踪影。我才想起，那是蝙蝠啊。我小时候住在四合院，见过蝙蝠，怎么就忘记了呢？第二天媳妇住院，又一天，孙女诞生。我同好朋友讲起，大家都说那是吉兆。蝙蝠，蝙蝠，遍地是福。

这小小的插曲，是老一辈人寄托在新生命上的祝福。我家孙女看来真是个福娃娃。生下来第二天就会笑，而且爱笑。月子里小婴儿笑，大家都说是无意识的，但我感觉还是有意识的。小婴儿一直爱笑，不认生，6个月了，见到生人先是愣一下，观察一下，然后就对人笑。亲戚朋友都说这孩子真是喜娃啊。孙女很少哭，只有饿极了才哭。给个奶瓶，对她笑笑，她就高高兴兴、安安静静地陪着大人。小孩子的需求可真是少啊。

二、大石头第七次马拉松留念

2012年北京马拉松比赛，比往年要来得晚一个月。大石头瘦，不抗寒。我在他临跑之前有些嘀咕：这一次，是不是跑不下来？

一年一度的马拉松，大石头从考上大学那年开始参加，七次了。几乎每一次都恰逢我出差在外，或者有什么其他事情。这一次，大石头说：你连一次也没看过，该来看一次了。

恰逢由中央民族大学亚库甫教授组织的国际学术会议隆重举行。在马拉松的那一天，安排我上台发言。可这一次，无论如何也要去看！

我发了言，在会上宣布我要去看马拉松，去给大石头送给养。与会学者认为，这也很重要，于是我离开了会场。

然而，车堵在四通桥。我下了车，也撒腿奔跑起来，生怕误了大石头跑过的那一瞬间。一路狂奔，一路看表，心好像要跳出来的那一刻，终于赶到了海淀医院的对面。

然后是焦急的等待，担心大石头已经跑过，那他该有多么失望。

终于迎来了那个瞬间。好像太阳跑了过来，好像吉祥跑了过来，好像青春跑了过来……

后程完全不必担心了，因为有大石头的心上人加盟护送。

这一次，也成功啦。

三、两次感动

忙里偷闲，随便写点儿吧。

因为儿子，我曾两次因教育机构而感动。

一次是儿子高中的第一次家长会，还是一次集体家长会。

　　对于儿子的教育，我始终坚持自然成长的原则。俺家那时住在朝阳区一个新的小区，因亚运会而诞生。小学是新的，中学也是新的。我坚持不择校，就在周边上学。小学离俺家不过三分钟的路程。中学更近。常常是听到预备铃声响起，才急忙把儿子从被窝中拎出来，给他往嘴里塞点鸡蛋、馒头什么的，给他背上书包，儿子跑出门，总能成功地踏着上课的铃声进入教室。保证睡眠，是孩子教育的关键。

　　自小的家长会，我们就是去听训的。儿子对小学的记忆也有诸多的不快。语文老师不喜欢儿子，儿子也选择了不喜欢语文。初中离奇的事情更多。英语课上，朱姓的老师因为儿子念 pig 时发笑而不依不饶，非说俺家儿子心怀嘲意。为这，俺被请去谈话。当时想，这学校怎么会有这样的老师！儿子一路受着委屈，俺也陪着受委屈。那时候那所初中，历届连考上朝阳区重点高中的都很少。

　　中考那年遇上非典，中考取消了物理化学，就考语数外。儿子居然在中考时写了散文。中考，最好写第一人称的叙事文，散文一般得分最低。判卷子的老师只要看是散文，分数立刻先降一档。理由是：一个孩子会写什么散文？可想而知，天真快乐阳光的儿子分数不会高。

　　即便这样，儿子还是进入了朝阳区一所老牌的区重点。这所高中第一次的集体家长会令我感动。记得当时坐在最后一排，听着校长诚恳的发言，我的眼泪直往下流：儿子终于遇到了好老师。那位女校长说，我们相信这一届的学生都很好，全体老师将尽心竭力好好培养这一届。

那所学校的老师真好。儿子的第一次数学作业，并未得满分，但是那位教数学的高老师，认定这是个十分有创造力的孩子，对他格外偏爱。甚至有同学说，高老师把他当成了干儿子。那位教语文的孙老师，每次作文，总是压低给分，却给儿子提供去教师办公室自习的机会。那个班的班主任，抓住儿子唯一一次掉到全校第十名的机会，大奖特奖前三名，而儿子第一名时的奖品总是非常一般，也就是一支铅笔、一块橡皮什么的。为的是打击儿子的傲气，防止他因骄傲而松懈。记得最后那年，见儿子一次三好学生也没有得过，我心里不服，跑去找他们的校长理论：三好，是德智体好。论德，我孩子为人善良，曾经被评为雷锋式好少年；论智，贵校成绩第一；论体，国家二级运动员。为什么就不能给孩子留下美好的记忆，让他在高中有一次得三好学生的记录呢？校长听后也很赞同，但表示评审的时间已过，不能补了。尽管有这样的小委屈，儿子和我依然非常喜爱这所学校的每一位老师。

第二次感动是北大医院的授白大褂仪式。老大夫带着新披上白衣的学子，举起拳头，一字一句地重复医科的誓言——希波克拉底誓言。那么庄严，那么神圣。这世界上，还有哪一种职业，有如此庄严而神圣的宣誓呢？在那一刻，从学子严肃的脸上我可以看出，医科誓言的一字一句从老大夫的心底，流入了新学子的心底。我相信，无论这世界变得怎么样，在这些白衣人身上，依然会留下崇高，留下信念。

不过这第二次感动，虽然永驻我脑海，我却没有顾上流泪，因为要忙着抓拍儿子中意的女孩子。

四、缅怀父母

4月3号，兄弟姐妹相约去海边凭吊父母。到明年，我父母的骨灰就已经入海安葬20年了。这20年来，父母常常入梦与我相会。父母与我们相伴的日子，终究成为回忆了，但将伴随我终生。

这是20年来，我们兄弟姐妹第一次去海上共同拜祭父母。我们相约前行，还有一个约定。这一趟我们在海上向父母表述，有一天我们故去，将身赴大海，永远陪伴父母。

那一年，季先生重返德国，带我随行。父母来机场相送，他们与季先生第一次会面。一边是抗日战场杀出的将军，一边是贯通古今中外的大学者。父亲眼中充满了对季先生的崇拜，而在我母亲眼中，季先生不过是一位慈祥的老者。季先生不善于寒暄，特别是不知道如何与军人寒暄，但他后来对我说，他其实很佩服那些曾经与侵略者搏杀的军人，对他们充满崇敬之情。

我的父亲其实也是知识分子。那年他来京报考清华大学建筑系，正逢抗日战争爆发。于是父亲投笔从戎，毅然加入军队，誓死捍卫民族的尊严。若不是战争，父亲一定会是一名享誉中外的建筑师。父亲的才华，终于在战后得以展现。大难不死之后，父亲成为修建机场的专家。那些遍布祖国大地的机场，都曾留下父亲的足迹。母亲是山西的大家闺秀，生得眉清目秀。在父亲的带动下，她也投身抗日的行列，成为一名军人。

父母走出他们的家乡，走遍华夏大地，最终在我们的护送下，永远安葬在大海中。我们也将身赴大海，永远与父母相伴，直至海枯石烂。

（2019年2月5日，2012年11月26日、5月13日，2010年4月3日博客）

再谈概念与价值观

一、再谈概念

国学，谁会翻译这个当下流行的名词？

欧洲的大学学科中通行有如下概念：Sinology、Indology、Buddhology 等。季羡林先生在哥廷根时主修 Indology，而这个概念也有历史发展的过程。季老留学时，这个概念指古典印度学，包含古典梵文、吠陀语等。所以，Indology 基本上就是指学习古典的那一套。欧洲传统不重现代印度学，这是欧洲大学学科建设的弱点。因此近年来，欧洲大学更多采用类似 India Study 的概念，例如德国海德堡大学。只要听到这样的立名，基本可知其中对现代印度的研究占很重要的地位。

Sinology 可译为汉学，相当于国内各个大学中文系那一套。但是，国学该译成什么呢？

温和的季羡林先生提倡大国学。但是，怎么个大法？至少得包含 56 个民族的文化吧？藏学、蒙古学……这些学科也应该统统被纳入国学吧？敢用"国"字，太不能细琢磨了，细琢磨就容易授人以柄。

季先生强调大国学，恐怕还考虑到古代新疆的状况。那里曾经是几大文明荟萃的地方。丝路沿线，曾经发现 17 种文字、24 种语言。每一种文字，每一种语言，它们的背后是丰富多样的文明。新疆古代，还曾有犹太文明、希腊文明、伊朗文明等种种遗留，难道国学要把这些都涵盖进去吗？那起个世界人文学的名称不是更好吗？可见，国学这个名词相当于什么也没说。

曾经看过一篇文章，作者赞成李敖对季羡林先生的评价，然后把先生与蔡元培、胡适、郭沫若等人进行比较，将季羡林先生的学术成就一笔划过，大略为：研究印度古代语言、吐火罗语、佛教史、中印文化交流史等，还译介印德文学作品，但没有原创性的国学研究。本博主案：评价者在论道他人时，其实反映的是自己的水平。如果拿季先生和上述罗列的大学者比较，那可真是关公战秦琼。这里涉及的国学概念，恰恰反映了热衷于倡导国学的人的理念局限。

如果国学的概念不足以覆盖佛教史、中印文化交流史，那么这个概念还有存在的必要吗？

二、创作的价值观

新疆山普鲁出的几张毛毯，真是人类创作的奇珍。吉尔伽美什与希腊神话的神灵纷纷相遇，并最终得到娜娜女神的拯救。这一切来自古代的创作，让人惊讶到不敢相信的程度。我甚至认为，毛毯上的艺术创作，简直就是人类智慧的里程碑。

这些织就于公元5-6世纪的毛毯，不是为富豪或贵族创作的。古代的艺术创作真正服务于生活，服务于宗教信仰。在古代，死亡是大事，必伴有隆重的丧葬仪式，其中寄托了人们超越生死的心愿和理念。为此而创作的作品，必然是无价的奇珍——不是为了卖钱，不是为了流通，不是为了换得什么。

可是到了现代，尤其是当下，艺术创作变了味道，创作的目的是获得钞票。钞票是什么？一般等价物，流通的媒介。这般理论恐怕只有经济系专业的人知道。在普通人眼里，钞票不过是置办物什的用具。在当下，衡量一切的标准都是钞票，什么艺术，什么创作，到了眼中都是钞票。

我亲眼见到，有人有了钱，把从死人身上扒下的古衣服也藏在家中，企图在流通中获利。现代人的卑贱、丑陋，由于钞票而愈发彰显。也有收藏文物的朋友，见到瓶瓶罐罐就收。问为什么不收古代文书，人家说，那些不是艺术品，卖不上价。

无语了。

（2009 年 8 月 3 日、2015 年 9 月 9 日博客）

后　记

范晶晶

2022 年 3 月 26 日凌晨，段老师永远离开了我们。接下来的几天，一直处在一种似真似幻的恍惚之中，脑海里全是老师的音容笑貌。

几天后的 3 月 30 日，朱玉麒老师发来 2021 年 3 月 4 日与段老师的微信聊天记录。看着熟悉的头像，读着熟悉的文字，仿佛老师又回到了身边。原来老师有心在"凤凰枝文丛"出一部随笔集，本打算当年 5 月初着手做起来。但 4 月底参加完第一届图木舒克历史文化论坛返京后，老师就开始发烧。起初以为是飞机上的密闭空间导致的细菌感染，并没太在意。紧接着，为了兑现带领梵巴专业本科生去新疆考察的承诺，同时参加刘平国刻石与西域文明学术研讨会，她又不顾身体的不适，从 6 月 9 日到 15 日带着我们参访新疆维吾尔自治区博物馆、龟兹研究院、吐鲁番研究院，考察克孜尔、柏孜克里克、吐峪沟等石窟群遗址。到 7 月份，好几天都食不下咽之后，她才去医院全面检查，然后就是住院、手术。随笔集的事情就被耽搁下来。

多亏朱老师一直惦记着段老师的心愿，在和荣新江老师、凤凰出版社倪培翔社长商量后，我奉命联系段老师的儿子闫子光，子光立刻表示支持随笔集的出版。他先在段老师的电脑里搜寻，看老师生前是否留下了选篇编目，可惜并无所获。于是朱老师建议可以由我们来选目，一方面是编选老师的学术随笔，另一方面从老师的博客"莲塘月色"中挑一部分文章。

编选学术随笔比较顺利，此前荣老师带着我已经做过段老师的论著目录。老师涉猎的学术领域很广，包括对梵语、巴利语、犍陀罗语等印度语，以及于阗语、据史德语等中古伊朗语，甚至还有叙利亚语文献的研究。考虑到随笔集的风格，只选入了相对较为通俗的篇目，但尽量涵盖了于阗语研究、印度学研究、佛典研究、丝路文献研究等方面的代表性文章，主要体现为"学林探胜"与"岁月随笔"的部分篇章。

段老师的博客则已对外不可见，需要子光以老师的账号登录才能看到内容。由于疫情反复，这项工作也一拖再拖。11月11日，子光顺利入校，在老师生前的办公室外文楼208的电脑上登录了"莲塘月色"的账号。这个下午，仿佛是偷来的半日。坐在老师的办公桌前，我一篇篇重读那些动人的文字，感受着她充盈的生命力。嬉笑怒骂、快乐悲伤，都那么真实、直出胸臆。

透过这些文字，可以体会到段老师对季羡林先生等师长、父母双亲的孺慕之思、深深眷恋。在外界看来，她总是一副风风火火、指点江山的气魄。或许惟有在这些文字中，她才能透露出柔软、脆弱、小女孩的一面，也将这种温情毫无保留地传递给了我们这些弟子辈。老师青年时代即负笈德国，后来又多次探访印度、伊朗、巴基斯坦、泰国等地，是不折不扣的胸怀世界的国际学者。每到一个陌生的地方，她总能迅速学习当地的语言，我们还在腼腆地旁观时，她已与当地人打成一片、交上了朋友，甚至开始斗舞，徒留我们在一旁惊叹。有一次带学生在克孜尔石窟参观，结束后大家都在出口处的文创店购物，只有老师逮住一旁的维吾尔族白胡子老爷爷练习维语。开始还有来有往，几个回合下来，维吾尔族爷爷落荒而逃，围观的我们笑得前仰后合。在巴基斯坦参观白沙瓦博物馆时，老师看到展柜、灯光等条件不好，回国后立刻联系要资助他们重建博物馆。虽然由于种种原因未能实现，但她的古道热肠深深打动了每一个人。尽管老师从事的语言研究要求精准的科学分析，但她同时有着诗人的敏锐感受力。在泰国大城河泛舟，她坚信撑船女子就是沈从文笔下翠翠的转世。老师平日里的阅读范围很广，遇到得意处还会一通电话过来，兴致勃勃地想要跟我这位"文学青年"讨论一番。可惜头几年被考核的紧箍咒箍得头晕眼花，凡是跟学术"不相干"的问题，我一概无心理会，文学青年也做不得了。

失望了几次后，老师逢人就开玩笑说我们都不爱理她了。现在似乎有一些闲情，老师却不在了……

最终的选编，是由朱老师、荣老师、子光与我商定。在此特别要对朱老师致以最诚挚的谢意。没有他的一力推动，就不会有这部随笔集的出版。作为"凤凰枝文丛"的主编之一，朱老师不仅对全书有总体的把控，而且在栏目设置、篇目选定、博文分合上都提出了宝贵的指导意见。尽管疫情反复、自己工作繁杂，他还是时时关注随笔集的编选进度，并细心通读了初稿。此外，也要对凤凰出版社的同仁表示感谢。正是有了诸位师友的支持帮助，段老师的遗愿才得以实现。

2023年3月26日写于段老师逝世一周年之际，以此缅怀恩师。